DER
REBEKKA MAND
KUSS
DER
MUSE

Im Leeren dreht sich, ohne Zwang und Not,
Frei unser Leben, stets zum Spiel bereit,
Doch heimlich dürsten wir nach Wirklichkeit,
Nach Zeugung und Geburt, nach Leid und Tod.[1]
(Hermann Hesse)

[1] Textauszug aus: Hermann Hesse, Das Glasperlenspiel. Versuch einer Lebensbeschreibung des Magister Ludi Josef Knecht samt Knechts hinterlassenen Schriften, in: ders., Sämtliche Werke in 20 Bänden. Herausgegeben von Volker Michels. Band 5. S. 398. © Suhrkamp Verlag Frankfurt am Main 2001. Alle Rechte bei und vorbehalten durch Suhrkamp Verlag Berlin.

Qindie steht für qualitativ hochwertige Indie-Publikationen. Achten Sie also künftig auf das Qindie-Siegel! Für weitere Informationen, News und Veranstaltungen besuchen Sie unsere Website www.qindie.de

Copyright © 2018 by Rebekka Mand

Am Schloßpark 10, 50169 Kerpen
autorin@rebekkamand.de

Korrektorat: Silke Lemberger (www.book-cats.com)
Cover/Satz/Layout: Jacqueline Spieweg (www.jspieweg.de)
Herstellung und Verlag: BoD-Books on Demand, Norderstedt

ISBN 978-3746055374

 Inhalt

Früher

Vor ein paar Monaten tauchte sie zum ersten Mal auf. Saß plötzlich auf dem Rücksitz meines Taxis, mitten in der Nacht. Ich hatte nicht einmal bemerkt, dass sie eingestiegen war.

Liebenswürdig lächelte sie mich an und ich neigte mich beim Fahren kurz nach hinten, um zurückzulächeln und einen Blick auf ihre atemberaubend langen Beine zu werfen.

»Wo soll's denn hingehen?«, fragte ich, unsicher, ob sie mir ihren Bestimmungsort nicht schon verraten hatte.

»Dorthin, wo auch du hingehst«, antwortete sie kryptisch.

»Das wird teuer. Meine Schicht dauert bis morgen früh um sechs.«

»Und danach?«

»Soll das eine Einladung sein?«

»Vielleicht.«

»Wovon hängt es ab?« Meine Kehle war auf einmal ganz trocken und mein Blick wanderte zum Handschuhfach.

»Mach ruhig«, sagte sie. »Ich werd's keinem verraten.«

Ich musterte sie im Rückspiegel, während ich an einer Ampel anhielt. Sie war von ungewöhnlicher Schönheit. Ihre Augen, ihr Haar, alles an ihr schimmerte wie flüssiges Silber.

Quecksilber.

»Was meinen Sie?«

»Ich meine die Flasche in deinem Handschuhfach, Alexander.«

»Woher wissen Sie ...?«

Ich brachte den Satz nicht zu Ende, denn die Frau auf

meinem Rücksitz war verschwunden. Ich löste den Sicherheitsgurt, riss die Fahrertür auf und sprang aus dem Wagen. Ich war allein auf der Straße und die Ampel sprang auf Grün.

»He!«, rief ich. »Sie haben vergessen zu bezahlen!« Aber der Taxameter war ausgeschaltet. Als wäre sie nie da gewesen.

Die Silberne. So nenne ich sie, weil sie ihren Namen nicht preisgibt.

Heute

Es ist fünf Uhr am Nachmittag. Der Geruch von Schweiß, Abgasen und heißem Asphalt steigt mir in die Nase, als ich die Scheibe herunterkurble und mir warme Luft ins Gesicht wehen lasse. Gerade habe ich den letzten Kunden für heute abgesetzt und steuere den alten Mercedes durch den überfüllten Innenstadtring. Schon von Weitem leuchtet mir das gelbe Neonschild der Zentrale entgegen. »Taxi Naumann – Wir bringen Sie hin« verkündet es.

Per Funk öffne ich das Tor zur Tiefgarage. Die Schwärze im Inneren verschluckt mich. Ich genieße die Dunkelheit und lenke den Wagen halbblind auf den gekennzeichneten Parkplatz. Der Motor erstirbt. Sekundenlang sitze ich einfach nur da, lausche in die Stille, bis mich das Krächzen des Funkgeräts zurückholt.

»Hey. Lust auf einen Feierabendkaffee?«, schnarrt Bettys Stimme aus dem Lautsprecher.

Ich lächle müde. »Danke, Betty. Heute nicht.«

Seufzend mache ich Licht und greife nach dem Fahrtenbuch. Dann noch den Taxameter ausschalten und die Kohle zur Buchhaltung bringen. Ich schiele in Richtung Handschuhfach. Sofort überkommt mich das schlechte Gewissen und ich sehe in den Rückspiegel. Sie ist nicht da. Was habe ich erwartet? Aber es ist dennoch zu spät. Der Gedanke ist gesät und beginnt in mir zu wachsen, zu wuchern, bis ich an nichts anderes mehr denken kann. Meine Hand zittert nur ein bisschen, als sie das Fach öffnet. Sie findet ihren Weg zwischen einem speckigen Science-Fiction Roman, den ein Kunde auf dem Sitz vergessen hat, Taschentüchern, Fahrzeugpapieren und leeren Kaugummistreifen hindurch und greift nach der Plastikflasche. Es ist eine Mehrwegwasserflasche wie jede andere und ihr Inhalt ist durchsichtig und warm vom Brüten in der Hitze. Ich öffne den Drehverschluss, setze sie an die Lippen und gestatte mir ein kurzes Zögern, bevor ich einen tiefen Schluck meine Kehle hinunterlaufen lasse. Nur einen. Dann reiße ich den Flaschenhals von meinem Mund, schraube den Verschluss wieder darauf und werfe die Flasche zurück in die Dunkelheit, aus der sie gekommen ist. Schweratmend sinke ich in den Ledersitz. Ein sanftes, wohliges Glimmen breitet sich in meinem Magen aus. Meine Kopfhaut zieht sich zusammen, meine Fingerspitzen kribbeln. Das tut gut. Scheiß auf mein Gewissen. Beschwingt öffne ich die Wagentür und atme stickige Abgasluft ein, von der mir ein wenig schwindlig wird. Pfeifend betrete ich das Treppenhaus, immer zwei Stufen auf einmal nehmend, und zwinkere Betty zu, als ich die Tür zur Zentrale aufstoße. Wie auf einem Thron sitzt sie hinter ihrem überladenen Schreibtisch, auf dem sich Notizzettel, Abrechnungen, Zeitschriften und Stadtpläne im Luftzug des Ventilators bewegen. Das Telefon klingelt unablässig, während Betty ihr Gesicht in den Wind hält und mit geschlossenen Augen den schrillen Ruf nach Pflichterfüllung ignoriert.

»Willst du nicht rangehen?«, frage ich amüsiert und lege mein Fahrtenbuch vor ihr auf den Tisch. Betty öffnet träge ein Auge.

»Nö. Hab schon Feierabend. Eigentlich müsste Sandra längst hier sein.«

Sie greift nach einem Kugelschreiber und zeichnet meine Fahrten ab, ohne hinzusehen. »Wann bist du wieder im Dienst?«

Ich ziehe eine Grimasse. »Zur Nachtschicht.«

Jetzt öffnet sich auch Bettys zweites Auge und eine Braue schnellt nach oben. Das Telefon hat aufgehört zu klingeln. »Was, so bald schon? Das ist in nicht einmal …«

»Fünf Stunden«, bestätige ich. »Höchste Zeit, dass ich nach Hause komme und mich 'ne Runde aufs Ohr haue.«

Betty schenkt mir einen mitfühlenden Blick. »Du brichst mir noch irgendwann zusammen. Denk dran, Mia und die Kinder brauchen dich lebend und bei Gesundheit.«

Vor allem brauchen sie ein Dach über dem Kopf und einen vollen Kühlschrank, will ich erwidern. Aber meine Probleme gehen Betty nichts an.

»Ich schaff das schon, Mama«, necke ich sie stattdessen.

Sie streckt mir die Zunge raus und geht ans Telefon, das soeben wieder zu läuten beginnt. Zum Abschied werfe ich ihr eine Kusshand zu.

Die Bushaltestelle liegt etwa einen halben Kilometer von der Zentrale entfernt. Ich lege den Weg dorthin im Laufschritt zurück und trotzdem fährt mir die Eins vor der Nase weg. Fluchend werfe ich mich in einen der Plastiksitze und döse in der Hitze davon, bis zwanzig Minuten später der nächste Bus schnaufend neben mir hält.

Ich stelle mich dicht an die Tür, eingezwängt zwischen einem fetten Jungen mit einem Schulranzen auf dem Rücken und einer alten Frau mit schuppigem Haar, atme durch den Mund und beobachte die Stadt da draußen, während meine Gedanken zurück in die Tiefgarage wandern. Zurück in das kühle Innere meines Taxis, wo eine Mehrwegwasserflasche mit durchsichtigem Inhalt in der Dunkelheit des Handschuhfachs auf mich wartet.

Ich habe das alles so nicht geplant. Dachte, ich hätte es geschafft, als ich damals aus der Klinik nach Hause kam. Nach Hause zu Mia und meinen Töchtern. Und meistens glaube ich es immer noch. Nur manchmal, in Momenten wie diesem, wenn das ledrige Innere eines Taxis mir verlockender erscheint als die Umarmung meiner Frau, da überkommen mich Zweifel.

Und das sind *ihre* Momente.

Ich reiße mich aus meinen Gedanken und schaue mich um. Jeden Augenblick erwarte ich, in ihr lächelndes Gesicht zu sehen, ihre hohntriefende Stimme zu hören. Aber sie ist nicht da. Sie tut nie, was man von ihr erwartet. Es ist aufregend und beängstigend zugleich.

Der Bus macht eine Vollbremsung an einer Ampel und schleudert mich gegen die alte Frau, die mich mit einem vorwurfsvollen Blick misst. Ich murmle eine Entschuldigung und verstärke meinen Griff um die Haltestange. Den Rest der Fahrt versuche ich, nicht nachzudenken.

Verschwitzt und müde komme ich zu Hause an. Mias Volvo parkt am Bordstein des Hochhauskomplexes, in dem wir leben. Den Stellplatz, der zu unserer Wohnung gehört, haben wir vermietet. Zwanzig läppische Euro im Monat dafür, dass meine hochschwangere Frau ihre Einkäufe jetzt fast hundert Meter weit bis zur Haustür schleppen darf. Aber hey! Dafür können wir uns den Kabelanschluss weiter leisten.

Im Treppenhaus hängen die Düfte von Curry, Kokos und Koriander wie ein fliegender Teppich in der Luft. Obwohl ich Hunger habe, dreht sich mir der Magen um. Ich schleppe mich die Treppe hoch in den zweiten Stock, wo sich der Curryduft mit etwas anderem, Süßerem vermischt. Zimt? Vanille?

Ich krame in der Hosentasche nach meinem Schlüssel und stelle mich vor die Tür zu unserer Wohnung. Von drinnen tönt das Rattern eines Rutschautos auf Laminat, das Jauchzen der Mädchen und darunter, wie eine Hintergrundmelodie, Mias ruhige, mahnende Stimme. Einen Moment lang halte ich inne, lehne meine Stirn gegen den Türrahmen und atme tief durch.

»Verrate mir, wo du jetzt gerade am liebsten wärst«, ertönt ihre Stimme hinter mir. Obwohl ich nicht überrascht bin, zucke ich zusammen.

»Verschwinde«, knurre ich, ohne aufzusehen.

Ihr leises Lachen erfüllt das Treppenhaus wie ein Glockenspiel, strömt durch meinen Körper und bringt eine Saite in mir zum Klingen, die ich vorher nicht gekannt habe. Ich balle die Hände zu Fäusten und drehe mich langsam zu ihr um. »Das ist mein Ernst. Mir ist heute nicht nach deinen Spielchen.«

Das Lachen verstummt, aber das Lächeln verschwindet nicht. Das tut es nie. Die Silberne lehnt neben dem Lichtschalter an der Wand, die Hände vor der Brust verschränkt, den Kopf leicht zur Seite geneigt. Die Beine hat sie lässig überschlagen. Es sieht aus wie eine Pose aus einem Film. Alles an ihr ist eine Pose. »Es ist *unser* Spielchen, Alexander. Vergiss das nicht. Also?«

Ich schließe die Augen, lasse mir Zeit. Sie hat recht. Es ist unser Spiel. In meinem Kopf male ich ein Bild. »Eine Insel. Wasser. Strand. Südsee ...«

»Piña Coladas? Wie langweilig. Das kannst du besser.«

»Ich bin müde.«

»Ich weiß.«

»Du bist nicht echt.«

Sie schüttelt den Kopf. »Du verstehst es, einer Frau Komplimente zu machen. Warum sprichst du mit mir, wenn ich nicht echt bin? Und übrigens, wolltest du nicht gerade reingehen?«

Wütend drehe ich ihr den Rücken zu und ramme den Schlüssel ins Schloss. Durch einen winzigen Spalt quetsche ich mich ins Innere der Wohnung, als würden Türen oder Wände sie aufhalten können. Seufzend lehne ich mich von innen gegen die Tür. Im Wohnzimmer ist das Rutschauto verstummt. Stattdessen ertönt das Trappeln kleiner Füße in weichen Noppensocken. Kurz darauf wird der Windfang aufgerissen. Ich zaubere ein Lächeln auf meine Lippen, was mir beim Anblick der Zwillinge nicht schwerfällt, und gehe in die Knie. Lea und Klara stürzen sich in meine Arme. Ich halte sie fest und drücke jedem einen Kuss auf den Scheitel. Sie riechen nach Shampoo und Plätzchen. Ich atme den Duft tief ein und fühle mich besser. Viel besser. Sie sind real, die Silberne ist es nicht. Etwas, das ich mir immer wieder – immer öfter – vergegenwärtigen muss.

»Was treibt ihr so?«, frage ich, während ich Klaras wilde Mähne zerzause. Die Schwestern haben die dunklen Haare ihrer Mutter und meine blauen Augen.

»Wir haben Plätzchen gebacken«, antwortet Lea und hält mir einen zermatschten Zimtstern unter die Nase.

»Hm, lecker.« Ich richte mich auf.

Lea und Klara springen vor mir her ins Wohnzimmer und beginnen, um das Rutschauto zu streiten. Mia ist in der Küche, umgeben von Blechen voller Süßkram. Ein Berg von Gebackenem türmt sich vor mir auf; Zimtsterne und Vanillekipferl, Spritzgebäck, Nussplätzchen und Kokosmakronen. Mia beobachtet mein Erstaunen mit einer Mischung aus Stolz und Schuldbewusstsein.

»Das hast du also heute den ganzen Tag getrieben?«, frage ich kopfschüttelnd. »Du weißt schon, dass wir August haben?«

»Schwangerschaftsgelüste, schätze ich. Und die Kinder freut's. Also?« Mia lächelt erschöpft und wischt sich mit dem Handrücken über die verschwitzte Stirn. Dabei hinterlässt sie einen Mehlstreifen auf ihrer Haut. Ich streiche ihn mit dem Daumen fort und küsse ihre Wange. Es ist nur eine flüchtige Berührung, die Andeutung einer Liebkosung, aber Mia schließt die Augen und brummt behaglich.

»Wie geht's dir?«, frage ich mit einem Blick auf ihren wachsenden Bauch.

»Hungrig.«

»Was du nicht sagst«, antworte ich trocken und ernte einen Klaps auf den Po.

»Und du? Du siehst furchtbar müde aus.« Ihre braunen Augen mustern mich ernst und besorgt.

»Es war eine anstrengende Schicht. Ich sollte mich hinlegen, bevor ich wieder losmuss.«

»Zuerst solltest du duschen.«

Ich hebe meinen Arm und schnuppere vorsichtig. Der scharfe Geruch von Schweiß mischt sich mit den Aromen der Küche. Mia wedelt angewidert mit einem Handtuch herum und stößt mich von sich. »Puh!«

Auf dem Weg nach draußen klaue ich mir einen Zimtstern und erstarre, als ich die Silberne im Türrahmen zwischen Küche und Wohnzimmer stehen sehe. Bisher hat sie sich nie in meine Wohnung gewagt. Sie hat hier nichts verloren. »Verpiss dich«, zische ich mit vollem Mund.

»Wie bitte?« Mia klingt alarmiert.

»Sowas sagt man nicht, Papa!«, plärrt Lea aus dem Wohnzimmer.

»Also wirklich, Alexander«, spottet die Silberne.

Ich spüre Mias Hand an meinem Arm. »Alex, geht es dir gut?«

15

»Bestens.« Ich drücke mich an der Silbernen vorbei ins Bad und verriegle die Tür. Minutenlang bleibe ich in der Mitte des Raumes stehen und starre auf die weißen Kacheln.

Was tut sie hier? In meiner Wohnung, in meinem Leben? In meinem Kopf! Ich weiß es nicht, weiß nicht mehr, was echt ist und was Einbildung. Sie in meiner Küche, gleich neben meiner Frau! Das darf nicht sein. Es fühlt sich falsch an.

Langsam, mechanisch ziehe ich mich aus. Mein Blick fällt eher zufällig in den Spiegel über dem Waschbecken. Von dort blickt mir ein Fremder entgegen. Früher habe ich viel gezeichnet. Menschen, Gesichter. Sie faszinierten mich, besonders das, was sich dahinter verbirgt. Das Abgründige. Aber nie habe ich mich selbst gezeichnet. Vielleicht hatte ich Angst davor, in meinen eigenen Abgrund zu spähen?

»Du bist echt am Arsch, Alex«, erkläre ich dem Mann im Spiegel und wende mich ab.

Die Dusche tut gut. Langsam bekomme ich wieder Klarheit in meinen Kopf. Das kalte Wasser läuft über meinen Körper, spült Dreck, Schweiß und böse Gedanken von mir ab. Ich schaffe es sogar, mich zu entspannen. Den Gedanken an die nächste Nachtschicht, die Geldsorgen, die Silberne und die Flasche in meinem Handschuhfach zu verdrängen.

Das Rattern des Rutschautos von draußen mischt sich mit dem Prasseln des Wassers hier drinnen. In meinem Kopf klingt es wie ein Maschinengewehr.

»Wo möchtest du jetzt am liebsten sein, Alexander?«

Ich reiße die Augen auf und finde mich Nase an Nase mit der Silbernen wieder. Sie ist ebenso nass wie ich. Das

Haar klebt in dunklen Strähnen an ihren Wangen, schlängelt sich über ihr Schlüsselbein bis auf ihre Brust. Wie Eiszapfen prasselt das Wasser auf meine Haut nieder. Ich zittere.

»Sag es mir: Wo willst du sein?«, flüstert sie. Ihre Stimme rinnt wie warmer Honig in mein Ohr.

»Hier. Genau hier«, stoße ich hervor. Mir ist schwindlig, ich will etwas trinken. Aber es ist die Wahrheit. Ich kenne keinen anderen Ort als diesen hier, kein anderes Leben. Auf keinen Fall will ich dorthin zurück, wo ich einst war.

Die Silberne nimmt mich in den Arm. Sie ist nackt und warm und weich. Verletzlich, genau wie ich.

»Lass los.« Ihre Stimme strömt sanft wie eine Liebkosung in mein Ohr und ihre Zunge folgt ihren Worten. Draußen rattert das Bobbycar wieder vorbei, begleitet von dem Lachen und Schreien der Zwillinge. »Lass endlich los.«

Ich packe sie an den Schultern, spüre lebendiges Fleisch und drücke sie gegen die Fliesen. Sie presst ihr Becken an meines. Ich sehe Wassertropfen auf der silbrigen Haut ihrer Wange und will sie wegküssen. Langsam nähern sich meine Lippen den ihren. Ich kann sie riechen, ihren Duft nach den Abgasen der Stadt gepaart mit dem süßen Parfum ihres Körpers. Wenn das ein Traum ist, dann ist es der beste, den ich je hatte. Oder vielleicht werde ich auch einfach verrückt?

»Tu es endlich«, flüstert sie.

Und dann tue ich es. Ich küsse sie. Öffne meine Lippen und lasse den Wahnsinn herein. Ergebe mich ihm. Ergebe mich *ihr*. Da ist keine Luft mehr zwischen uns. Nur unsere Körper, ihrer und meiner. Ganz nah.

Es klopft an der Tür. »Alex, warum schließt du ab? Ich muss mal!«

Ich halte inne. Meine Finger graben sich tief in die Arme der Silbernen. Sie hat die schlechte Angewohnheit, zu verschwinden, sobald jemand Drittes hinzukommt. Ihre Augen blitzen, während sie provozierend mit ihrer Hüfte gegen mich stößt. »Worauf wartest du?«

Was zur Hölle tue ich hier? Angewidert weiche ich zurück. Meine Füße verlieren den Halt auf dem glitschigen Boden der Wanne. Ich klammere mich an den Duschvorhang, aber er reißt unter meinem Gewicht und ich falle rückwärts. Schmerz durchzuckt meinen Schädel und meinen Nacken. Einen Moment lang sehe ich schwarz,

»Alex? Alex! Ist dir was passiert?« Mia rüttelt von außen an der Tür.

Ich will aufstehen, aber mir wird wieder schwindlig. »Alles in Ordnung«, stöhne ich.

Offenbar glaubt Mia mir nicht, denn sie verstärkt ihre Bemühungen. Ich blinzle, sehe mich um. Die Silberne ist fort. Es kostet mich einiges an Kraft, aus der unaufhörlich rauschenden Dusche zu klettern und auf allen vieren zur Tür zu gelangen. Noch mehr kostet es mich, aufzustehen, um den Schlüssel umzudrehen. Sofort stürmt Mia herein und wirft mich dabei beinahe ein zweites Mal um. Die Zwillinge folgen ihr auf dem Fuße. Ich lasse mich wieder auf den Boden gleiten.

»Warum sitzt du auf dem Boden, Papa?«

»Du blutest ja!« Mia geht neben mir in die Hocke.

Ich kann ihr nicht in die Augen sehen. Meine Finger tasten über meinen Hinterkopf und fühlen etwas Warmes. »Ich bin ausgerutscht.«

»Hast du Kopfschmerzen?«

»Ein wenig.«

»Am besten, wir fahren dich zum Arzt. Das muss vielleicht genäht werden.« Entschlossen steht sie auf und

18

rafft meine Klamotten zusammen. »Ich bringe die Kinder schnell nach unten zu Anke. Kommst du zurecht?«

»Ich muss arbeiten, Mia«, wende ich schwach ein.

»Untersteh dich. Ich rufe Valentin an und sage, dass du nicht kommst.«

»Das mach ich lieber selbst.«

Mia seufzt ergeben. »Also schön. Ich helfe dir beim Anziehen.«

Gereizt schüttle ich den Kopf und zucke zusammen, als der Schmerz wieder aufflammt. »Lass mich doch einfach ... ein paar Minuten hier sitzen, okay? Ich komm schon zurecht!«

Mia scheint daran zu zweifeln. Mit zusammengekniffenen Lippen reicht sie mir ein Handtuch. »Also gut. Aber versuch nicht, allein aufzustehen, bis ich zurück bin. Los, Mädchen. Schuhe anziehen. Wir gehen zu Tante Anke.«

Lea und Klara jubeln und stürmen in den Flur. Anke wohnt unter uns. Sie studiert und verdient sich etwas nebenher, indem sie Mia ab und an die Mädchen abnimmt. Nicht, dass wir es uns leisten könnten. Aber was soll's? Macht Papa eben eine Nachtschicht mehr ...

»Papa hat es satt, nicht wahr?« Da ist sie wieder. Genau dort, wo zuvor Mia gesessen hat, die jetzt mit den Kindern im Flur zugange ist. Sie ist immer noch nackt, wie ich mit einem kurzen Seitenblick feststelle. »Warum sieht sie es nicht?«

»Weil es Blödsinn ist«, flüstere ich scharf. »Es ist Blödsinn!« Aber sie hört mich nicht mehr, denn sie ist verschwunden.

Draußen fällt die Tür ins Schloss und die Stimmen der Mädchen verhallen im Treppenhaus. Langsam stehe ich auf, gehe zur Dusche und drehe den Hahn ab. Die Silberne hat natürlich recht – ich *habe* es satt. Aber dies ist nun mal mein Leben. Alles, was ich habe. Langsam bücke ich mich, um den Duschvorhang aufzuheben. Er ist zerrissen, Mia wird ihn nähen müssen. Halbherzig falte ich den nassen Stoff zusammen, als mir etwas daran ins Auge springt, das mir das Blut in den Adern gefrieren lässt. Mein Herzschlag verlangsamt sich und mir wird kalt. Ein langes, silberblondes Haar klebt an dem mit bunten Fischen verzierten Vorhang. Zu lang, um meins zu sein. Zu blond, um von Mia zu stammen. Ich schließe die Augen und mache sie wieder auf, in der Hoffnung, dass es dadurch weniger wahr werde.

Aber das Haar ist immer noch da und wirft alles über den Haufen, was ich über die Silberne zu wissen glaubte.

»Hey Mann, wie geht's deinem Schädel?« Marek schwingt sich die schwere Sporttasche über die Schulter, als wöge sie nichts, und grinst mich an.

Ich kratze mich verlegen am Kopf. »Tja, musste genäht werden, aber sonst ...«

»Was machst du auch für Sachen? Warst du besoffen, oder was?«

Ich spüre, wie meine Mundwinkel zu schwer werden, um mein Lächeln zu tragen. »Hör auf, so einen Scheiß zu labern, klar?«

Marek macht eine beschwichtigende Geste und hält mir die Tür zum »Fight Gym« auf. »Bleib locker. War nicht böse gemeint. Ich weiß, dass du trocken bist.«

Er folgt mir ins Innere, wo sich dieser einzigartige Turnhallengeruch ausbreitet. Das Dunstgemisch verbiesterter Anstrengung und miefiger Matten. In der Halle ist es so heiß und stickig, dass der Schweiß von den Wänden tropft, während lautstarke Hiphop-Beats aus den riesigen Boxen dröhnen. Wir steuern die Umkleide an. Hier und da werden wir mit einem Nicken oder ein paar Worten begrüßt. Marek redet die ganze Zeit. Er hat Stress mit Doro, seiner Freundin, die nochmal zur Uni gehen möchte.

»Die will's echt wissen«, sagt er, während er sein T-Shirt auszieht und ein beeindruckendes Sixpack zur Schau stellt. Marek ist ein polnischer Surferboy, braungebrannt mit blondgesträhntem Haar und hellblauen Augen. Wir kennen uns schon ewig. Nach der Schule haben wir in derselben Clique abgehangen, sind gemeinsam abgesoffen. Nur, dass Marek es immer rechtzeitig wieder an die Oberfläche geschafft hat, während ich unterging. Er nimmt das Leben leicht, das mich so niederdrückt. Wir könnten kaum unterschiedlicher sein. Und doch ist er mein bester Freund. Der einzige, um genau zu sein.

»Was ist an ihrem Leben denn so scheiße? Warum muss sie was ändern?«

»Sie ist Kassiererin in einer Schnellapotheke und möchte Pharmazeutik studieren. Was ist daran falsch?«, frage ich und bereue es im selben Moment.

Marek wirft mir einen bösen Blick zu. »Und was dann? Soll ich etwa das Taxi-Diplom machen, um mit ihr mithalten zu können? Was, wenn sie sich 'nen anderen, 'nen schlaueren Mann sucht. So 'nen Professor oder Doktor, oder so? Ne, lass mal stecken.«

Ich nicke abwesend und ziehe mich um, während ich Mareks Geschimpfe über mich ergehen lasse. Aber meine Gedanken sind woanders. Bei der Silbernen, die seit gestern Nachmittag, seit meiner Entdeckung im Badezimmer, nicht mehr aufgetaucht ist.

Ich habe mich nie mit der Frage beschäftigt, ob sie echt sein könnte, weil ich es schlicht für unmöglich gehalten habe. Sie war mein Hirngespinst, meine hübsche kleine Halluzination. Ich habe immer geahnt, dass der Alkohol und die harten Drogen manches in meinem Kopf kaputtgemacht haben könnten. Ich habe gedacht: Wenn sie der Preis dafür ist, dann kann ich damit leben. Selbst, wenn sie mir manchmal lästig wurde. Sie tauchte immer nur dann auf, wenn ich allein war. Niemand sonst hat sie je zu Gesicht bekommen. Sie hat mich nie berührt, nie irgendeinen Versuch unternommen, mich zu verführen. Sie war einfach immer da, sie und ihr Spiel. Es war nie mehr als das: ein Spiel. Doch jetzt?

Sie ist echt! Sie ist echt und sie will etwas von mir ... Bloß was?

»Hey Mann, was ist los?« Mareks besorgtes Gesicht schiebt sich in mein Blickfeld. Er schnipst mit dem Finger und tätschelt meine Wange. Dann verzieht sich seine sorgenvolle Miene zu einer heiteren Grimasse. »Sicher, dass wir heute trainieren sollen? Ich will dir nicht wehtun.«

Ich winke ab und verstaue meine Sporttasche im Schließfach. »Wir werden ja sehen, wer wem wehtut.«

Vor den Umkleiden kommt uns Sandro, der Besitzer des »Fight Gym« entgegen. Er begrüßt mich mit einem freundlichen Nicken, während er Marek brüderlich in den Arm nimmt. Dann beginnt Sandro vertraulich auf meinen Freund einzureden. Ich schlendere, mit meinem Handtuch bewaffnet, zu den Laufbändern und ignoriere die beiden. Marek hat einen Zweiterwerb neben dem Taxifahren, indem er Drogen vertickt. Anabolika und so einen Kram. Sandro ist einer seiner besten Kunden, deshalb trainieren Marek und ich umsonst. Früher habe ich in kleinem Stil bei solchen Geschäften mitgemischt, aber damit ist seit ein paar Jahren Schluss. Ich lasse die Finger von allem, was mich die Kontrolle kosten könnte.

Ach ja?, erklingt eine zynische Stimme in meinem Kopf. Ich habe gelernt, sie zu ignorieren.

Ich stelle mich auf eines der Laufbänder, beginne mit einem lockeren Aufwärmtraining. Schnell finde ich meinen gewohnten Rhythmus. Mein Körper übernimmt die Arbeit für mich, während meine Gedanken auf Wanderschaft gehen. Wieder landen sie bei der Silbernen, wie so oft in letzter Zeit. Mich beschleichen leise Zweifel, was die Echtheit des Haares in der Dusche anbelangt. Es könnte tausend Erklärungen geben. Vielleicht war es ein Puppenhaar von einer der zahlreichen Barbies meiner Töchter. Oder es war eines von Ankes Haaren, die sind ebenfalls lang und blond, das nach dem letzten Kaffeeklatsch an Mias Kleidung hängen geblieben ist. Oder, oder, oder. Es ist jedenfalls kein Beweis dafür, dass ich von einem magischen Wesen heimgesucht werde. Dieser Gedanke beruhigt mich ein wenig.

»Geschäfte?«, frage ich grinsend, als Marek das Laufband neben mir betritt.

Marek zieht mit dem Zeigefinger sein rechtes, unteres Augenlid herunter und schweigt vielsagend.

»Wie geht's Mia?«, wechselt er das Thema.

Ich stelle mit Genugtuung fest, dass er bereits nach wenigen Minuten schwerer atmet, während ich noch keine Probleme habe. »Gut soweit. Alles läuft nach Plan.«

»Wann ist es noch gleich so weit?«

»In zwei Monaten.«

Marek macht eine kugelige Geste an seinem Bauch und zieht fragend die Augenbrauen hoch.

»Und wie«, bestätige ich.

»Ich muss euch mal wieder besuchen kommen. Hab sie ja schon ewig nicht mehr gesehen.«

»Mhm«, mache ich unverbindlich, denn obwohl Mia und ich uns über Marek kennengelernt haben, passt mir der Gedanke nicht, dass ein Drogendealer neben meiner Frau auf dem Sofa sitzt oder mit meinen Kindern herumtobt, während kleine Plastiktütchen mit Gras und Pillen aus seinen Hosentaschen quillen. Das ist mein altes Leben. Es hat in meinem neuen Zuhause nichts zu suchen. Marek weiß das und das ist auch der Grund, warum er nie kommt, obwohl er es immer wieder ankündigt. Es ist eine stillschweigende Übereinkunft zwischen mir, Marek und Mia.

Allmählich geht mir die Puste aus, trotzdem stelle ich das Laufband noch eine Stufe höher.

»Langsam, Alex«, sagt Sandro, der gerade mit einer Kundin vorbeischlendert. »Ich hab von deinem Unfall gehört, also geh es heute etwas ruhiger an, ja?«

Schnell schicke ich einen bitterbösen Blick zu Marek, der unschuldig die Schultern hebt.

Nach dem Aufwärmen gehen wir in den Ring, um uns gegenseitig ein paar Hiebe zu verpassen. Marek versucht, mich zu schonen, und ich schicke ihn dreimal auf die Matte.

Anschließend lädt er mich ein, mit ihm etwas an der Theke zu trinken, aber ich lehne ab. Ich bin rastlos, meine Gedanken weit fort.

Anstatt nach Hause zu fahren, drehe ich mit dem Volvo ein paar Runden durch die Stadt. Um den Kopf frei zu kriegen. Zumindest ist es das, was ich mir einrede. Ständig sehe ich in den Rückspiegel, in der Erwartung, die Silberne sich auf meiner Rückbank räkeln zu sehen, wie sie es gern tut. Aber sie ist nicht da, so oft ich auch hinter mich sehe. Dabei brenne ich darauf, ihr ein paar Fragen zu stellen. »Wo bist du, verflucht?«

Schließlich stelle ich den Wagen am Straßenrand ab. Es wundert mich nicht, dass mein Unterbewusstsein den Weg hierher eingeschlagen hat. Es ist ein Irish Pub, *mein* Irish Pub von früher. Ich umklammere das Lenkrad und lege meine Stirn darauf ab.

»Ich fahre jetzt nach Hause«, sage ich laut und langsam und zwinge meine rechte, zitternde Hand, den Zündschlüssel zu drehen. Der Motor stottert kurz, bevor er anspringt.

Nach Hause, zu Mia. Ob die Kinder schon im Bett sind? Bestimmt. Mia achtet penibel darauf, dass sie ihre Zeiten einhalten. Ich sehe Mia vor mir: kugelrund, eine Tüte

Chips auf dem Bauch, vor dem Fernseher sitzend. *CSI* oder *Law & Order*. Irgend so ein Scheiß.

Ich würge den Volvo ab, stecke den Schlüssel in meine Hosentasche, nehme mein Portemonnaie von der Ablage und steige aus. Mein Gaumen kitzelt bei dem Gedanken an ein kühles Guinness. Nein, kein Bier. Mia wird es riechen. Lieber Wodka, so wie früher.

Im Pub ist es schummrig, laut und voll. Ich dränge mich bis zur Bar vor und bestelle einen Wodka Tonic, während ein Zehneuroschein seinen Besitzer wechselt. Der Barkeeper überreicht mir das Getränk zusammen mit dem Wechselgeld. Sekundenlang starre ich auf das vor Kälte beschlagene Glas, in dem Eiswürfel schwimmen und aus dem mir der herbe Geruch von Zitrone, gemischt mit dem scharfen Aroma des Wodkas, entgegenweht.

Eine Hand legt sich über meine. Ich hebe den Kopf und sehe in die grauen Augen der Silbernen.

»Da bist du ja.« Ich bin erleichtert, sie zu sehen, und das verwirrt mich. Hier in der Bar sollte ich sie mir eigentlich besser nicht herbeiwünschen.

Sie lächelt nur.

»Willst du nicht deine Frage stellen?«

»Wirst du mir denn endlich eine Antwort geben?«, schießt sie zurück, aber es fehlt der Spott, der ihre Worte meist begleitet. Vielleicht hat sie langsam genug von mir.

Wieder sehe ich auf das Glas, Speichel sammelt sich in meinem Mund. »Ich habe hart für das gekämpft, was ich habe«, erkläre ich dem Getränk, anstatt der Silbernen direkt zu antworten. »Ich will es nicht verlieren.«

»Wie kannst du etwas verlieren, das du nicht besitzt? Komm schon, Alexander. Wann hattest du zum letzten Mal Spaß? Ich meine *echten* Spaß«, sagt sie mit erhobenem

26

Finger, als ich zu einer Erklärung ansetze. »Nicht solchen, bei dem deine Kinder auf deinem Rücken durch das Wohnzimmer reiten, oder solchen, bei dem deine Frau dich bei gelöschtem Licht ermahnt, leise zu sein, damit die Mädchen nicht wach werden.«

Diese Art von Spaß hatte ich tatsächlich schon lange nicht mehr. Seit Mia wieder schwanger ist, seit ... ich schüttle den Kopf. »Rede nicht so über sie.«

»Ich sage, was du nicht zu denken wagst.«

»Es ist die Art, wie du es sagst.«

Die Silberne seufzt theatralisch. »Du weichst mir wieder einmal aus, Alexander.«

Ich denke über ihre Frage nach. Meine Hände umschließen das Glas. »Ich weiß nicht.«

»Du weißt nicht, wann du zum letzten Mal Spaß hattest?« Sie klingt beinahe mitleidig.

»Wer bist du? Was bist du?«, frage ich unvermittelt und sehe sie an.

Ernst erwidert sie meinen Blick. »Alles, was du willst.«

Bei dieser Vorstellung schwindelt es mir. Plötzlich ist es mir zu laut in dem Pub. Zu eng. Der scharfe Geruch des Alkohols widert mich ebenso an wie meine eigene Schwäche. »Na los, frag mich.«

Sie starrt zurück, ohne zu blinzeln. »Wo möchtest du am liebsten sein, Alexander?«

Ich denke keine Sekunde über meine Antwort nach: »Zuhause. Bei Mia und den Mädchen. Und ich will, dass du dich von ihnen fernhältst, verstanden? Lass uns in Ruhe!«

Fluchtartig verlasse ich das Lokal, ohne zurückzublicken. Zurück auf die Silberne und das unberührte Glas, das neben ihr steht.

Natürlich schlafen Lea und Klara bereits, als ich endlich die Tür zu unserer Wohnung aufschließe. Mia ist noch auf oder wie so oft vor dem Fernseher eingeschlafen, denn ein flackernder, bläulicher Streifen schimmert unter der Wohnzimmertür hindurch. So leise wie möglich lege ich meinen Schlüssel in die dafür vorgesehene Rattanschale, aus der allerhand anderes Zeug hervorquillt, ziehe meine Schuhe aus und gehe ins Wohnzimmer. Mia liegt ausgestreckt auf der Couch, eine bestickte Wolldecke über sich ausgebreitet, und schnarcht leise, während eine Dauerwerbesendung mit leisem Ton über den Bildschirm flackert. Sobald ich mich ihr nähere, macht sie die Augen auf und blinzelt mir müde entgegen. »Wo warst du?«

»Trainieren.« Ich schiebe ihre Beine etwas zur Seite und lasse mich seufzend neben sie auf das Sofa fallen.

»So lange?« Mia streckt sich stöhnend und setzt sich auf. Dabei hält sie sich den Bauch.

»Ist bei dir alles in Ordnung?«

»Ja. Das Baby ist heute etwas unruhig.« Lächelnd sieht sie mich an. »Es tritt. Willst du mal fühlen?«

»Lass mich erst duschen, ja? Ich bin völlig verschwitzt.«

Ich sehe, wie das Glühen in Mias Augen erlischt, wie sich ihre Mundwinkel vor Enttäuschung leicht nach unten verziehen. Fluchtartig verlasse ich das Wohnzimmer.

Diesmal schließe ich die Badezimmertür nicht ab. Mia folgt mir, nachdem ich die Dusche betreten habe. Der Wasserhahn läuft und die elektrische Zahnbürste springt an. Als ich aus der Dusche komme, steht Mia gegen das Waschbecken gelehnt da und sieht mir entgegen.

»Ich mache mir Sorgen um dich«, eröffnet sie mir.

»Reichst du mir bitte mal das Handtuch?«

»Das ist mein Ernst.«

»Meiner auch.« Als sie keine Anstalten macht, meiner Aufforderung zu folgen, greife ich an ihr vorbei und angle mir mein Handtuch vom Wandhaken.

»Heute war ich in dem Irish Pub in der Innenstadt«, gebe ich zu, während ich meine Haare trocken rubble. Mia saugt die Luft ein. Ich zwinge mich, sie anzusehen. »Ich habe es nicht getan, okay? Willst du einen Alkoholtest machen?«

Ihr zweifelnder Blick macht mich wütend. Warum vertraut sie mir nicht? Habe ich nicht längst bewiesen, dass ich stark genug bin?

»Nein, Alex, das will ich nicht.« Traurig schüttelt sie den Kopf und überrascht mich, indem sie auf mich zugeht und mich in den Arm nimmt. Schweigend umarmen wir uns, ihr Gesicht an meine feuchte Brust gepresst.

»Du wirst ja ganz nass«, murmle ich.

»Das macht nichts.« Trotzdem löst sie sich von mir und erforscht mein Gesicht. »Alex, wir sollten zusammen wegfahren, bevor das Baby kommt. Einfach mal raus aus dem Alltag. Du siehst aus, als könntest du es brauchen. Und Gott weiß, dass ich es brauche.«

Ich küsse ihren Scheitel und denke über ihren Vorschlag nach. »Klingt gut. Aber ...«

»Meine Eltern haben uns in ihr Ferienhaus eingeladen. Du, ich und die Kinder. Ein Wochenende am Meer! Was sagst du?«

Sie strahlt mich an, aber ich kann ihre Begeisterung nicht teilen. »Du, ich, die Kinder ... und deine Eltern?«

»Ach, nun sei kein Spielverderber. Sie freuen sich immer so, wenn sie die Mädchen sehen können, und wir hätten dadurch Zeit für uns. Dieses Wochenende, was sagst du?« Sie strahlt immer noch.

Ich wende mich von ihr ab, um mich anzuziehen. »Ich muss am Wochenende arbeiten, Mia«, erkläre ich, während ich in meine Boxershorts steige. Mia schweigt. Als ich sie ansehe, ist ihr Gesicht wie aus Stein. »Es tut mir leid. Warum fahrt ihr nicht allein? Macht euch ein paar schöne Tage am Meer.«

»Ich wollte mit dir dorthin.«

»Aber es geht nicht.« Ich nehme die Zahnbürste aus der Halterung. Meine Hände zittern, bestimmt vor Müdigkeit.

»Wir hatten eine Abmachung, Alex! Keine Dienste am Wochenende. Das Wochenende gehört ...«

»Der Familie, ich weiß. Aber ich kann nicht fünf Tage in der Woche zusätzliche Nachtschichten schieben. Und du weißt, dass wir das Geld brauchen.«

»Wir brauchen das Geld nicht. Wir brauchen dich.« Mia hält meine Hand mit der Zahnbürste fest, die ich mir gerade in den Mund stecken wollte, und sieht mich eindringlich an. Mit diesem Blick, den ich von früher kenne. Lange habe ich ihn nicht mehr an ihr gesehen. Damals hat es mir gutgetan, dass sich jemand um mich gesorgt hat. Heute verletzt es mich. Ich ziehe meine Hand weg. »Wenn du das Geld nicht brauchst, dann verrate mir, warum du ständig welches von deinen Eltern annimmst. Und warum du dich darüber beschwerst, dass das Baby die abgetragenen Klamotten von den Zwillingen anziehen muss? Wenn wir das Geld nicht brauchen, wofür reiße ich mir dann verdammt noch mal jeden Tag den Arsch auf?«

»Hör auf, mich anzuschreien«, zischt Mia mit einem warnenden Unterton.

»Ich schreie nicht.« Trotzdem dämpfe ich meine Stimme.

Mia senkt die Lider und atmet tief durch. Als sie mich wieder ansieht, tut sie es aus großen, traurigen Augen.

Taktikwechsel. »Bitte, Alex. Mir zuliebe. Sag deine Wochenendschicht einfach ab. Valentin ist doch kein Unmensch. Mit ihm kann man reden.«

Was soll ich ihr sagen? Dass ich keine Lust habe, zusammen mit ihren Eltern ein Wochenende auf einer verregneten Nordseeinsel zu verbringen? Dass ich zu stolz bin, ein Geschenk von ihnen anzunehmen und mich tagelang ihrem Wohlwollen ausgesetzt zu fühlen? Dass ich es hasse, Mia nicht selbst solche Geschenke machen zu können?

Und ist das alles überhaupt die Wahrheit?

»Ich muss arbeiten«, sage ich lahm. »Sie verlassen sich auf mich.«

Mias Unterlippe beginnt zu zittern. Tränen schießen in ihre Augen. Wortlos dreht sie sich um und verlässt das Badezimmer. Kurz darauf höre ich auch die Haustür ins Schloss fallen.

Mia ist fort. Lea weint. Ich bin allein. Noch nie habe ich es geschafft, die Mädchen nachts zu beruhigen. Sie rufen immer nur nach ihrer Mama.

Früher

Ob Mia und ich uns überhaupt nähergekommen wären, wäre sie an jenem Abend nüchterner gewesen? Oder ich betrunkener? Diese Frage stelle ich mir oft. Wie wäre mein Leben ohne sie verlaufen? Einmal habe ich Marek danach gefragt und er sagte: »Ohne Mia wärst du heute tot.«

Vielleicht hat er recht. Vielleicht auch nicht.

Mia ist nicht der Typ Frau, der sich unter normalen Umständen auf jemanden wie mich eingelassen hätte. Aber die Umstände waren nicht normal, denn Mia war sturzbesoffen, als ich – im wahrsten Sinne des Wortes – über sie stolperte. Gemeinsam mit Marek und Doro waren wir auf dieser Party. Irgendein reicher Bonze, mit dem wir hin und wieder Geschäfte machten, hatte uns und etwa hundert weitere zu sich nach Hause eingeladen. Mia war eine Bekannte von Doro. Sie hatte sich gerade frisch von ihrem Freund getrennt und war mies drauf. Eigentlich hatte sie keine Lust auf die Party, aber Doro schleifte sie mit. Wir wurden einander vorgestellt, fanden aber keine Gemeinsamkeiten, also verlor ich sie schnell aus den Augen. Ich klammerte mich an mein drittes Bier und hatte nicht besonders viel Spaß. Ich mag keine Menschen, fühle mich von ihnen beobachtet, bewertet, verurteilt. Nirgends bin ich einsamer als in einer Menschenmenge.

Ich wollte mich betrinken, mir so richtig die Kante geben. Aber ich hatte Marek versprochen, ihn nicht zu blamieren, wenn ich am nächsten Morgen bei dem Vorstellungsgespräch auftauchte, das er mir organisiert hatte. Stattdessen suchte ich mein Heil in der Flucht. Das Anwesen verfügte über einen riesigen Garten mit Pool, aber es war April und viel zu kalt zum Schwimmen. Hier und da saßen Partygäste in Grüppchen zusammen, von drinnen drang die Musik gedämpft an mein Ohr. Überall brannten Fackeln am Wegesrand und Lampions hingen in den alten, riesigen Bäumen. Ich blieb auf der Terrasse stehen und atmete tief durch. Dann schlenderte ich die große Marmortreppe nach unten in den Garten und überquerte den Rasen, der an einen Golfplatz erinnerte. Ich hatte kein bestimmtes Ziel, wollte bloß weg von den Menschen und dem Lärm. Hinter einem Rosenbusch hockte jemand. Das Licht der Fackeln reichte nicht bis hierher, weshalb ich ihn nicht gleich sah. »Hoppla!«, machte ich und wich der zusammengekauerten Gestalt im letzten Moment aus.

»Nichts passiert«, murmelte die Frau, die ihr Gesicht in den Händen vergraben hatte.

Langsam ging ich vor ihr in die Hocke. »Alles ok? Ich kenn dich doch.«

Hastig wischte sie sich durch das Gesicht, aber ich brauchte ihre Tränen nicht zu sehen, um zu wissen, dass sie geweint hatte. »Muss von hundert fremden Partygästen ausgerechnet jemand über mich stolpern, den ich kenne? Typisch, Mia!«, schimpfte sie. An ihrer verwaschenen Sprache erkannte ich, dass sie sehr betrunken war.

»Tut mir leid. Kann ich irgendwas für dich tun? Willst du was trinken?«

»Ich denke, ich hatte genug.«

»Ich meinte Wasser, du Dummerchen. Komm, ich helfe dir hoch.«

»Vorsicht. Ich habe mich übergeben. Irgendwo hier ...«

Ich streckte ihr schmunzelnd meine Hand entgegen. Es passierte nicht oft, dass ich jemandem aufhalf. Sie strauchelte und fiel mir in die Arme. »Hoppla«, sagte ich erneut.

Wie ein Idiot. »Vielleicht sollten wir uns irgendwo hinsetzen und ich besorg dir ein Glas Wasser. Einverstanden?«

Sie nickte und strich sich linkisch eine Strähne aus dem Gesicht. Suchend blickte ich mich um. Bis zum Haus erschien es mir zu weit und ich konnte mir kaum vorstellen, dass Mia in ihrem Zustand großes Interesse daran hatte, gesehen zu werden. Also lotste ich sie zu einer nahegelegenen Laube. Wir setzten uns auf eine von zwei gusseisernen Bänken, die um einen runden, zierlichen Tisch mit Mosaikplatte platziert waren. Über das Dach rankte wilder Wein. Jemand hatte auch hier Lampions aufgehängt und eine dicke Kerze in einem Glas auf den Tisch gestellt. Leere Bierflaschen, ein voller Aschenbecher und ein paar Sektgläser verrieten, dass wir nicht die Ersten waren, die heute Abend die Abgeschiedenheit dieses Plätzchens gesucht hatten. Mia stöhnte und stützte den Kopf in die Hände. »Mir ist schlecht!«, verkündete sie, während ich meinen Tabak aus der Gesäßtasche holte und mir eine Zigarette drehte.

»Steck den Kopf zwischen die Beine und atme durch den Mund. Das hilft manchmal.«

Mia tat es, und eine Weile schwiegen wir. Ich war unschlüssig, was ich sagen oder tun sollte. Wollte sie lieber allein sein? War ihr meine Gegenwart unangenehm?

Ich räusperte mich unbehaglich. »Geht's schon besser?«

Sie nickte schwach und winkte mich fort. »Es geht schon. Du brauchst nicht hier bei mir zu sitzen, weißt du? Geh nur, hab Spaß. Lass dich von einer wie mir nicht vollheulen.«

Ich zögerte, rutschte dann neben sie und betrachtete ihr verquollenes Gesicht. Sie war hübsch, trotz des Waschbär-Looks. Ihr braunes, glattes Haar fiel ihr frech über das Kinn. Die Spitzen berührten bei jeder Bewegung ihren fein konturierten Kieferknochen. Ich verspürte den dringenden Wunsch, meinen Finger auf diese Stelle zu legen und sie nachzuzeichnen. Mein Blick wanderte unauffällig etwas tiefer. Ihr Ausschnitt war nicht gerade üppig, die Haut von einem schimmernden Bronzeton, so als wäre sie gerade frisch aus dem Urlaub gekommen oder verbrächte viel Zeit im Freien. Ich zwang mich, ihr wieder ins Gesicht zu schauen – und begegnete ihrem direkten Blick. Ich grinste entschuldigend. Erwischt.

»Du bist Alex, richtig? Mareks Kumpel.«

Ich steckte die Zigarette zwischen die Lippen und zündete sie an. »Schuldig im Sinne der Anklage.«

Ein feines, gequält wirkendes Lächeln zog über Mias Gesicht. »So schlimm ist er auch wieder nicht.«

Ich zuckte mit den Schultern und stieß den Qualm aus. »Hast recht. Marek ist ein feiner Kerl.«

»Dasselbe sagt er über dich.«

Nun war es an mir zu lächeln. »Soll er sich mal trauen, was anderes zu sagen.«

Ein mädchenhaftes Kichern sprudelte über ihre Lippen, das nicht zu ihrer Traurigkeit passen wollte.

»Willst du nun ein Glas Wasser?«

Sie nickte dankbar. »Wärst du so nett?«

Sofort sprang ich auf. »Klar. Aber nicht weglaufen ... in Ordnung?«

Mia hob wie ein Soldat die ausgestreckte Hand an die Stirn. »Aye, aye, Sir!«

Ich beeilte mich. Irgendwie hatte ich Sorge, sie könnte sich aus dem Staub machen, solange ich weg war. Dass ihr auf einmal auffallen könnte, dass es keine gute Idee wäre, sich mit einem wildfremden Mann in einer abgeschiedenen Gartenlaube zu treffen. Aber als ich zurückkehrte, war sie immer noch da. Ihr Gesicht hatte an Farbe gewonnen. Die verschmierte Wimperntusche unter ihren Augen hatte sie fortgewischt. Mit meinem gewinnendsten Lächeln überreichte ich ihr eine Flasche Wasser. Ich selbst verstieß gegen meine guten Vorsätze und hatte mir noch ein Bier mitgebracht. Mit einem Seufzer ließ ich mich neben sie auf die Bank sinken und kramte aus meiner Hosentasche eine angebrochene Packung Kaugummi hervor. »Willst du? Gegen den Kotzgeschmack.«

Damit war ich ihr Held des Abends. Dankbar nahm sie die Kaugummis und schob sich einen in den Mund. »Danke für deine Hilfe«, sagte sie schüchtern und strich sich wieder eine Strähne hinter das Ohr, die sogleich wieder hervorsprang. »Was machst du, wenn du nicht gerade betrunkenen Frauen hilfst?«

Nervös knibbelte ich an dem Etikett der Bierflasche herum. Es gefiel mir nicht, dass das Gespräch nun auf mich kam. Lieber hätte ich über sie gesprochen. »Ich bin Künstler. Sitze oft am Wochenende in der Fußgängerzone, vielleicht hast du mich sogar schon dort gesehen.«

Mia hob die Augenbraue. »Echt? Nein! Das ist ja großartig! Was malst du denn so?«

Ihre Begeisterung steckte mich an, machte mich mutig. »Ich zeichne. Menschen, Gesichter. Manchmal Karikaturen, wenn gewünscht, aber das ist eher nicht so mein Ding.«

»Ich male auch hin und wieder«, erzählte Mia. »Aber ich würde nicht so weit gehen, mich als Künstlerin zu bezeichnen.«

Das Gespräch begann mir Spaß zu machen. Mia wirkte auch gar nicht mehr so betrunken. Im Gegenteil, ihre Augen blickten mir klar und wach ins Gesicht. Interessiert. Schon lange hatte mich niemand mehr so angesehen. Die meisten nahmen mich gar nicht wahr, wenn ich dort auf der Straße saß und zeichnete. Sie interessierte nur mein Produkt. Das Ergebnis. »Was macht für dich einen Künstler aus? Erfolg?«

Mia schüttelte den Kopf. »Nein. Es ist Leidenschaft. Sich Tag für Tag in die Fußgängerzone zu setzen, bloß um tun zu können, was einem wichtig ist ... das macht einen Künstler aus.«

Ich lächelte über die Naivität, mit der sie die Dinge betrachtete. Als wäre es für mich die Erfüllung, dort zu sitzen und jedem dahergelaufenen Idioten ein Porträt zu zeichnen, das ihn irgendwie gut aussehen ließ. Denn das wollten sie alle: Gut aussehen für ihr Geld. Es kotzte mich an, dort jedes Wochenende zu sitzen und mich den Rest der Woche mit irgendwelchen Drecksjobs über Wasser zu halten. Leidenschaft war etwas, das ich mir nicht leisten konnte. Pragmatismus war angesagt. Das Einzige, was mich aufrecht hielt, war der sich zugegebenermaßen immer weiter entfernende Hoffnungsschimmer, es doch eines Tages zu etwas zu bringen. Und die eisgekühlte Flasche Wodka, die am Abend im Eisfach auf mich wartete. Wenn Leidenschaft einen Künstler ausmachte, dann war ich keiner.

»Hm«, brummte ich unverbindlich. »Schätze, Leidenschaft allein reicht nicht. Man sollte es auch draufhaben, denkst du nicht?«

Mia blickte mir herausfordernd in die Augen. Ihre Zunge spielte mit dem Kaugummi, ließ ihn kurz hervorschnellen und wieder verschwinden. »Und, hast du es drauf?«

»Das müssen andere beurteilen«, wich ich ihr aus. Ich wusste, was ich konnte, aber ich war niemand, der sich damit brüstete.

»Darf ich dich was fragen?«, sagte ich, als sie längere Zeit nichts erwiderte.

Sie hob die Schultern.

»Warum hast du eben geweint? Wegen deinem Ex?«

»Nein. Oder ... doch. Klar.« Sie wich mir aus, ihr Blick suchte den Tisch vor uns ab, ihre Finger krallten sich in die Wasserflasche. Unangenehmes Schweigen füllte die Luft.

»Schätze, du willst nicht drüber reden.« Langsam stand ich auf, während sich Enttäuschung in mir ausbreitete. Ich fand Mia nett und hätte mich gern länger mit ihr unterhalten, aber offenbar hatte ich die falsche Frage gestellt.

Sie blickte zu mir auf. »Musst du schon gehen? Ich wollte nicht unhöflich erscheinen, es ist bloß ...« Hilflos brach sie ab und schüttelte den Kopf. Abermals glitzerten Tränen in ihren Augen.

Ich setzte mich wieder neben sie. »Du musst es mir nicht sagen, ist kein Ding. Wir kennen uns ja kaum. Ich kann verstehen, wenn du ...«

»Hättest du Lust, dich mal mit mir zu treffen? Auf einen Kaffee oder so?«

Mir blieb der Mund offen stehen. Schnell besann ich mich und klappte ihn wieder zu. »Klar? Gerne! Ich ... gibst du mir deine Nummer?« Ich wollte ihr zuerst meine geben. Aber die Gefahr war zu groß, dass sie sie morgen, wenn sie wieder nüchtern war, einfach in den Müll warf.

Ich kramte mein Handy aus der Hosentasche und tippte die Zahlenfolge ein, die sie mir diktierte. Meine Wangen glühten. Es war mir peinlich, aber ich glaube nicht, dass sie es überhaupt merkte. »Gut ... also ... ich ruf dich an!«, stammelte ich.

Mia lächelte mich an. »Ich weiß nicht, warum ich das jetzt sage ... aber du bist mit Abstand das Beste, was mir heute passiert ist.«

»Dann hattest du vermutlich einen ziemlichen Scheiß-
tag. Freut mich, wenn ich helfen konnte.«

Mia kicherte und ließ ihren Kopf auf meine Schulter fallen. Mir wurde auf einmal sehr warm. Als sie ihren Kopf
hob, brachte sie ihre Lippen sehr nah an meine. »Hast du
eine Freundin?«

»Nein«, antwortete ich mit belegter Stimme. Ich war
nicht der Typ für eine Freundin. Ich war der, mit dem man
nächtelang um die Häuser ziehen konnte, ohne jemals seinen Nachnamen zu erfahren. Der, mit dem man ins Bett
ging, aber den man nicht zum Frühstück einlud. Die meisten Frauen fanden meinen dauerbreiten Zustand witzig,
bis sie merkten, dass es eben nicht witzig war. Wenn der
Morgen kam und ich immer noch breit war. Oder schon
wieder.

Ich begriff, dass ich für Mia ein Abenteuer war. Vielleicht wollte sie sich an ihrem Ex rächen. Es war mir egal.
Sie roch gut. Ich küsste sie. Ohne Zunge, aber mit leicht
geöffneten Lippen. Es dauerte nicht lange, bis Mia wieder
zur Vernunft kam. Sie stand auf und hielt sich dabei am
Tisch fest. »Ich muss jetzt los.«

»Klar musst du das«, murmelte ich und hob die Bierflasche an meine Lippen.

»Lass uns zusammen einen Kaffee trinken, ja?
Versprochen?«

Ich lächelte unverbindlich. Schon morgen würde sie ihr
Versprechen bereuen.

»Versprochen«, sagte ich dennoch und beobachtete, wie
sie ins Haus ging, während ich selbst in der Abgeschiedenheit der Laube zurückblieb.

Ich hatte nicht vor, mein Versprechen zu halten. Genau genommen hatte ich Mia etwa zwei Tage später wieder vergessen. Ich bekam den Job an der Tanke, den Marek mir verschafft hatte, aber schon nach einer Woche kam ich betrunken zur Arbeit, legte mich mit einem Kunden an, stieß einen Postkartenständer um und das war's. Am Wochenende saß ich wieder in der Fußgängerzone und zeichnete. Es kam wenig Kundschaft, denn es nieselte stetig und die Wolken lagen drückend und schwer über der Stadt und meinem Gemüt. Die fehlende Kundschaft störte mich nicht. Ich setzte mich mit dem Rücken zum Gehweg unter meinen Schirm, damit die Leute mir über die Schulter schauen konnten und vertiefte mich in meine Arbeit. Manchmal warf mir jemand ein paar Münzen in die bereitstehende Dose. Manchmal kam ich mit jemandem ins Gespräch und gab ihm meine Visitenkarte, die natürlich umgehend in der nächsten Mülltonne landete. Noch nie hatte mich jemand wegen eines Auftrags angerufen. Entweder nahmen sie meine Dienste gleich in Anspruch oder sie vergaßen mich, sobald sie um die Ecke waren. Ich kannte das und hatte längst aufgehört, mich darüber zu ärgern. Meine Karte bekamen sie trotzdem.

Meine Pflegemutter hatte mich immer als hartnäckig bezeichnet, aber das war gewesen, bevor ich mit dem Trinken angefangen hatte. Wir sprachen nicht mehr miteinander, seit ich ihr hundert Euro aus dem Portemonnaie gestohlen hatte. Das war kurz nach meinem achtzehnten Geburtstag gewesen. Es gab kein Pflegegeld mehr für mich, da ich meine Ausbildung geschmissen hatte. Sie sagte, sie liebe mich trotzdem, ich sei ihr Kind, das Geld sei ihr gleichgültig. Aber dann bestahl ich sie und sie warf mich raus. Zehn Jahre später saß ich genau da, wo sie mich immer in ihren sorgengeplagten, schlaflosen Nächten gesehen hatte – auf der Straße, mit einer Betteldose vor mir. Nur, dass ich nicht bettelte.

»Du hast es wirklich drauf!«

Die Stimme hinter mir riss mich aus meinen Gedanken. Ich zuckte zusammen und der Kohlestift rutschte ab. »Shit!«, fluchte ich und drehte mich verärgert um.

»Mit dem Blick vergraulst du deine potentielle Kundschaft aber.« Es war Mia. Sie lächelte verunsichert und trat einen Schritt zurück.

Ich rieb mir die Stirn. »Tut mir leid. Ich hab mich bloß erschreckt.«

»Das wollte ich nicht.« Ihr Blick rutschte von mir ab, zurück zu der Zeichnung einer jungen Frau, die ich manchmal zeichnete, ohne zu wissen, woher ich ihr Gesicht eigentlich kannte. »Das ist gut. Wer ist das?«

»Ach, nur irgendwer.«

Mias Blick auf das Bild vertiefte sich. »Sie sieht nicht aus wie *irgendwer*.«

»Willst du, dass ich dich zeichne?« Ich deutete auf den Klappstuhl gegenüber der Staffelei.

»Klar, warum nicht?« Sie setzte sich. Ich schlug ein leeres Blatt meines Skizzenblocks auf und betrachtete Mia über den Rand der Staffelei. Sie hatte die Schultern leicht hochgezogen und umklammerte mit beiden Händen die Handtasche auf ihrem Schoß. Ich lächelte ihr beruhigend zu. »Mach dich locker, das hier ist kein Erschießungskommando. Stell die Handtasche unter den Stuhl und nimm die Schultern etwas runter. Genau so. Und jetzt dreh das Gesicht etwas nach links, tu so, als wäre ich gar nicht da. Lächle nur, wenn dir danach ist. Ok, sehr schön!«

Ich setzte den Kohlestift an und begann mit den groben Konturen ihres Gesichts. Mia saß da wie zur Salzsäule erstarrt. Nur ihre Augen huschten immer wieder zu mir herüber. »Du hast mich nicht angerufen«, sagte sie und ihre Stimme klang so bemüht lässig, dass ich sofort ein schlechtes Gewissen bekam.

»Ich hatte es vor. Aber die Arbeit kam mir dazwischen. Tut mir leid.«

Sie zuckte mit den Schultern und wurde dadurch etwas lockerer. Das braune, seidige Haar fiel ihr bis zum Kinn und strich über ihren Kieferknochen, der sich scharf und geschwungen vor ihrem langen Hals abhob. Ihre Lippen waren voll und sanft mit einer natürlichen Röte, die meinen Blick anzog. Jetzt verzogen sie sich leicht nach unten, ganz kurz nur, bevor sie sich zu einem erzwungenen Lächeln öffneten. »Nicht schlimm, ich war selbst sehr beschäftigt. Die Woche verging wie im Flug.«

»Ah ja? Was machst du denn so?«

»Ich studiere auf Lehramt. Kunst und Deutsch.«

Ich erinnerte mich dunkel, dass sie mir das schon erzählt hatte. Oder Doro hatte es vielleicht erwähnt. Ich widmete mich ihren Augen. Sie waren das Wichtigste an einem Porträt. Vielen Künstlern gelang es, die Gesichter der Porträtierten einzufangen, so, als würde man ein Foto betrachten. Aber die Augen verrieten sie. Wirkten sie nicht echt, war die Illusion dahin. Mias Augen waren groß und braun und sanft. Sie verrieten ihre Unschuld, gaben ihre Verletzlichkeit preis. Zum ersten Mal fragte ich mich, wie alt sie eigentlich war, wer sie war, wie sie lebte. Ich blickte von meiner Zeichnung auf und begegnete ihrem Blick. Wie sie mich musterte. Konnte es sein, dass sie sich wirklich für mich interessierte?

»Ich bin gleich fertig«, erklärte ich ihr. »Hast du Lust ... wollen wir zusammen was trinken gehen?«

»Jetzt gleich?«

»Warum nicht? Es sei denn, du hast was anderes vor.«

»Nein, nein«, versicherte sie eine Spur zu hastig. Ihre Wangen röteten sich, ich schraffierte ihre hohen Wangenknochen mit dem Kohlestift und verwischte die Linien zu einer feinen Schattierung. Ein paar Striche, mehr brauchte es meist nicht, um das Wesen eines Menschen einzufangen. Und ich hatte sie eingefangen. Wahrhaftig. Es gelang mir nicht immer. Oft genug waren meine Zeichnungen gewöhnlich. Diese nicht. Sie haute mich um. In meinem Mund sammelte sich der Speichel zu einem zähen Klumpen, den ich zwanghaft herunterschluckte. Plötzlich war ich nervös, wollte ihr das fertige Bild nicht zeigen. Ich wollte es behalten. Ganz für mich allein.

»Alex? Alles ok?«

Ich löste mich von der Zeichnung und nickte zerstreut. »Ja, es ist fertig.«

Mia stand auf, umrundete die Staffelei und stellte sich hinter mich. Ihr Parfum umhüllte mich. Lange starrte sie auf die Zeichnung und sagte kein Wort. Ich musste nicht fragen, ob es ihr gefiel. Ich wusste es.

»Ich weiß nicht, was ich sagen soll«, flüsterte sie erstickt. »Das ist ... einfach großartig. Ich habe eine Gänsehaut. Ich wusste nicht, dass ich so ... so ...« Sie nahm mein Gesicht in die Hände und küsste meine Stirn. »Danke, das ist beinahe beängstigend gut.«

Lächelnd blickte ich zu ihr auf und sah sie so, wie ich sie durch meine Zeichnung gesehen hatte. »Ich schenke sie dir.«

Ihr Lächeln war zum ersten Mal ehrlich. Sie trat einen Schritt zurück und betrachtete ihr Porträt erneut. »Alex, ernsthaft. Wie kann es sein, dass du hier auf der Straße hockst? Die Leute müssten sich darum reißen!«

Seufzend stand ich auf und packte meine Utensilien zusammen. Dieses Gespräch hatte ich schon zu oft geführt. »Niemand reißt sich um einen Künstler. Schon gar nicht um einen Porträtzeichner. Wenn ich fotografieren oder seltsame Skulpturen aus Schrott zusammenschweißen würde, dann könnte ich vielleicht was damit verdienen. Aber so ...«

Mia sah mir zu, wie ich zusammenpackte. »Wohin mit den Sachen?«, fragte sie, als ich die Staffelei, den Schirm und die Stifte in meiner großen Reisetasche verstaut und die Stühle zusammengeklappt hatte. Den Zeichenblock klemmte ich mir unter den Arm und deutete auf einen heruntergekommenen Imbiss. »Der Besitzer erlaubt mir, mein Zeug in seinem Hinterzimmer zu lagern.«

Mia half mir tragen, während sich der Regen verstärkte. Wir schafften es gerade rechtzeitig in den Imbiss, bevor es richtig losging.

»Wir werden nass werden«, sagte sie mit Blick in den Regen, nachdem wir alles verstaut hatten. Ein paar Passanten hetzten über die Straße, aber ansonsten wirkte die Passage wie ausgestorben.

»Wir können hier warten, hört bestimmt gleich auf«, erwiderte ich.

Sie rümpfte die Nase und blickte sich in dem Imbiss um. Stehtische, Pommesgeruch und ein Fernseher, aus dem lautstark eine Fußballübertragung plärrte. So hatte sie sich unser Date bestimmt nicht vorgestellt. Aber bei Aziz konnte ich wenigstens anschreiben lassen.

»Kaffee? Oder lieber ein Bier? Ich glaube, Aziz hat sogar irgendwo eine angebrochene Flasche Wein, aber die würde ich dir nicht empfehlen«, scherzte ich.

Mia verschränkte unbehaglich die Arme und lächelte

wieder ihr reserviertes Lächeln. »Bier? Wir haben vier Uhr am Nachmittag.«

»Also Kaffee, kommt sofort.« Ich bestellte zwei Tassen Kaffee und bekam zwei To-Go-Becher mit lauwarmer Plörre von heute früh, die ich mit an unseren Tisch nahm. »Du studierst also?«

Sie nickte und klammerte sich an ihren Pappbecher. »Im sechsten Semester. Grundschule.«

»Wieso Lehramt? Habe mich immer gefragt, wie jemand freiwillig Lehrer werden kann.«

In ihre Augen trat ein mutwilliges Blitzen. »Bist wohl nicht gern zur Schule gegangen?«

»Wie kommst du darauf?« Ich trank einen Schluck und verzog das Gesicht. Der Kaffee schmeckte bitter.

»Weil mich das nur Leute fragen, die keinen Spaß an der Schule hatten.« Sie zuckte mit den Schultern. »Ich bringe anderen gerne was bei. Ich mag es, das Beste aus jemandem hervorzukitzeln. Und ich mag Kinder.«

Beim letzten Satz wurde ihr Blick intensiv, sie schien meine Reaktion ausloten zu wollen.

Alle Frauen wollen Babys, früher oder später, hatte Marek mal gesagt.

»Klingt, als hättest du deine Berufung gefunden«, antwortete ich unverbindlich.

»Ja, vielleicht. Abwarten, wie mir das Referendariat gefällt. Und du?«

Die Frage erwischte mich kalt. »Was soll mit mir sein?«

»Na, was machst du so, außer beängstigend-grandiose Porträts zu zeichnen? Du sagtest, dass du unter der Woche arbeitest?«

»Ja, ich … ähm … bin Verkäufer. Ist bloß ein Job. Nicht der Rede wert.«

Sie blickte an mir vorbei durch die Scheibe. »Es hat aufgehört zu regnen. Ich wohne nicht weit von hier.«

Sie rutschte von ihrem Hocker. »Hast du Lust, mich zu begleiten? Ich habe ein paar Bilder von mir in meiner WG. Würde mich interessieren, was du dazu zu sagen hast. So von Künstler zu Künstler.« Sie zwinkerte mir so verrucht zu, dass mir kurz der Mund offen stand.

»Mit Vergnügen«, sagte ich und Mia hakte sich bei mir unter, während wir über das regennasse Kopfsteinpflaster zu ihrer Wohnung liefen.

Heute

Es ist Samstagabend, kurz nach zehn, als ich endlich die Wohnungstür aufschließe. Ein Schwall heißer, stickiger Luft schlägt mir entgegen. Ich reiße die Balkontür auf, um ein wenig frische Abendluft hereinzulassen. Die Wohnung ist verlassen. Es ist seltsam, ganz allein hier zu sein. Alles ist so aufgeräumt. Kein Spielzeug, über das man stolpert, kein Kindergeschrei, kein Essensduft. Ich beschließe, mir eine Pizza liefern und den Feierabend vor dem Fernseher ausklingen zu lassen. Das Telefon schon in der Hand, fällt mein Blick auf den geöffneten Wohnzimmerschrank, in dem Mia und ich wichtige Dokumente, Reisepässe, Versicherungsunterlagen und solches Zeug aufbewahren. Normalerweise ist er abgeschlossen. Vielleicht hat Mia vor ihrer Abreise etwas gesucht und dann vergessen, ihn zu schließen. Ich lege das Telefon zurück auf die Station und nähere mich dem Schrank. Im oberen Fach, dort, wo selbst ich ohne Hocker kaum rankomme, befinden sich meine Zeichenutensilien. Ich strecke mich danach und erreiche mit den Fingerspitzen die Zeichenmappe, die ein kleines Stückchen über das Regalbrett hinausragt. Ich schaffe es, sie hervorzuziehen und mitsamt der darauf stehenden Pappschachtel herunter zu balancieren.

Vorsichtig lege ich alles auf den Wohnzimmertisch, schiebe die Schachtel mit den Stiften zur Seite und öffne die Mappe. Mein Herz macht einen Satz. Wie lange hatte ich die alten Bilder nicht mehr angesehen? Wie lange ist es her, dass ich zuletzt das Kratzen eines Kohlestifts auf Papier gehört habe, dieses beruhigende Geräusch, begleitet von dem Gefühl, etwas zu erschaffen? Ich hebe die zuoberst liegende

Zeichnung an und betrachte sie. Ein Porträt von Mia. Sie war mit den Zwillingen schwanger, im achten Monat, als ich es angefertigt habe. Es zeigt sie im Profil, halbsitzend auf dem Bett, die Beine angewinkelt und die Hände fürsorglich auf den Bauch gelegt. Auf dem Bild ist sie nackt. Ich kann mich nicht mehr erinnern, ob sie für das Bild Modell gesessen hat oder ob ich sie aus dem Gedächtnis gezeichnet habe. Dabei ist es noch gar nicht so lange her.

Mia gab die Malerei klaglos auf, nachdem die Kinder geboren waren. Tatsächlich sprach sie nicht einmal mehr darüber, malen zu wollen, aber sie war auch nie so ambitioniert gewesen wie ich. Ich frage mich, ob sie es vermisst. Denn ich tue es. Ich habe eine Zeitlang weitergezeichnet. Skizzen der Zwillinge, die allesamt unter den klebrigen Fingern ebendieser zu Altpapier wurden. Mia beschwerte sich darüber, dass ich lieber mehr Zeit mit den Kindern verbringen sollte, als damit, sie zu zeichnen, also gab auch ich es auf. Es war keine bewusste Entscheidung. Es ist einfach passiert.

»Ein schönes Bild«, sagt eine Stimme hinter mir, ganz dicht an meinem Ohr. Ich kann ihren Atem spüren.

»Du bist wieder da.« Seit Tagen hat die Silberne sich nicht blicken lassen. Fast habe ich geglaubt, sie wäre fort.

»Ich war nie weg.«

Ich sehe sie an, aber sie blickt an mir vorbei auf die Zeichnung.

»Du hast mich verraten. Für sie.«

Ein heiseres Lachen explodiert in meiner Kehle. »Dich verraten? Was soll das bedeuten?«

Ihre Augenbrauen ziehen sich zusammen, eine steile Falte entsteht zwischen ihnen, die sie noch anziehender wirken lässt. »Erinnerst du dich wirklich nicht?«

Ein Windstoß bläst durch die offene Balkontür und wischt die zuoberst liegenden Bilder von Mia vom Tisch. Darunter befinden sich weitere Skizzen, Schmierereien. Unkonzentriert dahingeworfene Zeichnungen. Kalte Finger krabbeln über meine Wirbelsäule. Ich muss mich beherrschen, um nicht zusammenzuzucken. Ich starre auf die Zeichnungen, dann zur Silbernen.

Wer ist das?

Ach, nur irgendwer.

Sie sieht nicht aus wie irgendwer.

»Wer bist du?«, flüstere ich, meine Stimme bricht. Ich sehe wieder zu den Zeichnungen, sinke vor dem Wohnzimmertisch in die Knie und nehme sie in die Hände.

Sie ist es. Das Mädchen, das ich früher manchmal gezeichnet habe. Vor Mia. Ich habe sie so oft gemalt, ohne darüber nachzudenken. Ich wusste nicht, wer sie war, woher ich sie kannte. Vielleicht ein Gesicht aus der Vergangenheit, eine flüchtige Begegnung, die sich in meine Netzhaut gebrannt hatte? Jemand aus meiner Zeit vor Kinderheimen, Pflegefamilien, Jugendämtern. Ich erinnere mich nicht. An nichts davon. Es ist ein schwarzes Loch, ein unüberwindbarer Graben. Unzählige Flaschen Wodka und Bier habe ich hineingegossen in der Hoffnung, ihn zu füllen. Irgendetwas zu finden, woran ich mich festhalten kann. Mich zu erinnern. In der Therapie habe ich gelernt, mich von der Vergangenheit zu lösen und die Schwärze als ein Geschenk zu akzeptieren. Manchmal will der Geist sich nicht erinnern. Und er tut gut daran.

Auf einmal ist er wieder da – der Durst. Meine Hände beginnen zu zittern. Ich beobachte mich selbst dabei, wie ich die Zeichnungen zurück in die Mappe lege. Ich brauche nicht hinzusehen, um zu wissen, dass die Silberne fort ist.

Offenbar hat sie für heute erreicht, was sie erreichen wollte. Was auch immer das sein mochte. Vielleicht ist sie hier, um mich zu erinnern. Vielleicht, um mich zu quälen. Was auch immer sie tut, sie tut es gut.

Um mich abzulenken, öffne ich die Schachtel mit den Zeichenutensilien. Der Geruch von Kohle und Pastellkreide weht mir in die Nase und erfüllt mich mit heftiger Wehmut. Ich greife nach der Tasche, in der die Kohlestifte eingeschlagen sind, doch dann wird mein Blick von etwas anderem abgelenkt, das sich in der Schachtel befindet. Es ist ein Sparbuch. So eines, wie man es als Kind hatte, bevor Onlinebanking und Fondssparen in Mode kamen. Aber es sieht gar nicht alt und vergilbt aus, sondern ganz neu.

Ich klappe es auf und starre minutenlang auf die regelmäßigen Einträge, die mehr als drei Jahre zurückführen. Dort ist kein Name, nur eine Kontonummer aufgeführt, die mir unbekannt ist. Es gibt nur Zahlungen von dieser einen Nummer. Jeden Monat, seit drei Jahren, werden fünfhundert Euro von dort auf das Sparbuch überwiesen. Mia Sonnenberg, die als Inhaberin eingetragen ist, hat zwölftausend Euro auf der hohen Kante. Sie hat das Geld vor mir versteckt. Sie hat es dort versteckt, wo sie glaubte, dass ich es niemals finden würde. Wo ich niemals suchen würde, weil sie mich gebeten hatte, das Zeichnen aufzugeben. Genau wie das Saufen. Und ich habe es aufgegeben. Ihretwegen. Für sie. Und sie hat das Geld vor mir versteckt.

Was noch?, denke ich.

Du weißt es!, denke ich.

Dann stehe ich auf, lasse meinen Fund achtlos auf dem Tisch liegen und gehe ins Schlafzimmer. Mein T-Shirt ist verschwitzt von einem quälend langen Arbeitstag. Ich tausche es gegen ein sauberes Hemd mit kurzen Ärmeln, fahre mit den Fingern durch die Haare und betrachte mich kurz im Spiegel. Seit ich nicht mehr trinke, sind meine Augen klarer, die Konturen meines Gesichts härter, mein Körper straffer. Ich habe mich verändert. So sehr, dass ich mich selbst kaum wiedererkenne. Mia ist der Grund dafür. Mia hat mich gerettet. Aber musste ich überhaupt gerettet werden?

Ohne weiter darüber nachzudenken, greife ich meinen Schlüssel aus der Schale und schlage die Wohnungstür hinter mir zu. Mein Gaumen juckt, meine Kopfhaut kribbelt. In meinem Magen rumort ein Hunger, der rein gar nichts mit Essen zu tun hat. Nicht einmal mit Trinken. Was ist es dann? Meine Ruhelosigkeit ist so groß, dass ich zu Fuß in die Stadt laufe, anstatt auf den Bus zu warten. Das gibt mir Zeit, nachzudenken, meinen Entschluss zu hinterfragen. Mich selbst zur Vernunft zu bringen.

Aber ist es dafür nicht längst zu spät? Was ist mit der Wodkaflasche in meinem Taxi?

Ich habe es unter Kontrolle. Ich habe es unter Kontrolle!

Ich sollte meinen Therapeuten anrufen. Ich werde ihn an einem Samstagabend zwar nicht erreichen, aber manchmal hilft es schon, ihm auf die Mailbox zu sprechen. Das hat mir schon früher den Arsch gerettet.

Aber ich tue es nicht, diesmal nicht. Diesmal ist es anders. Es gibt kein Zurück.

Zwei Straßen weiter liegt eine schäbige Eckkneipe. So eine, wo schon morgens drei traurige Gestalten an der Theke sitzen und ihr Bier trinken und wo es nach billigem Altherrenparfum und Frikadellen riecht. Als ich die Tür öffne, drehen sich ein paar Köpfe zu mir um, aber schnell richtet sich die allgemeine Aufmerksamkeit wieder auf den Bildschirm an der Wand, der eine Sportübertragung zeigt. Ich setze mich auf einen der Barhocker. Eine griesgrämige Alte mustert mich über den Zapfhahn hinweg.

»Wodka pur, bitte«, sage ich, meine Hände verkrampfen sich, der Speichel fließt in meinem Mund zusammen. Ich will weglaufen, aber wohin? Es ist, als hätten mich alle Wege, jede meiner Entscheidungen hierhergeführt. Unweigerlich. Auf diesen Barhocker. Also bleibe ich sitzen und sehe der Bedienung zu, wie sie die Flasche aus dem Kühlschrank holt, drei Eiswürfel in ein Glas schaufelt und den Wodka darübergießt. Ich kann selbst über die nervige Stimme des Sportkommentators das Eis knacken hören. Die Kellnerin stellt das Glas auf einen Bierdeckel vor meine Nase. »Macht Fünf.«

Ich gebe ihr einen Zwanziger und schüttle den Kopf, als sie mir das Wechselgeld geben will. »Ich möchte heute Abend nicht vor einem leeren Glas sitzen.«

Die Frau kneift die Augen misstrauisch zusammen, doch dann nickt sie. »In Ordnung. So lange du keinen Ärger machst.«

Dann widmet sie sich wieder anderen Dingen und ich kann mich in den Anblick des Glases vertiefen. Noch zögere ich, aber ich weiß, dass mich das nicht aufhalten wird. Was für einen Sinn sollte es denn haben, sich die enttäuschten Gesichter von Mia und ihren Eltern, von Marek, meinem Therapeuten oder den Kindern ins Gedächtnis zu rufen? Es wird mich nicht aufhalten. Es wird nur dazu führen, dass ich mich schlecht fühle. Doch heute will ich mich gut fühlen. Also, was soll's?

Ich nehme das Glas und leere es mit einem Zug. Der Wodka brennt auf meiner Zunge, explodiert in meinem Magen und schwappt wie ein warmer, klarer See über meine Gedanken. Unaufgefordert schenkt die Bedienung nach und ich leere auch mein zweites Glas auf ex. Dann lässt das Zittern nach, Ruhe kehrt ein. Vor meinem dritten Glas sitze ich deutlich länger, esse ein paar Erdnüsse und tue so, als würde ich dem Fußballspiel folgen.

»Was willst du hier?«

Ich zucke nicht wie sonst zusammen, als ich ihre Stimme höre. Tatsächlich habe ich fest damit gerechnet, dass sie heute noch einmal zu mir zurückkommt.

Langsam hebe ich das Glas und proste ihr zu. »Wonach sieht es denn aus?«

Ihre Miene gibt nichts preis. Keine Missbilligung, keine Enttäuschung. Allmählich wird sie mir richtig sympathisch. Wortlos sitzt sie neben mir, während ich trinke. Ihre Anwesenheit tut mir gut, ich weiß nicht warum und hinterfrage es auch nicht. Als die Bedienung mir noch einmal nachschenken will, schüttle ich den Kopf. »Was willst du für die Flasche?«

Sie verzieht den Mund zu einem spöttischen Lächeln. »Zwei Straßen weiter ist ein Supermarkt. Das wäre billiger.«

Ich lege einen weiteren Zwanziger vor ihr auf die Theke. »Reicht das?«

Wortlos zuckt sie mit den Achseln und steckt das Geld ein. Mit der Flasche und der Silbernen im Gepäck verlasse ich die Kneipe. Alle Augen folgen mir.

»Und was jetzt?«, fragt die Silberne, als wir auf dem Bürgersteig stehen. Inzwischen ist es dunkel geworden. Ich schraube die Flasche auf und setze sie an die Lippen. Der Wodka ist eiskalt und brennt schon lange nicht mehr.

»Wir feiern!«, rufe ich.

Das lächelnde Antlitz der Silbernen verschwimmt vor meinem Blick. »Was denn?«

Ich breite die Arme aus. »Is doch egal! Das Leben, die Liebe. Dich!«

Sie macht einen Schritt auf mich zu. »Wirklich die Liebe?«

»Was auch immer.« Ich wische ihren lauernden Blick mit einer herrischen Geste weg und stolpere an ihr vorbei. »Kommst du mit?«

Wie ein Penner ziehe ich durch die Straßen, trinkend und grübelnd. Die Feierlaune vergeht so schnell, wie sie gekommen ist. Vor einem erleuchteten Schaufenster bleibe ich stehen. Es ist der Ausstellungsraum einer kleinen Galerie, an der ich oft vorbeifahre. Der Galerist hat ein Auge für Details, das ist mir schon früher aufgefallen. Die Kunstwerke sind ungewöhnlich, magisch. Ein Ziehen in meiner Brust schnürt mir beinahe den Atem ab, meine Augen brennen. *Sehnsucht.* Ich spüre Hände an meinen Wangen, kühl und tröstend.

»Lass uns spielen, Alexander«, raunt sie. »Wo willst du jetzt am liebsten sein?«

»Zuhause«, gestehe ich und der jammernde Unterton in meiner Stimme widert mich an. Sie kommt näher, ihre Lippen berühren meine.

»Wo ist das?«, flüstert die Silberne gegen meinen Mund, ihre Zunge schnellt hervor und meine Knie werden weich.

Ich verstehe ihre Frage nicht. Meine Gedanken sind ein zäher, träger Strom. Ich erwidere den Kuss, vertiefe ihn. Niemand außer uns ist heute Nacht unterwegs, die Welt gehört uns ganz allein. Ich nehme ihre Hand und ziehe sie hinter mir her.

Der Weg verschwimmt vor meinen Augen. Die Straßenlaternen und Schaufenster, das regennasse Kopfsteinpflaster. Wann hat es geregnet? Da ist eine Haltestelle. Ein erleuchteter Fleck auf der dunklen, verlassenen Straße. Aber dann fährt ein Taxi vorbei und ich winke es heran. Nicht Taxi Naumann, sondern die Konkurrenz. Ich bin noch klar genug, um mich zu vergewissern, dass der Fahrer mich nicht kennt, bevor ich die Wodkaflasche an die Lippen setze. Die Silberne verschwindet wieder einmal, aber ich weiß, dass sie noch da ist. Sie lässt mich nicht allein.

Irgendwie muss ich den Taxifahrer bezahlt und es geschafft haben, meinen Schlüssel hervorzukramen, denn plötzlich finde ich mich im dunklen Hausflur wieder. Ich hangle mich am Geländer entlang nach oben und knalle mit dem Rücken gegen die Haustür; die Silberne hängt an meinen Lippen, meinem Hals.

»Lass mich kurz aufschließen«, sage ich atemlos. Plötzlich werde ich meines Halts beraubt und stürze rückwärts. Auf dem Rücken liegend blinzle ich in eine grelle Lampe und mich durchfährt es heiß und kalt. Mia ist zurück!

Ein Gesicht beugt sich über mich. Die Silberne. Nein, nicht die Silberne. Es ist Anke, die Studentin von unten. Die auf die Kinder aufpasst.

»Hast dich wohl in der Tür geirrt, was?«

Sie hockt sich neben mich und hilft mir, mich aufzusetzen. In meinem Kopf dreht sich alles. Auch mein Magen dreht sich.

»Darf ich dein Klo benutzen?«, murmle ich und stürze schon in Richtung Badezimmer. Ich werfe die Tür hinter mir zu, aber sie springt wieder auf. Egal. Schon bäumt mein Magen sich auf und befördert seinen flüssigen, hochprozentigen Inhalt durch meine Kehle hinaus. Gerade rechtzeitig schaffe ich es, mich über die Kloschüssel zu hängen.

»Alles klar bei dir?«, höre ich Ankes Stimme an der Tür. »Ja, sicher doch«, knurre ich und würge. Erst, als es nichts mehr hinauszubefördern gibt, wage ich es, aufzustehen. Meine Knie sind wie Gummi. Ich taumle zum Waschbecken, vermeide den Blick in den Spiegel und trinke einen Schluck Wasser. Dann erfasse ich die Brisanz meiner Situation. Anke hat mich gesehen – betrunken! Natürlich weiß sie nichts von meiner Vergangenheit ... oder? Zumindest habe ich ihr nichts erzählt und auch Mia ist nicht der Typ, der es an die große Glocke hängt. Trotzdem könnte Mia durch sie davon erfahren. Unauffällig checke ich mit einem Seitenblick die Lage. Ankes Gesicht drückt nichts aus, außer Mitgefühl und einer guten Portion Schadenfreude.

»Ja, ja«, sagt sie. »Kaum ist die Katze aus dem Haus ...«

»Tut mir leid, Anke. Ich wollte dich bestimmt nicht wecken. Und schon gar nicht deine Toilette vollkotzen.«

Anke winkt ab. »Ach, schon in Ordnung. Das kann jedem passieren.« Sie kichert verhalten. »Willst du nen Kaffee?«

Das ist das Letzte, was ich will. »Nein, danke. Ich gehe wohl besser ins Bett. Hör mal ... es wäre toll, wenn du Mia nichts davon erzählen würdest. Mir ist das hier ziemlich peinlich.«

Anke zwinkert mir verschwörerisch zu. »Kein Ding. Meine Lippen sind versiegelt. Aber davon lässt du für heute lieber die Finger.« Sie deutet auf die Wodkaflasche, die bei meinem Sturz auf ihrem Teppich gelandet ist.

Beiläufig hebe ich sie auf. »Klar doch. Und danke ... für alles.«

Anke schiebt mich durch die Tür. »Gute Nacht und besserer Morgen«, sagt sie zum Abschied. Dann fällt die Tür ins Schloss und ich stehe wieder allein im dunklen

Hausflur. Wo ist die Silberne? Ich gehe ein Stockwerk höher und schaffe es nach drei vergeblichen Versuchen, meine Wohnung aufzuschließen. Auch hier keine Spur von der Silbernen. Beim Ausziehen stelle ich fest, dass an meinem Hemd ein paar Knöpfe fehlen. Die Erinnerung an ihre gierigen Hände macht meinen Frust noch größer. Ich schäle mich im dunklen Schlafzimmer aus der Jeans und falle in Unterwäsche auf das Bett. Dann taste ich nach der Wodkaflasche, die ich beim Eintreten achtlos auf die Matratze geworfen habe. Meine Finger erspüren inzwischen warmes Glas. Ich schraube den Deckel auf und setze die Flasche an meine Lippen, stelle mir vor, es wäre ihr Kuss. Verdammt!

»Wo bist du?«, rufe ich in die Stille hinein. Rastlos fahre ich auf. An Schlaf ist nicht zu denken. Ich taste mich an der Wand entlang ins Wohnzimmer, stoße mir den Zeh am Telefonschränkchen und schaffe es endlich bis zum Wohnzimmertisch. Die Skizzen und Kohlestifte liegen noch da, wo ich sie verlassen habe. Genau wie das Sparbuch. Ich ignoriere meinen Fund, schnappe mir den Zeichenblock und die Stifte, gehe zurück ins Schlafzimmer und mache Licht. Noch einen kräftigen Schluck zur Stärkung, dann setze ich mich im Schneidersitz mitten auf das Bett und fange an, zu zeichnen. Ich hätte es mit geschlossenen Augen tun können. Ich zeichne ihre weichen Kurven, ohne den Stift abzusetzen, und es fühlt sich an, als würde meine Hand ihre Schenkel entlang gleiten, die leichte Wölbung ihres Bauches streicheln, zwischen ihren Beinen versinken. Ich zeichne ihr weiches Haar, das in langen, satten Strähnen über ihre Schultern fällt und einen Teil ihrer Brust verdeckt; gerade genug, um zu erahnen, was sich darunter verbirgt. Ich spüre ihre harten Brustwarzen unter meinen

Fingern, ihre Atmung, ihren schnellen Herzschlag. Sie öffnet ihren Mund, ganz leicht, und ein Stöhnen entweicht ihren Lippen. Oder meinen? Ich zeichne immer schneller, wie ein Besessener. In meinem Schlafzimmer, unter meinen Händen, lasse ich sie lebendig werden. Ich trinke und zeichne, zeichne und trinke. Ich weiß nicht, wie viel Zeit vergeht. Meine Augen brennen vor Müdigkeit, mein Handgelenk schmerzt, aber ich kann nicht aufhören, sie zu beschwören. Ich muss sie haben. Hier, bei mir. Jetzt. Dann spüre ich sie. Ihre Hände fahren über meinen Nacken, meine Wirbelsäule entlang. Ihre Lippen finden meinen Hals. Sie schlingt ihre Arme von hinten um mich, ich drehe mich halb zu ihr um. Ihre Augen funkeln, als sie mich ansieht.

»Jetzt, Alexander, bist du da, wo du sein solltest.« Ihre Zunge gleitet in meinen Mund. Der Stift rutscht aus meiner Hand und dann wird es dunkel.

Früher

Wir blieben das ganze Wochenende im Bett, liebten und betranken uns. Ich erzählte Mia von meiner Vergangenheit und von meiner Schwester, die das leibliche Kind meiner Pflegeeltern gewesen war. Sie war schwer krank gewesen: Multiple Sklerose. Meine Pflegeeltern nahmen mich auf, kurz nachdem die Diagnose gestellt worden war. Ich war ihr Ersatzkind. Damit sie nach Sofies Tod jemanden hatten, an dem sie sich festhalten, um den sie sich kümmern konnten. Aber es kam alles ganz anders. Ein Pflegekind ist nun einmal kein leibliches Kind und meine Eltern unterschätzten den finanziellen und pflegerischen Aufwand von Sofies Erkrankung. Und das emotionale Bündel, das jemand wie ich mit sich brachte und das unweigerlich irgendwann explodierte.

Im Schutz der Nacht, eingehüllt in ihre Umarmung und die Schwere des Rotweins, erzählte ich Mia Dinge, die ich noch niemandem erzählt hatte. Sie hörte mir zu, stellte mir Fragen, aber urteilte nicht. Es tat gut, sich jemandem anzuvertrauen. Zum ersten Mal fühlte ich mich nicht allein. Immer wieder fanden sich unsere Lippen, unsere Körper. Meine Augen brannten vor Erschöpfung und mein Kopf war ganz wattig, aber ich konnte einfach nicht von ihr lassen.

Sonntagmorgen wachte ich vor ihr auf, schnappte mir ihren Zeichenblock und einen Bleistift und zeichnete sie. Ihren zerzausten Schopf, den geschmeidigen, nackten Körper, der sich um das zerwühlte Laken geschlungen hatte, den unästhetisch geöffneten Mund, aus dem ihr leises Schnarchen klang. Mia hasste das Bild und sie zwang mich, es zu vernichten. Sie war regelrecht wütend auf mich und ich musste ihr schwören, sie nie mehr im Schlaf zu zeichnen. Also war sie eitel und das fand ich irgendwie süß. Das Bild wegzuwerfen, störte mich nicht. Ich hatte es in meinem Gedächtnis abgespeichert und konnte es jederzeit abrufen. Immer, wenn ich es wollte.

Am Montag musste Mia zu einer Vorlesung und warf mich in aller Früh aus dem Bett. Wir duschten zusammen und sie versprach mir, dass ich am Abend wieder zu ihr kommen dürfe.

Beschwingt ging ich in meine verlassene, versiffte Bude, die mir im sanften Morgenlicht noch trostloser vorkam als bisher. Ich wusste nichts mit mir anzufangen und wenn das passierte, gab es nur zwei Wege, damit umzugehen: Trinken oder Zeichnen. Manchmal beides. Ich entschied mich fürs Zeichnen, denn ich wollte für meine Verabredung mit Mia einen klaren Kopf behalten. Also setzte ich mich mit meinem Skizzenblock auf die Matratze, die auf einem Lattenrost am Boden lag und die einzige Sitzgelegenheit darstellte, und rief mir Mias Gesicht ins Gedächtnis. Es war mir ein Leichtes, sie zu zeichnen.

Ich verbrachte den gesamten Vormittag damit. Am frühen Nachmittag klingelte mein Handy. Mein Herz klopfte schneller, als ich Mias Namen auf dem Display erkannte.

»Hey!«, begrüßte ich sie mit einem dümmlichen Grinsen im Gesicht. War es möglich, dass ich mich gerade in sie verliebte?

»Hey«, ihre Stimme klang gedämpft und irgendwie bedrückt. »Hör zu, ich muss unsere Verabredung heute absagen.«

Meine Mundwinkel sanken nach unten, ich spürte das Gewicht der Enttäuschung auf meiner Brust. »Oh, okay.«

»Es tut mir leid.«

»Schon in Ordnung. Wann ...?«

»Ich habe im Augenblick viel zu tun, Alex. Ich kann mich erst in ein paar Tagen wieder melden.«

Ich verkrampfte meine Finger um das Telefon. »Da kann man wohl nichts machen.« Ich wollte sie meine Enttäuschung nicht spüren lassen und gleichzeitig wollte ich sie ihr ins Gesicht schreien. Wollte wissen warum. Lag es an mir? An ihr?

»Ich ... fand es sehr schön mit dir am Wochenende«, sagte sie leise in meinen Gedankenstrudel hinein. »Ich möchte dich gerne wiedersehen, Alex. Nur ...«

Nur ... Dieses eine Wort hallte in mir nach, hinterließ einen bitteren Geschmack in meinem Mund.

»Kein Problem, Mia. Ich versteh schon. Bis dann mal.« Ich legte auf, ohne ihre Antwort abzuwarten. Minutenlang starrte ich auf das leere Display und knirschte mit den Zähnen.

Das war abzusehen gewesen. Immerhin hatte ich mich ihr offenbart. Wer konnte sich schon eine Beziehung mit jemandem wie mir vorstellen? Einem gebrannten Kind, einem Niemand. Ohne Job, ohne Zukunft. Mia war eine Studentin aus reichem Hause, sieben Jahre jünger als ich. Alles lag noch vor ihr, während ich das Gefühl hatte, die Endstation schon bald erreicht zu haben.

Ich schleuderte das Handy aufs Bett, stand auf und ging zum Kühlschrank. Zwei Flaschen Wodka lagen im Eisfach. Das war tröstend. Ich würde also das Haus in der nächsten Zeit nicht verlassen müssen. Saufen war das einzige, was ich wirklich mit Hingabe betrieb.

Am Ende verließ ich das Haus doch.

Volltrunken fand ich mich vor Mias Tür wieder. Sie teilte sich die Wohnung in einem gutbürgerlichen Mehrfamilienhaus mit zwei weiteren Studentinnen, die allesamt von ihren Eltern finanziert wurden. Nur mit Mühe kramte ich in meinem vernebelten Hirn nach ihrem Nachnamen – *Sonnenberg* – und fand den richtigen Klingelknopf. Ich parkte meinen Finger darauf und ließ erst los, als eine wütende Frauenstimme aus der Gegensprechanlage erklang.

»Wer stört?«

»Hiers Alex!«, lallte ich in den Lautsprecher. »Willzu Mia.«

»Mia ist nicht da! Verschwinde und klingle bloß nicht wieder Sturm! Unsere Nachbarn sind echt empfindlich!«

»Wo issie? Wann kommsie zurück?«

Die Anlage schwieg. Ich klingelte erneut, dann hörte ich ihre Stimme hinter meinem Rücken. »Alex?«

Auf dem Absatz drehte ich mich um und Mias Blick begegnete meinem. Ich grinste und wollte sie umarmen, doch sie schüttelte kaum merklich den Kopf, einen warnenden Ausdruck in ihren Augen. Hinter ihr standen zwei ältere Herrschaften, ein Mann und eine Frau. Er in grauer Bundfaltenhose und burgunderfarbenem Pullunder, sie in einem korallfarbenen Dreiteiler.

»Was tust du hier?« Sie blickte verunsichert über ihre Schulter. »Mama, Papa, das ist Alex. Ein … Freund von mir.« Ich bemerkte durchaus den Widerwillen in ihrer Stimme. Es war ihr peinlich, mich ihren Eltern vorzustellen. Jetzt verstand ich, warum sie mich absorviert hatte. Ich war gut genug für einen Fick am Wochenende, aber nicht gerade jemand, den man seinen Eltern vorstellen möchte. Das hatte Mia im nüchternen Licht des Montagmorgens erkannt und beschlossen, das Ganze so schnell wie möglich zu beenden. Und ich Idiot tauchte hier auf.

Papa Sonnenberg musterte mich aufmerksam, während Mias Mutter die Nase rümpfte.

»Ismir ein Vergnügn«, sagte ich und gab mir Mühe, nicht zu schwanken. Aber es war sinnlos, sie hatten längst gemerkt, dass ich besoffen war. Mia hatte es gemerkt.

Sie runzelte die Stirn. »Kann ich dich kurz sprechen?« Dann wandte sie sich an ihren Vater und drückte ihm einen Schlüssel in die Hand. »Geht doch ruhig schon mal hoch, ich komme gleich.«

Papa Sonnenberg zögerte, sein argwöhnischer Blick fiel abermals auf mich. »Bist du sicher? Wir können gerne auch hier warten.«

»Nein, nein, ist schon gut.« Beschwichtigend legte sie die Hand auf seinen Arm. Dann zerrte sie mich am Ärmel ein paar Schritte von der Tür weg und vergewisserte sich, dass ihre Eltern dahinter verschwunden waren, bevor sie loslegte: »Sag mal, spinnst du? Was hast du hier zu suchen?«

Mein Magen gefror zu einem eisigen Klumpen. »Ich wollt' dich seh'n, was is' daran schlimm?«

»Schlimm ist, dass du betrunken bist!«

Aber das war nicht alles. Ich wusste es, ich sah es in ihren Augen. Sie bereute es, sich auf mich eingelassen zu haben. Und nun, da ich bei ihr zu Hause aufgetaucht war, bereute sie es noch viel mehr. »Warum hastu nich' gleich gesagt, dass du nur ficken willst? Dann hätt' ich nicht ... dann hätt' ich ... ach, verfluchte Scheiße!«

Ich fühlte mich zum Kotzen, verletzt, nackt, aufgebracht.

»Was? Alex! Wie kommst du denn auf so einen Schwachsinn? Ich wollte doch nicht ...«

»Eine wie du ... und einer wie ich ...«, unterbrach ich sie und schüttelte den Kopf. Dabei verlor ich das Gleichgewicht. Schwankend stützte ich mich an der Hauswand ab.

»Alex, geh nach Hause, schlaf deinen Rausch aus. Wir reden besser morgen weiter, wenn du nüchtern bist.«

Jetzt hatte sie auch noch Mitleid mit mir. Ihre großen, braunen, besorgten Augen trafen mich mitten ins Herz. Sie konnte mir gefährlich werden. Aber nur, wenn ich es zuließ. Ich straffte mich und sammelte die Reste meines Stolzes ein. »Nein. Wir reden nich' morgen. Ich mach nämlich Schluss. Es war nett, ok? Aber mehr is' nich' drin.«

Ihre Augen weiteten sich, das Braun verschwamm hinter einem Tränenschleier. »Du Arschloch«, flüsterte sie. Dann machte sie auf dem Absatz kehrt und stürzte zur Tür.

»Ja, das bin ich!«, brüllte ich ihr nach. »Besser, du siehst es gleich!« Doch da war sie schon fort. Ich machte kehrt und schwankte zurück nach Hause, um mich der zweiten Flasche zu widmen.

Danach versumpfte ich in Selbstmitleid, ging nur vor die Tür, um meine Termine beim Jobcenter wahrzunehmen. Schließlich musste die Kohle weiterfließen. Marek besuchte mich manchmal nach der Arbeit, immer einen väterlichen Rat auf den Lippen. »Es ist der Alkohol, Alter. Vielleicht solltest du mal halblang machen.«

Als hätte ich das nicht selbst gewusst. Aber ich war schon zu tief drin. Ich hatte längst vergessen, wie man aufhört. Die kurze Episode mit Mia hatte mir verdeutlicht, wie hoffnungslos mein Leben war, dass es keinen Sinn hatte, sich für irgendetwas zu engagieren. Niemand würde mir je eine Chance geben. Ich war längst verloren.

So vergingen mehrere Wochen, in denen ich immer seltener an Mia dachte. Die kurze Verliebtheit, die ich zu spüren geglaubt hatte – verflogen. Ich hätte darüber erleichtert sein sollen, aber tatsächlich beunruhigte es mich, wie abgestumpft ich inzwischen war.

Bis sie plötzlich wieder vor meiner Tür stand.

Es war Vormittag, an einem Samstag, und ich hatte noch geschlafen, als das Klingeln mich aufweckte. Ich kämpfte mich aus dem Delirium und schlurfte an die Tür. Zu spät bemerkte ich, dass ich nichts trug außer Shorts.

Sekundenlang starrte ich Mia an, versuchte zu erfassen, wer da vor mir stand.

»Darf ich reinkommen?«, fragte sie, die Arme vor dem Körper verschlungen. Sie trug kein Make-up und sah aus, als hätte sie geweint. Ich stieß die Tür etwas weiter auf und trat zur Seite, so dass sie an mir vorbeigehen konnte. In der Mitte meiner Ein-Zimmer-Wohnung blieb sie stehen und sah sich um. Ich hatte nicht aufgeräumt, seit Wochen schon nicht. Überquellende Aschenbecher, leere Bier- und Wodkaflaschen sowie eine selbstgebastelte Wasserpfeife waren die einzige Dekoration zwischen kahlen, vergilbten Wänden und einer Kochnische, in der sich das schmutzige Geschirr stapelte. Unter anderen Umständen hätte ich mich dafür geschämt, aber über diesen Zustand war ich längst hinaus. Schweigend sah Mia sich um, den Mund in fassungslosem Staunen geöffnet.

»Woher weißt du, wo ich wohne?«, fragte ich, um überhaupt etwas zu sagen, während ich in einem Stapel schmutziger Wäsche nach einem T-Shirt wühlte.

»Ich habe mit Marek gesprochen. Er hat mir einiges über dich erzählt. Von deinen Problemen.«

Ich hielt inne, ein zerknülltes Shirt in der Hand, an dem ich vorsichtig geschnuppert hatte. »Na schön. Und was willst du dann hier?«

Mia, deren Blick in das Studium meines Drogenequipments vertieft gewesen war, drehte sich zu mir um. »Ich bin schwanger.«

Ich vergaß das T-Shirt. »Scheiße.«

»Ist das alles, was dir dazu einfällt?«

»Wie lange weißt du es schon?«

»Erst seit ein paar Tagen. Ich war nicht sicher, ob ich es dir überhaupt sagen soll.«

»Und du glaubst, es ist von mir?«

Mia erstarrte.

»Vielleicht ist es von deinem Ex«, versuchte ich, meinen Gedanken zu erklären.

Mia wurde sehr blass. »Laut Ultraschall bin ich in der fünften Woche. Mit meinem Ex ist seit drei Monaten Schluss. Du kannst gerne selbst nachrechnen.«

Ich ließ mich auf die Matratze sinken und vergrub die Hände tief in meinem Haar. Ich hatte Kopfschmerzen. Ich war müde. Und durstig. Ich wollte, dass sie ging.

»Was willst du jetzt von mir?«, fragte ich und war mir meines aggressiven Untertons durchaus bewusst.

»Gar nichts. Ich dachte bloß ... ich dachte, du möchtest es vielleicht wissen. Das ist alles. Es war eine blöde Idee. Vergiss einfach, dass ich hier war.«

Ich zwang mich, sie anzusehen. Sie wirkte gar nicht wütend, nicht einmal enttäuscht. Offenbar war sie tatsächlich ohne jede Erwartung zu mir gekommen. Als ich nicht antwortete, hob sie kurz die Hand, als wollte sie mir winken, um dann damit eine Haarsträhne hinter das Ohr zu streichen. »Mach's gut, Alex.«

Sie schulterte ihre Tasche und ging zur Tür. Irgendetwas sagte mir, dass ich sie aufhalten sollte, wenn ich nicht endgültig wie ein Riesenarschloch dastehen wollte. Sie war immerhin schwanger. Von mir!

»Bitte bleib«, flüsterte ich und das reichte. Die Hand schon an der Türklinke, verharrte sie mit dem Rücken zu mir. Ich blieb weiter auf der Matratze sitzen. Wie festgewachsen. Zu müde, um mich zu bewegen. Langsam drehte sie sich zu mir um. Tränen schimmerten in ihren Augen.

»Es tut mir leid«, sagte ich lahm. »Komm, setz dich.«

Langsam kam sie auf mich zu und setzte sich neben mich. Dann kramte sie in ihrer Handtasche und ich sah, dass ihre Finger zitterten. Sie holte ein blaues Heftchen hervor. »Mutterpass« stand darauf. Das Bild, das sie mir reichte, war eine nicht zu definierende Ansammlung aus Schatten und Licht. Ich starrte darauf wie auf einen Rorschach-Test, in der Hoffnung, wenn ich nur lange genug hinsähe, würde wie aus dem Nichts ein Bild vor meinen Augen entstehen. Mia fuhr mit dem kleinen Finger über einen dunklen Punkt.

»Das hier ist die Fruchthöhle.« Ihr Finger verharrte in der Mitte des Punktes, wo ein winziges, weißes Fleckchen zu erkennen war. »Und das ist das Baby.«

Es überwältigte mich geradezu. Obwohl ich den Beweis in den Händen hielt, fiel es mir schwer, zu glauben. »Aber wir haben doch verhütet.«

Mia lachte trocken. »Tja, da hat die Technik wohl versagt.«

Ich strich über den kleinen, weißen Fleck und gab Mia dann das Bild zurück. »Was hast du jetzt vor?«

Sie atmete tief durch. »Deshalb bin ich hier. Ich will es behalten, aber ich werde keine finanziellen Forderungen an dich stellen. Meine Eltern werden mich unterstützen, bis ich mein Studium beendet habe und dann eine Arbeit aufnehmen kann. Ich wünsche mir, dass das Kind einen Vater hat, aber ich will, dass er nüchtern ist, verstehst du? Wenn du das nicht schaffst, dann ...«

»Ich schaffe es«, sagte ich schnell. So schnell, dass ich mich selbst damit überraschte. Hier war er, mein Anker, und ich griff mit einer Leidenschaft danach, die mir beinahe Angst machte.

Mia strahlte mich an. »Ich hatte gehofft, dass du das sagst.«

Ich lächelte schwach und wir beide schwiegen, plötzlich verlegen geworden.

»Ich habe die ganze Zeit an dich gedacht, Alex. All die Wochen. Schon bevor ich wusste, dass ich … nun ja. Was ich sagen will, ist … ich mag dich. Sehr. Ich wäre auch gekommen, wenn ich nicht schwanger geworden wäre.«

Sie log. Natürlich log sie. Aber ich wusste den Gedanken hinter der Lüge zu schätzen. Und vielleicht mochte sie mich wirklich. Es war denkbar, so, wie sie mich ansah.

»Tut mir leid, wie ich reagiert habe. Ich war überfordert.«

»Schon vergessen.« Sie winkte ab.

»Nein, ehrlich. Das tut mir leid. An deiner Stelle hätte ich mir 'nen Tritt verpasst. Das darfst du übrigens nachholen, wenn du magst.«

Mia lachte herzhaft. Es war ein befreiter Laut. Unter welcher Anspannung sie gestanden haben musste. Zögernd legte ich den Arm um ihre Schulter und zog sie an mich, um ihren Scheitel zu küssen. Mia schmiegte sich an mich.

Plötzlich, von einer Minute auf die andere, hatte mein Leben sich um hundertachtzig Grad gedreht. Ich war aufgekratzt und gleichzeitig fürchtete ich mich beinahe zu Tode.

»Ich sollte aufräumen«, sagte ich.

Mia sah mich aus ihren großen, schokobraunen Augen an. »Soll ich dir helfen?«

»Das wäre schön. Ja, wirklich.«

Ein schriller Laut durchsticht meinen Schädel. Wie ein Messer bohrt er sich in die Windungen meines Gehirns. Immer wieder, erbarmungslos. Ich mache die Augen auf und sehe direkt auf das silberblaue Etikett der leeren Wodkaflasche. Das Telefon klingelt hartnäckig weiter. Langsam setze ich mich auf. Mein Magen dreht sich, alles dreht sich. Halbblind schäle ich mich aus dem Bett und taumle zum Telefon. Kurz bevor ich abhebe, räuspere ich mich. »Ja«, krächze ich schwach in den Hörer.

»Alex? Hast du etwa noch geschlafen?« Es ist Mia.

Ich räuspere mich wieder. Mein Hals fühlt sich an, als bestünden meine Stimmbänder neuerdings aus Kettensägen. »Hab gestern 'ne Doppelschicht gefahren«, antworte ich. Die Lüge kommt ganz leicht über meine Lippen. Mia scheint keinen Verdacht zu schöpfen.

»Du Armer. Aber heute hast du frei, oder?«

Ihre Frage durchfährt mich wie ein Blitz, mein Blick zuckt zur Uhr. 11:52 Uhr. Scheiße!

»Nein. Ich muss gleich wieder los. Jetzt, um genau zu sein. Ich habe verschlafen.«

Ich höre Mia am anderen Ende scharf einatmen. »Alex«, sagt sie mahnend, »du weißt, wie Valentin es hasst, wenn du ...«

»Ich muss Schluss machen. Gib den Mädchen einen Kuss von mir.«

»Also schön«, seufzt sie. »Wir kommen gegen Abend nach Hause. Ich liebe dich.«

»Ja. Ich dich auch.« Ich lege auf, schleppe mich ins Bad, um mir wenigstens noch die Zähne zu putzen, während die letzte Nacht in meinem Gedächtnis Revue passiert. Habe ich meine Frau betrogen? Mit einer … Fee? Oder was auch immer sie ist. Ich suche nach Reue und kann keine finden. Ob ich allmählich verrückt werde?

Als ich fertig bin, gehe ich zurück ins Schlafzimmer, in dem es nach scharfem Alkohol riecht. Ich reiße die Fenster auf und fange an, aufzuräumen. Mein Handy klingelt. Es ist Marek.

»Hey Alter, wo bleibst du? Vor 'ner Stunde hat deine Schicht angefangen!«

»Ich hab verschlafen. Bitte sag Valentin, ich wäre schon unterwegs.«

»Bist du denn schon unterwegs?«

»So gut wie.« Ich unterbreche die Verbindung und zwänge mich in eine Jeans. Die Wodkaflasche werfe ich in den Hausmüll, verknote den Müllbeutel und stelle ihn vor die Haustür, um ihn nicht zu vergessen. Ich gehe zurück ins Schlafzimmer. Mein Blick fällt auf den Skizzenblock. Meine Knie zittern, als ich in die Hocke gehe und ihn vom Boden aufhebe. Schnell blättern meine Finger durch die entstandenen Zeichnungen. Da ist sie, die Silberne. In allen möglichen Posen, die mir teils die Schamesröte ins Gesicht treiben. Aber gleichzeitig erfüllen mich die Bilder mit Stolz. Auch wenn ich nur Zeit für eine schnelle Begutachtung habe, erfasse ich, dass sie das Beste sind, was ich je gezeichnet habe. Aus Zeitmangel packe ich die Skizzen in meine Zeichenmappe und lege den Skizzenblock und die Stifte zurück in den Wohnzimmerschrank. Dann ziehe ich mir ein T-Shirt über, fahre mir mit gespreizten Fingern durch das Haar, schnappe mir den Müll und verlasse die Wohnung.

In der Zentrale erwartet mich Valentin. Halb auf Bettys Schreibtisch sitzend sieht er mir entgegen, die Lippen zu einem schmalen Strich zusammengekniffen. »Nett, dass du uns mit deiner Anwesenheit beehrst, Alexander.«

Alexander. Außer Mias Eltern und der Silbernen nennt mich so nur Valentin. Kein Wunder, denn er ist ein alter Freund von ihnen. Sie waren es, die mir nach dem Entzug den Job als Taxifahrer verschafft haben. Welches Unternehmen hätte mich ohne Vitamin B schon genommen? Noch ein Grund, Mias Alten auf ewig dankbar zu sein. Schlimm genug. Aber zufällig weiß ich auch, dass Valentin ihr Spitzel ist. Jede meiner Verfehlungen, jedes Zuspätkommen, Krankmelden oder Furzen landet direkt bei Papa und Mama Sonnenberg auf dem Schreibtisch. Und ich Idiot war auch noch so blöd, mir zur Hochzeit ihren altehrwürdigen Namen aufschwatzen zu lassen. Nicht, dass sie es so gewollt hätten. Sie hassen mich ebenso sehr, wie ich sie hasse. Ich tat es, weil mein eigener Nachname mir nie etwas bedeutet hatte. Weil ich froh war, ihn loszuwerden. Und – natürlich – für Mia. Es ist immer alles für Mia.

»Tut mir leid, Chef. Kommt bestimmt nicht wieder vor.«

»Mein Gott. Du siehst beschissen aus«, kommentiert er, als ich näher komme, um mir von Betty mein Fahrtenbuch geben zu lassen. Sie zwinkert mir aufmunternd zu, als Valentin nicht hinsieht.

»Ich glaube, ich brüte was aus, Chef.«

Sofort tritt Valentin einen Schritt zurück und hält sich die Hand vor Mund und Nase. Wenn er etwas noch mehr hasst, als Zuspätkommen, dann sind es Bazillen. »Und du bist sicher, dass du fahren kannst?«

»Ja, Chef.«

»Denn wenn du einen Unfall baust und die Versicherung erfährt, dass du krank warst ...«

»Ich kann fahren, Chef. Halb so wild.«

Valentin verzieht säuerlich den Mund. Dann steht er auf. »Na schön. Aber lass dir eines gesagt sein. Noch so ein Patzer ...«

»Jetzt krieg dich wieder ein! Ich sagte doch schon, es kommt nicht wieder vor«, platze ich heraus. Meine Stimme zittert vor unterdrückter Wut.

Valentin stutzt. Eine Augenbraue fliegt nach oben. »Ruhig, Junge. Ich bin immer noch dein Boss. Und das auch nur, weil deine Schwiegereltern es so wollten. Du bist nichts. Ich kann dich zurück in die Gosse stoßen, wenn mir danach ist. Klar? Also sieh zu, dass du Land gewinnst.«

Ich starre ihn sekundenlang an. Keine Ahnung, was heute mit mir los ist, aber es kann nicht gut für mich ausgehen. Aus den Augenwinkeln sehe ich, dass Bettys Blicke zwischen uns hin und her fliegen. Ich senke den Kopf. »Tut mir leid, Chef.«

Valentin nickt knapp und verzieht sich in sein Büro. Ich atme innerlich auf.

»Was war das denn?«, fragt Betty verblüfft.

»Keinen Schimmer«, gestehe ich. »Aber ich war so kurz davor, ihm eine reinzuhauen.«

Sie schweigt und tippt mit dem Kuli auf die Schreibtischunterlage. »Alles okay bei dir?«

»Klar.«

»Valentin hat recht. Du siehst scheiße aus.«

»Danke. Bekomme ich mein Fahrtenbuch? Wird Zeit, dass ich loslege, bevor der Alte den nächsten Tobsuchtsanfall bekommt.«

Mit einem skeptischen Ausdruck im Gesicht reicht sie es mir und ich mache mich auf den Weg in die Tiefgarage. Kaum sitze ich in meinem Wagen, knistert auch schon das Funkgerät. »Du verlierst auch keine Zeit, was, Betty?«

»Hey Alter. Ich bin's«, knarzt Mareks Stimme aus dem Sprechfunk. »Hast du's endlich aus den Federn geschafft? Hart gefeiert gestern Abend?«

»Ich war krank«, antworte ich knapp, wohl wissend, dass der Funk auch von Valentin abgehört werden kann.

»Wann machst du Pause?«, will Marek wissen.

»Ich hab gerade erst angefangen.«

»Gegen drei Uhr am Café Meisner?«

»In Ordnung.«

»Over and out«, sagt Marek melodramatisch.

Ich fahre in Richtung Bahnhof, um ein paar Reisende aufzugabeln, solange kein anderer Auftrag reinkommt. Sonntags ist es meist ziemlich ruhig. Ich freue mich auf einen starken Kaffee, um mir die Zeit zwischen den Ankünften der Bahnen zu vertreiben.

Ganz von allein lande ich vor der Galerie, die meine Aufmerksamkeit schon gestern gefesselt hat. Ich steuere das Taxi langsam daran vorbei und bleibe schließlich in zweiter Reihe stehen, während ich die Bilder im Fenster betrachte. Alles, was gestern geschehen ist, erscheint mir wie ein wirrer Traum. Wären da nicht die Zeichnungen. In der Galerie brennt Licht, ein Schatten bewegt sich hinter den ausgestellten Bildern im Schaufenster. Ich zögere. Mein Funkgerät schweigt, aber ich darf mich nicht zu lange fernhalten, will ich nicht erneut Valentins Unmut erregen.

Hinter mir hupt jemand, dann braust ein schwarzer Audi an mir vorbei. »Nicht in zweiter Reihe parken, Arschloch!«, ruft ein junger Türke durch das geöffnete Fenster und zeigt mir den Vogel.

»Kümmer dich um deinen eigenen Scheiß!«, schreie ich zurück und hebe den Mittelfinger. Vermutlich kann ich froh sein, dass er schon an mir vorbei ist.

Ich werfe einen letzten Blick auf das Schaufenster, dann fahre ich weiter.

Vor dem Bahnhof ergattere ich eine kleine Tour. Eine Studentin, die von einem Heimatbesuch zurück nach Hause kommt. Nach knapp zwanzig Minuten stehe ich schon wieder am Bahnhof und habe endlich meinen heißersehnten Kaffee in der Hand. Lustlos blättere ich durch eine Zeitschrift. In meinem Kopf hat sich inzwischen eine Blaskapelle versammelt.

Um drei Uhr habe ich gerade eine Tour und melde mich bei Marek, um meine Verspätung anzukündigen. Erst um halb vier schlage ich im Café auf. Marek, der auch zu spät war, sitzt mit einem belegten Brötchen, einem Kaffee und der Bildzeitung in einer Ecke. Als er mich sieht, verzieht er amüsiert die Mundwinkel.

»Du siehst echt krank aus.«

Ich lasse mich ihm gegenüber auf einen der gepolsterten, altbackenen Stühle fallen und reibe mir die Stirn. »Ich habe Mist gebaut.«

Sofort legt Marek die Zeitung zur Seite. »Scheiße. Du hast doch nicht ...?«

Ich nicke und Marek presst die Lippen zusammen. »Das ist nicht gut. Gar nicht gut.«

»Ich weiß.«

»Und jetzt?« Er pustet in seinen Kaffee und nippt vorsichtig daran.

»Nix, jetzt. Es war ein Ausrutscher. Kommt nicht wieder vor.«

Er betrachtet mich ungerührt. »Na klar.«

»Ernsthaft, Marek.« Ich versuche, seinen Blick zu erwidern. Ob er die Lüge dahinter erkennt? Die Lüge in Form einer mit Wodka gefüllten Mehrwegwasserflasche?

Und ich habe geglaubt, ich hätte es unter Kontrolle. Einen Scheißdreck habe ich.

»Warum erzählst du es mir dann?«

»Weil …«

… weil ich fürchte, den Verstand zu verlieren. Weil eine atemberaubende Fee beschlossen hat, meine Muse zu sein. Weil mir mein Leben plötzlich nicht mehr genügt!

Das alles will ich sagen, aber meine Lippen sind wie zugeklebt. Nein, die Silberne gehört mir allein. Ich teile sie mit niemandem. Marek würde sie mir nur ausreden. Er würde mich für verrückt erklären. »Ach, keine Ahnung. Weil du mein Kumpel bist. Bitte sag es Mia nicht. Es würde sie nur aufregen.«

Er streckt mir seine Faust hin und ich schlage mit meiner dagegen. »In Ordnung. Aber pass auf dich auf, sonst tu ich es.«

Ich verspreche es ihm und bestelle mir einen Kaffee und ein Käsecroissant.

»Wann hast du heute Schluss?«, fragt er kauend.

»Eigentlich um sieben, aber ich wette, Valentin drückt mir kurz vor Schluss noch 'ne fette Tour aufs Auge, um sich für meine Verspätung zu rächen.«

Nachdenklich zerdrückt er die letzten Krümel auf seinem Teller. »Vielleicht solltest du dir ein paar Tage Urlaub nehmen?«

Ich pruste. »Wozu?«

»Einfach so. Du siehst aus, als könntest du es gebrauchen. Ich hab eh nicht verstanden, warum du nicht mit Mia weggefahren bist.«

»Woher weißt du davon?«

Marek wirkt plötzlich verlegen, weicht meinem Blick aus. »Mia hat es mir erzählt.«

»Wie … wann?«

»Neulich, am Telefon.«

»Du telefonierst mit meiner Frau?« Jetzt bin ich baff. Die beiden sehen sich selten und wenn, dann wechseln sie kaum mehr als ein paar Höflichkeitsfloskeln. Zumindest in meiner Gegenwart.

»Hey, ich kenne Mia schon seit der Schule. Und wir haben viel gemeinsam durchgemacht. Damals, als du in der Klinik warst.«

»Durchgemacht«, wiederhole ich gepresst. »*Ihr* habt viel durchgemacht?«

»Du natürlich auch. Aber kannst du dir vorstellen, wie Mia sich gefühlt hat? Dich so zu sehen? Mann, Alter, du warst total fertig. Mia hat jeden Abend auf dem Heimweg geheult. Sowas schweißt zusammen.«

Ich bin hin und hergerissen zwischen Kränkung und Betroffenheit. Natürlich wusste ich, dass es auch für die beiden keine einfache Zeit gewesen war, aber keiner von ihnen hat je ein Wort darüber verloren.

»Na ja. Jedenfalls hat Mia mir von eurem Streit erzählt. Sie versteht nicht, warum du ihr ausweichst. Und ich auch nicht. Hat es was mit deinem … Ausrutscher zu tun? Brauchst du Hilfe?«

»Ich brauche meinen Urlaub, wenn das Baby da ist«, erwidere ich schroff und kippe meinen Kaffee so schnell herunter, dass ich mir die Kehle verbrenne. Dann knalle ich die Tasse auf den Tisch und krame in meiner Hosentasche nach Kleingeld.

»Lass stecken, Alter. Ich mach das.«

Von wegen. Ich zähle die Münzen penibel ab und schiebe sie zu Marek hinüber. »Ich muss wieder los.«

»Hey, Alex. Ist wirklich alles ok?«

»Klar doch.« Ich stoße die Glastür auf und das Glöckchen

über dem Eingang bimmelt los. Noch immer wutgeladen schließe ich den Wagen auf und schiebe mich hinter das Lenkrad.

Worüber rege ich mich eigentlich auf?

»Sie steckt voller Geheimnisse, dein kleines Frauchen. Nicht wahr?«

Ich zucke zusammen und drehe mich um. Die Silberne räkelt sich auf dem Rücksitz und pustet mir zur Begrüßung einen Kussmund entgegen.

»Du hast recht«, murmle ich. »Ich hatte nie Geheimnisse vor ihr. Bis heute.«

»Oh, sag bloß, ich bin dein schmutziges Geheimnis!«, ruft sie erfreut, beugt sich zu mir vor und streift mit den Lippen meine Wange. Ein heißkalter Schauer läuft meine Wirbelsäule hinab.

»Könnte man so sagen.« Ich schließe die Augen und genieße das Gefühl ihrer Zähne, die an meinem Ohrläppchen spielen. Als ich sie wieder öffne, ist die Silberne fort.

Auf dem Weg in die Wohnung treffe ich Anke im Treppenhaus. Sie lächelt mir verschwörerisch zu und ich lächle matt zurück.

»Hey«, sagt sie und streicht sich eine Strähne hinter das Ohr.

»Hey.« Ich schiebe mich an ihr vorbei.

»Wann kommt Mia zurück?«, ruft sie mir hinterher.

Notgedrungen bleibe ich stehen. »Keine Ahnung. Irgendwann heute Abend.«

»Aha«, macht sie und druckst herum.

»Was ist los?«, frage ich, innerlich seufzend.

»Na ja, ich habe mich gefragt, ob bei euch alles in Ordnung ist?«

»Warum sollte etwas nicht in Ordnung sein?«

»Hm. Mia fährt allein mit Lea und Klara übers Wochenende weg, du betrinkst dich und landest vor meiner Tür ...«

»Das war keine Absicht. Ich habe mich im Stockwerk geirrt.«

Anke errötet und sieht auf den Boden.

»Dachtest du etwa ...?«

»Nein! Nein«, wehrt sie heftig ab. »Blödsinn. Warum sollte ich?«

»Es tut mir leid wegen letzter Nacht.«

»Du brauchst dich nicht schon wieder zu entschuldigen. Aber ich mache mir irgendwie Sorgen um dich. Um euch beide. Mia deutete neulich sowas an.«

»Ach ja?« Seit wann tratscht Mia unsere Eheprobleme herum? »Mach dir keinen Kopf. Alles in Ordnung. Wir stehen etwas unter Druck wegen des Babys und so.«

»Klar.« Sie winkt ab und wirkt peinlich berührt. »Ok, also ... wenn du mal quatschen willst, dann komm einfach vorbei. Ich habe immer eine Kanne Kaffee auf der Platte.«

»Danke. Bis dann.«

»Grüß Mia von mir.«

Ich bewältige das nächste Stockwerk. Drinnen vergewissere ich mich, dass keine Spuren von letzter Nacht zurückgeblieben sind. Alles sieht normal aus und der muffige Geruch im Schlafzimmer ist längst verschwunden. Stöhnend lasse ich mich auf die Couch fallen und döse vor mich hin, bis ich den Schlüssel im Schloss höre. Kreischend stürmen Lea und Klara ins Wohnzimmer und springen mir auf den Schoß, ehe ich mich erheben kann.

»Hey ihr Süßen!« Ich drücke sie an mich und genieße ihre kräftigen, quirligen Körper an meinem. Das ganze

Wochenende war schräg. Meine Kinder wieder bei mir zu haben, fühlt sich an, wie geerdet zu werden. Mia folgt ihnen kurz darauf, einen Trolley hinter sich herziehend. Sie lächelt mich an und wartet geduldig, bis die Mädchen ihren Begrüßungstanz beendet haben, bevor auch sie mich begrüßt.

»War es schön?«, frage ich und drücke ihr einen Kuss auf die Stirn.

»Herrlich! Aber es wäre schöner gewesen, wenn du mitgekommen wärst.«

Ich zucke mit den Achseln. Selbst jetzt, nachdem der Urlaub vorbei ist, kann sie es nicht lassen. Vermutlich werde ich mir ihre Vorwürfe noch in zehn Jahren anhören dürfen. »Es ging eben nicht. Die Hauptsache ist doch, ihr hattet Spaß.«

Der Geruch von Curry und Sojasauce weht mir in die Nase. »Was ist das?«

»Ich hab uns was vom Chinesen mitgebracht.« Sie schwenkt eine braune Papiertüte in ihrer rechten Hand.

»Na großartig«, sage ich sarkastisch. »Dann verfuttern wir mal eben mein Trinkgeld des gesamten Wochenendes.«

Mia starrt mich entgeistert an. »Was ist denn mit dir los?«

Ich mache einen Schritt rückwärts und atme tief durch. Dann gehe ich an die Kommode, in deren Schublade ich das Sparbuch gelegt habe, und klatsche es vor Mia auf den Tisch.

Sie zuckt zusammen und wird sehr blass.

»Erklärst du mir das?«

Schweigend sieht sie zu mir auf. Die Kinder rennen um uns herum, Lea zerrt an meiner Hand. »Papa, guck mal! Papaaaa! Ich hab Muscheln gesammelt.«

Ich richte meine Aufmerksamkeit auf Lea. Lasse mir die Muscheln zeigen. Jede einzeln. Bei jeder drücke ich meine Bewunderung aus. Klara drängt sich dazwischen, auch sie hat Muscheln gesammelt. Und Sand. Und Steine. Mia geht in die Küche, um das Abendessen vorzubereiten.

Während wir essen, sieht sie mich kaum an. Nur die Kinder plappern unentwegt und vermitteln so die Illusion, dass alles in Ordnung sei. Tatsächlich ist nichts in Ordnung.

Nach dem Essen bringe ich die Kinder ins Bett. Anstandslos putzen sich die Mädchen die Zähne und schlüpfen in ihre Pyjamas. Sie kuscheln sich in Leas Bett rechts und links an mich, während ich ihnen eine Geschichte vorlese. Danach wollen sie noch eine hören und ich tue ihnen den Gefallen, um den Moment hinauszuzögern, in dem ich zu Mia ins Wohnzimmer muss. Doch dann ist er da. Ich lösche das Licht und gebe beiden Kindern vor dem Einschlafen einen Kuss. Minutenlang stehe ich in der halb geöffneten Tür und sehe sie an, wie sie in ihre Decken gekuschelt daliegen, die Augen geschlossen und die Münder leicht geöffnet. Jede von ihnen ein Abbild der anderen. Und jede von ihnen ein Abbild von Mia. Ich schließe die Tür und schleiche durch den Flur.

»Und schlafen sie? Bestimmt waren sie hundemüde«, sagt Mia, als ich mich zu ihr auf die Couch setze. Das Sparbuch liegt noch immer auf dem Tisch, wo ich es hingeworfen habe. Mias kleines Geheimnis.

»Woher stammt dieses Geld? Wie kommt es, dass du ein Sparbuch mit zwölftausend Euro besitzt und ich nichts davon weiß?«, platze ich heraus.

»Ich habe es nicht vor dir versteckt. Du hättest es jederzeit zwischen deinen Zeichensachen finden können!«

»Antwortest du mir jetzt?«

»Es … es ist von meinen Eltern.« Ihre Stimme klingt unsicher und sie sieht mich nicht an.

Lüge!

»Von deinen Eltern?« Ich bin verwirrt. Mias Eltern bestehen darauf, uns ein monatliches Taschengeld von hundert Euro für die Zwillinge zu überweisen und brüsten sich damit, als sei es ein goldenes Kalb. Jedem, der es nicht hören will, erzählen sie von den monatlichen Zuwendungen, die wir so dringend nötig hätten. Und da sollen sie für die Kinder ein Sparbuch führen und darauf Monat für Monat ein kleines Vermögen überweisen? *Heimlich?*

»Ja«, sagt Mia kleinlaut. »Sie wollten so gerne mehr für uns tun, aber ich wusste, dass es dich verletzen würde, und deshalb …«

»Mich verletzen?« Irgendetwas ist hier faul. Ich kann es riechen. »Warum sollte mich das verletzen? Nein, Mia. Verkauf mich nicht für dumm. Da steckt mehr dahinter.«

Mia kaut auf ihrer Unterlippe herum. Ihre Hände knetet sie immer nervöser.

Dann fällt es mir wie Schuppen von den Augen. »Du vertraust mir nicht. Du glaubst, dass ich mit dem Geld nicht umgehen kann, dass ich es ausgebe.« … *sollte ich jemals wieder anfangen zu saufen.* Doch diesen Teil des Satzes schlucke ich herunter. »Deshalb hast du es vor mir versteckt.«

Mia antwortet nicht. Überhaupt ist sie auffällig still geworden. Ein paar Mal setzt sie zum Sprechen an, überlegt es sich dann aber anders.

»Na los, spuck's aus, Herrgott nochmal!« Rastlos stehe ich auf und tigere im Wohnzimmer auf und ab. Ich habe das Gefühl, jeden Moment zu explodieren.

»Also schön.« Sie holt tief Luft. »Das Geld ist für meine Kinder, für den Fall, dass du es nicht schaffst. Es war nicht meine Idee, sondern die meines Vaters. Damit ich nicht ohne alles dastehe, falls ...« Ihre Stimme zittert, sie bricht ab. Hilflos blickt sie zu mir auf. »Versteh mich doch, Alex. Nochmal würde ich das nicht aushalten! Alles, was wir durchgemacht haben! Ich wollte bloß etwas Sicherheit!«

»Unsere Kinder«, unterbreche ich sie tonlos.

Sie blinzelt. »Wie bitte?«

»Du sagtest: *meine* Kinder. Es sind unsere.«

»Ja, natürlich.« Sie runzelt die Stirn. »Was soll das denn jetzt?«

Erschöpft reibe ich mir über die Augen und fummle eine zerknautschte Packung Marlboro aus meiner Gesäßtasche. Ich habe sie gestern Abend gekauft und seither ganz vergessen.

»Seit wann rauchst du wieder?«

»Wirklich, Mia? Darüber willst du sprechen?«, fahre ich sie an, aber ich bin nicht ganz bei der Sache. Ich fühle mich wie ausgehöhlt. Dabei ist es nicht so sehr die Tatsache, dass Mia geplant hat, mich zu verlassen, falls ich rückfällig werde. Es ist die Tatsache, dass es mir kaum etwas ausmacht, die mich irritiert. Ich bin nicht einmal überrascht.

»Sch! Du weckst die Kinder.«

Ich verdrehe sichtbar die Augen und zünde mir mit zitternden Händen eine Zigarette an. Ein Drink, das wär's jetzt!

»Würdest du bitte auf den Balkon gehen?«, sagt Mia eingeschnappt. »Ich bin schwanger.«

»Ist ja nicht zu übersehen«, knurre ich und zucke im selben Moment schuldbewusst zusammen. Mia sitzt da und sieht mich aus großen Augen an. Ich flüchte auf den Balkon. Das Rauchen tut gut, es beruhigt mich. Ich frage mich, warum ich es aufgegeben habe.

»Warum wohl? Wegen *ihr* natürlich. *Es ist nicht gut für das Baby. Es kostet zu viel Geld! Es schadet deiner Gesundheit!*«, äfft die Silberne meine Frau nach. Sie sitzt auf der Balkonbrüstung. Ihr Anblick entlockt mir doch tatsächlich ein Lächeln. »Du solltest von hier verschwinden. Ist gerade ungünstig.«

»Stress?«, fragt sie, aber ein spöttischer Zug umspielt wie immer ihre Mundwinkel.

»Mit wem redest du?« Mia tritt durch die Balkontür nach draußen. Ihr Blick ist genau auf die Silberne gerichtet. Für einen Moment fürchte ich, sie könnte sie sehen, meine kleine Affäre, und halte die Luft an. Aber Mia sieht durch die Silberne hindurch und fast im selben Augenblick löst diese sich in Luft auf.

»Hör zu, Mia ...«

»Hast du getrunken?«, fragt sie dazwischen.

»Nein.«

»Aber du rauchst wieder.«

»Wie du siehst.«

»Mein Gott, Alex. Bitte rede mit mir!«

»Wozu? Du versteckst Geld vor mir und tratschst mit Marek über unsere Beziehungsprobleme!«, zähle ich ihre Verfehlungen auf. »Aber mir vertraust du nicht?«

Jetzt ringt Mia hilflos mit den Händen. »Doch! Es ist nur ... du redest ja nicht mit mir! Wie soll ich denn wissen, wie es dir geht? Ich mache mir Sorgen um dich! Um uns! Weil ich dich liebe!«

Ich schnaube und drücke die Kippe an der Balkonbrüstung aus, bevor ich sie hinunter schnippe. Gleich darauf ziehe ich eine weitere aus der Hosentasche und zünde sie an. »Liebe ist nicht alles, Mia.«

Wir schweigen lange, beide ratlos, was wir einander noch sagen sollen. Ich kann ihr unmöglich erklären, was mit mir geschieht, denn ich weiß es ja selbst nicht. Vor ein paar Monaten noch war ich ein zufriedener Mann. Bis die Silberne auftauchte und eine Sehnsucht in mir weckte, die ich nicht kannte. Einen Lebenshunger, der mir beinahe Angst macht. Warum ist Mia mir nicht mehr genug? Warum?

»Ich muss ins Bett«, sage ich und werfe die Zigarette weg. Sie sagt keinen Ton, während ich mich an ihr vorbeidrücke.

Früher

Ich erinnere mich noch genau an den Tag, als ich erkannte, dass ich Mia liebte. Er scheint Ewigkeiten zurückzuliegen. Ich hockte in einer Entzugsklinik im Schwarzwald, am Arsch der Welt, bei meinem dritten Anlauf trocken zu werden. Inzwischen war Mia im achten Monat schwanger. Die ersten beiden Male hatte ich mich gegen einen längeren Klinikaufenthalt entschieden. Ich dachte, wenn ich erst den körperlichen Entzug hinter mir hätte, würde ich den Rest mit meinem eisernen Willen bewältigen.

Nun, es stellte sich heraus, dass mein eiserner Wille in Wahrheit aus billigem Scheißhauspapier bestand. Beim ersten Mal schaffte ich es, eine Woche trocken zu bleiben. Beim zweiten Mal habe ich es nicht einmal bis nach Hause geschafft. Aber ich wollte es richtig machen, wollte unbedingt trocken sein, wenn meine Kinder geboren wurden. Dass es Zwillinge werden würden, war natürlich ein Schock gewesen. Ich fühlte mich schon von der Vorstellung überfordert, *ein* Kind zu haben. Aber gleich zwei?

Nach dem zweiten Scheitern sah ich ein, dass ein reiner Entzug nicht ausreichte, dass ich härtere Maßnahmen ergreifen musste. Also begab ich mich in den Schwarzwald, fast vierhundert Kilometer von zu Hause entfernt, und schwor mir, nicht eher zurückzukommen, bis ich es geschafft hatte.

Zwei Wochen lang musste ich jeden Kontakt zu Menschen vermeiden, die ich kannte und die mir etwas bedeuteten. Nicht, dass das besonders viele gewesen wären. Außer Mia und Marek gab es niemanden. Ich vermisste Mia wie verrückt. Sie nicht zu sehen, nicht einmal ihre

Stimme am Telefon zu hören, während ich mit Krämpfen und Schüttelfrost gegen meine Sucht kämpfte, war die Hölle auf Erden. Da dämmerte es mir, dass sie mir etwas bedeuten musste. Etwas, das über bloßes Pflichtgefühl hinausging.

Nach zwei Wochen Isolationshaft, wie die Patienten in der Klinik es nannten, kam endlich der erste Besuchstag. Ich war morgens schon sehr früh auf, früher als die Schwestern, die mich gewöhnlich um sieben aus den Federn warfen. Ich setzte mich im Schneidersitz auf mein Bett und zeichnete Mias Augen. Das Bild zähle ich bis heute zu meinen besten. Besuch durfte ich zwar schon ab zehn Uhr empfangen, aber ich wusste, dass Mia und Marek wegen der langen Fahrt erst am Nachmittag aufschlagen würden, und mir wurde die Zeit bis dahin sehr lang. Als es endlich so weit war, tigerte ich nervös im Besuchercafé auf und ab, unfähig, auch nur eine Minute still sitzen zu bleiben.

Dann kam sie durch die Tür und ich glaubte, mein Herz müsse in der Brust zerspringen. Wie sie da stand, den Mantel unter den Arm geklemmt, eine Hand in einer unbewussten, schützenden Geste auf dem Bauch liegend, und den Raum nach mir absuchte, da war es um mich geschehen. Als ihr Blick mich fand und der suchende Ausdruck einem strahlenden Lächeln wich, wusste ich, dass ich sie liebe. Wir trafen uns in der Mitte des Raumes. Sie im Arm zu halten, war das Beste, das mir in den vergangenen Wochen widerfahren war. Wir setzten uns an einen der Tische und sahen uns minutenlang einfach nur an.

»Wo ist Marek?«, brach ich endlich das Schweigen.

Mia rollte mit den Augen. »Er ist auf der Suche nach einem Parkplatz, den er nicht bezahlen muss. Ich habe es nicht mehr ausgehalten und ihm gedroht, meine Fruchtblase auf seinem Ledersitz platzen zu lassen, wenn er mich nicht wenigstens vor der Klinik aussteigen lässt.«

Ich prustete bei der Vorstellung von Mareks entsetzter Miene. Mia nahm meine Hand. »Du siehst gut aus«, sagte sie.

»Ich fühle mich auch gut. Heute zumindest.«

»Und sonst?«

»Ich vermisse dich.«

Sie lachte und sah verlegen auf die Tischplatte. »Du weißt, was ich meine.«

»Ja, ich weiß«, erwiderte ich ernst. »Es ist schwer. Sehr schwer. Aber ich schaffe es. Das schwöre ich dir.«

Sie drückte meine Hand fester. »Du brauchst mir nichts zu schwören.«

»Das will ich aber.« Und dann sagte ich etwas sehr Impulsives: »Lass uns heiraten.«

Ihr Blick zuckte zu mir hoch und Röte schlug ihr ins Gesicht. Ich wusste, dass sie es wollte. Dass es ihr wichtig war. Plötzlich bekam ich Angst.

In diesem Moment rauschte Marek herein. »Hey Alter!«, rief er durch das ganze Café, eine Bierflasche in der rechten Hand schwenkend. Er erntete missbilligende und teils entsetzte Blicke meiner Mitpatienten und ihrer Besucher.

»Ruhig bleiben, Alex«, raunte mir Mia zu. »Sie ist aus Schokolade. Er hielt das für witzig.«

Ich fand es ebenfalls witzig, stand auf und ließ mich herzlich von ihm umarmen. »Mann, du siehst verschärft aus! Ein bisschen zu dünn vielleicht, aber ich wusste ja nicht, dass hinter dieser Saufnase ein so blendender Typ steckt! Hier, für dich.« Er überreichte mir feierlich die Schokoladenflasche. »Deine neue Ersatzdroge. Du kannst ja nicht nur von Luft und Liebe leben.«

Mia schnappte nach Luft und ich boxte Marek scherzhaft in den Magen. Wir saßen zusammen und quatschten. Mia zeigte mir die neuesten Ultraschallbilder.

»Sie wollen die Mädchen per Kaiserschnitt holen. Nächsten Monat.«

Ich grinste breit. »Bis dahin bin ich zu Hause.«

»Bist du sicher?«

»Klar. Sechs Wochen, haben sie gesagt. Danach geht's weiter mit ambulanter Therapie.«

Mia fiel mir vor Freude um den Hals.

Der Nachmittag verging wie im Flug. Wir gingen im Klinikgarten spazieren, aßen Eis und redeten. Um siebzehn Uhr endete die Besuchszeit und um halb fünf verabschiedete sich Marek, um den Wagen zu holen. Ich war froh, dass er Mia und mir ein paar Minuten allein gönnte, aber gleichzeitig fürchtete ich mich davor, an das Gespräch anzuknüpfen, bei dem er uns unterbrochen hatte. Eine Zeitlang schwiegen wir, während wir Hand in Hand durch den Garten schlenderten. Von der Seite warf ich Mia heimliche Blicke zu, aber sie hielt ihre Augen stur auf den Weg vor uns gerichtet.

»Vergiss einfach, was ich eben gesagt habe«, bat ich schließlich. Wir blieben stehen. An der Ecke unter einer Weide stand eine Bank, aber keiner von uns wollte sich setzen.

»Warum hast du es dann gesagt?«, fragte sie.

»Weil ich es so meinte.«

»Du willst mich heiraten?«

»Warum nicht?«

»Mir fallen ungefähr tausend Gründe ein.«

»Und einer davon ist, dass ich Alkoholiker bin?«

Mia schüttelte den Kopf. »Nein. Einer davon ist der,

dass ich nicht weiß, ob du mich liebst oder ob du es bloß aus Pflichtgefühl tun willst. Oder schlimmer noch: aus Dankbarkeit.«

Ich wusste nicht, was ich sagen sollte. Wir gingen weiter. Ich dachte über ihre Worte nach. Nie hatte ich in Frage gestellt, dass Mia *mich* liebt. Warum sonst sollte sie das alles mitmachen? Allein wäre sie selbst mit den Babys besser dran. Aber ich hatte es sie nie sagen hören.

»Liebst du mich denn?«, forderte ich sie heraus.

Mia wurde rot. »Seit ich dich das erste Mal gesehen habe.«

Ich blieb wieder stehen. »Du meinst ...?«

»Liebe auf den ersten Blick. Bescheuert, oder?«

»Allerdings. Besonders, wenn man deine Wahl bedenkt.«

»Nein, das stimmt nicht.« Sie schüttelte den Kopf. »Sieh doch, was du alles für mich tust. Für uns! Welcher andere Mann würde das alles auf sich nehmen? Ich habe genau die richtige Wahl getroffen.«

Ich zog sie an mich. »Dann heirate mich!«

»Dann sag es.«

»Ich liebe dich.«

Sie lächelte zu mir auf. »In Ordnung.«

Ihr Bauch verhinderte, dass ich sie noch fester an mich ziehen konnte, aber ich küsste sie dafür umso gründlicher.

Die Trennung fiel uns beiden schwer. Mia weinte und sorgte so dafür, dass ich den Rest des Abends mit Heimweh und schrecklichem Durst auf meinem Zimmer verbrachte. Noch vier Wochen und die Chancen, dass Mia noch einmal die Strapazen der Reise auf sich nehmen würde, waren gering.

Zwei Wochen später erreichte mich ein Anruf. Es war Marek.

»Glückwunsch, Alter! Du bist Vater!«

»Was?«

»Mia hat letzte Nacht die Zwillinge bekommen.«

Ich musste mich setzen, suchte verzweifelt nach einem Stuhl. Aber irgendein Idiot hatte ihn von dem einzigen Telefon auf der Station – ein altes Wandtelefon mit Kabel – weggeschoben. Also blieb ich stehen und wartete, bis Mareks Worte meinen Verstand erreichten. »Aber sie sollten doch erst in zwei Wochen ...?«

»Deine Töchter konnten es einfach nicht abwarten.«

Ich schwankte zwischen Freude und Verzweiflung. »Geht es ihnen gut? Und Mia?«

Marek lachte am anderen Ende auf. »Alles bestens. Die Kleinen sind ziemlich, nun, klein, und deshalb in so einem Glasdings ...«

»Brutkasten«, half ich ihm auf die Sprünge.

»Ja, genau. Aber es geht ihnen gut. Und Mia ist erschöpft, aber glücklich. Ihre Mutter war die ganze Zeit bei ihr.«

Ihre Mutter, nicht ich. Ich ballte die Faust und schlug damit leicht gegen die gelbgetünchte Wand. Immer wieder. »Ich ... ich komme nach Hause. Sag Mia, ich bin schon auf dem Weg.«

Ich wollte auflegen, aber Mareks beschwörende Stimme hielt mich auf. »Tu das nicht, Mann. Mach deine Therapie zu Ende!«

»Aber ich will bei ihnen sein. Glaubst du etwa, ich kann jetzt noch zwei Wochen hierbleiben?«

Schweigen am anderen Ende, während Marek nachdachte. »Ok, Mann, hör zu. Ich komme zu dir. Heute noch. Beweg dich nicht vom Fleck, ich bin gleich bei dir.«

Er legte auf, ehe ich antworten konnte. Und er hielt Wort. Natürlich dauerte es eine Ewigkeit, bis er bei mir war, aber er kam. Im Gepäck seine Digitalkamera mit unzähligen Fotos meiner beiden verschrumpelten, rotgesichtigen, wunderschönen Töchter. Ich weinte, während ich mich durch die Bilder klickte, und Marek saß peinlich berührt auf meiner Bettkante.

»Ich will nach Hause«, wiederholte ich bestimmt tausend Mal.

»Halte durch«, sagte er mindestens ebenso oft. »Für die beiden Süßen hier. Und für Mia.«

Ich nickte und begann, mich von vorn durch die Fotos zu klicken. Marek stand auf und streckte sich.

»Musst du wieder fahren?«, fragte ich und schämte mich des entsetzten Untertons in meiner Stimme. Marek schüttelte den Kopf.

»Nein, ich hab mich heute Nacht im *Bed&Breakfast* an der Autobahn eingenistet. Mia hat mich angefleht, bei dir zu bleiben. Sie hat Angst, dass du was Dummes tust. Ich geh nur eine rauchen. Kommst du mit?«

Ich schüttelte den Kopf, während ich bei dem Foto von Mia anhielt, auf dem sie die Babys rechts und links auf dem Arm hielt. Sie saß auf ihrem Krankenhausbett, mit einem weißen Nachthemd an, das ihr blutleeres Gesicht noch blasser aussehen ließ. Sie sah erschöpft aus, hatte dunkle Ränder unter den Augen. Aber sie lächelte. »Ich hab aufgehört.«

Marek, der gerade in seiner Jackentasche nach den Kippen gewühlt hatte, hielt inne. »Aufgehört? Du hörst gleichzeitig auf zu saufen und zu rauchen?«

Ich lächelte stolz. »Wenn schon, denn schon. So sagt man doch, oder?«

»Krass, Alter. Und was ist hiermit?« Er zauberte ein Tütchen Gras aus der Hosentasche. Hektisch sah ich mich um, als würde eine der Schwestern mit eingebautem Hasch-Alarm wie ein Kastenteufel aus einer Zimmerecke springen. »Was soll das?«

»Es ist kein Alk!«, verteidigte sich Marek. »Oder gilt deine Abstinenz für alle Arten von Drogen?«

Langsam schüttelte ich den Kopf, aber mir war nicht wohl bei der Sache. »Ich fliege raus, wenn sie davon Wind bekommen.«

»*Sie* ...«, machte Marek mit gespielt furchtsamer Stimme und hob die Hände wie zum Schutz über den Kopf. Dann seufzte er. »Dann heben wir uns das hier eben für die Heimfahrt in zwei Wochen auf.«

Er hielt Wort. Und ich ebenfalls. Ich erduldete zwei weitere Wochen am Arsch der Welt, dann kam Marek mich in seinem silbernen Mercedes Coupé abholen.

»Zu Hause wartet noch eine Überraschung auf dich«, offenbarte er mir, nachdem wir losgefahren waren.

»Ich weiß nicht, wie viele Überraschungen ich noch vertragen kann, Marek«, gestand ich. Erst vor einer halben Stunde hatte er mir verraten, dass Mias Eltern mir einen Job in dem Taxiunternehmen verschafft hatten, bei dem auch Marek arbeitete.

»Ein taxifahrender Alkoholiker«, hatte ich kopfschüttelnd kommentiert.

»Ich hab für dich gebürgt, Alter. Also musst du wohl trocken bleiben«, hatte Marek grinsend erwidert.

Ich nahm es hin, so wie ich alles hinnahm, was sie mir vorsetzten. Was hätte ich sonst tun sollen? Ohne Mia und Marek wäre ich verloren gewesen.

»Es ist eine gute Überraschung«, sagte er jetzt. »Aber

ich habe Mia versprochen, nichts zu verraten.«

Wir fuhren weiter, schwiegen, hörten laute Musik und hingen unseren Gedanken nach. Ich stellte fest, dass ich Angst hatte. Angst vor meinem Leben. Angst zu versagen. Das war mir neu. Bisher hatte ich keine Ziele im Leben gehabt und somit auch keine Angst vor dem Scheitern. Aber jetzt war alles anders. Jetzt, das waren Mia und Lea und Klara.

Ich schlief ein, dem Dröhnen des Motors lauschend, und wachte erst wieder auf, als wir da waren. Aber der Mercedes parkte nicht wie erwartet vor meiner Bude.

»Wo sind wir hier?«, fragte ich und blinzelte mir den Schlaf aus den Augen.

»Zuhause.« Marek lächelte geheimnisvoll. Er sprang aus dem Wagen und jagte um das Auto herum zur Beifahrerseite, um mir die Tür zu öffnen.

»Lass das, ich bin nicht deine Schnalle!«

»Hey!«, sagte Marek lachend. »Red nicht so über Doro.«

»Verrätst du mir endlich, wo wir sind?«

Ich sah an der Fassade des wenig attraktiven Klinkerbaus hoch, an der sich Balkon über Balkon stapelte.

»Willkommen zu Hause«, sagte Marek feierlich, schlug mir auf die Schulter und ließ einen Schlüssel vor meiner Nase hin und her baumeln.

Schweigend nahm ich ihn entgegen und steckte ihn mit zitternden Fingern ins Schloss. Mit einem Blick nach links überflog ich die Klingelschilder, etwa zwanzig an der Zahl, und eines sprang mir ins Auge: Sonnenberg/Kern stand darauf. Ich schluckte den Kloß hinunter, der sich in meinem Hals gebildet hatte, und trat ein. Im Treppenhaus roch es muffig nach Essen, es war dunkel und trostlos, aber es war sauber und es gab einen Aufzug. Vorn an den

Briefkästen parkte ein Zwillingskinderwagen. Er gehörte uns. Ich hatte ihn zusammen mit Mia ausgesucht. Es war in der Zeit zwischen meinen beiden gescheiterten Entgiftungsversuchen gewesen, eine Zeit voller Suff und Ausreden und Tränen. Eine Zeit, an die ich mich kaum erinnerte, aber dieser kleine Stadtbummel ist haften geblieben. Weil wir uns so krampfhaft bemüht hatten, wie ein ganz normales Pärchen zu wirken, das bald Eltern wird.

»Wo ... wohin?«, fragte ich, ohne Marek anzusehen. Das Blut rauschte in meinen Ohren. Ich fühlte mich unwirklich.

Er führte mich in den zweiten Stock, wo ein buntes Banner über der linken Wohnung »Willkommen zu Hause, Papa« verkündete. Bevor ich den Schlüssel benutzen konnte, wurde von innen geöffnet. Mia strahlte mir entgegen und ich schloss sie in meine Arme. In diesem Moment gelangte ich zu der Überzeugung, dass alles gut werden würde. Dass ich es dieses Mal wirklich und wahrhaftig schaffen könnte. Marek verabschiedete sich. Ich nahm es kaum wahr. Staunend trat ich ein, wie ein Gast in einer fremden Wohnung. Mein Blick fiel sofort auf eine geschlossene Tür, auf der in bunten Holzlettern die Namen der Mädchen klebten.

»Willst du sie sehen?«, fragte Mia fast schüchtern. Ihre Wangen glühten.

»Wäre das denn ...? Ich meine, ich will sie nicht aufwecken«, druckste ich herum.

Mia winkte ab. »Wenn sie schlafen, könnte selbst ein Erdbeben sie nicht wecken.« Dann drückte sie die Klinke zum Kinderzimmer herunter und trat in das Halbdunkel. Ich folgte ihr. Wieder überfiel mich dieses unwirkliche Gefühl. Als stünde ich daneben, während dieses andere, dieses fremde Ich an die Bettchen der Kinder herantrat.

Dann sah ich sie. Klara und Lea, in rosa Strampelanzügen, rosa Schlafsäcken und rosa Strickmützchen auf dem Kopf.

»Muss das alles rosa sein?«, war das Erste, was mir entfuhr, und ich biss mir auf die Lippe.

Mia lachte leise und hielt sich die Hand vor den Mund. Sie nahm meine Hand. Wir standen zusammen am Fußende der Bettchen und sahen unseren Kindern beim Schlafen zu. Ohne Zweifel war dies der glücklichste Moment in meinem fremden Leben.

Heute

Zum ersten Mal seit Wochen fühle ich mich ausgeschlafen. Heute ist mein freier Tag, in der Wohnung ist es ruhig. Ich hebe den Kopf und sehe einen Zettel neben mir auf dem Kopfkissen liegen. Mein Herz scheint für einen Schlag auszusetzen. Ich nehme den Zettel mit einer düsteren Vorahnung in die Hand und lese. Aber da steht nicht, dass Mia mich verlassen wird, sondern nur, dass sie mit den Kindern einkaufen und zur Spielgruppe gegangen ist und ich mich ausruhen soll. Ich stehe auf. In der Küche wartet ein gedeckter Tisch mit frischen Brötchen und einer Kanne Kaffee auf mich. Da hatte wohl jemand ein schlechtes Gewissen wegen des Sparbuchs.

Eigentlich habe ich keinen Hunger und so trinke ich nur einen Kaffee. Schwarz, ohne Milch, entgegen meiner Gewohnheit. Ich habe das Gefühl, es ist an der Zeit, einige Gewohnheiten zu ändern. Danach ziehe ich mir eine saubere Jeans und mein bestes Hemd an und hole die Zeichenmappe aus ihrem Versteck im Schrank. Ich denke kaum darüber nach, tue einfach, was mir richtig erscheint. Zum ersten Mal.

Der Bus in die Innenstadt fährt wochentags alle zehn Minuten, also muss ich nicht lange warten. Von der Haltestelle bis zur Galerie habe ich es ebenfalls nicht weit. Ich bin die ganze Zeit allein, keine Silberne weit und breit. Dabei habe ich fest mit ihr gerechnet. Was soll's? Ich brauche sie nicht. Nicht hierfür.

An der Tür zögere ich kurz. *Inhaber: Thomas Cohn* verrät mir das dezente Messingschild neben dem Eingang. Kann ich es wagen? Was habe ich zu verlieren?

Entschlossen stoße ich die Tür auf. Eine elektrische Türglocke verkündet mein Eintreten. Der Raum ist bis auf ein paar dekorative Pflanzen leer und hell erleuchtet. An den Wänden hängen Kunstwerke, überwiegend abstrakter Natur mit kleinen Namens- und Preisschildern darunter. Die Zahlen lassen mich schwindeln. Hier bin ich vollkommen falsch!

Eine Tür an der hinteren Wand öffnet sich, ein kleiner, drahtiger Mann mit Halbglatze und gezupften Augenbrauen blickt mir mit höflichem Interesse entgegen. »Guten Tag! Kann ich Ihnen helfen?«

Unbeholfen lächle ich ihn an und komme mir blöd vor. »Hallo. Ich bin Alexander Sonnenberg.«

Er erwidert nichts, sondern wartet, die akkurat gestutzten Augenbrauen leicht erhoben.

»Ich habe ein paar meiner Zeichnungen mitgebracht. Ich dachte ... vielleicht ...«, druckse ich und strecke ihm meine Mappe entgegen.

»Ein Künstler also?« Thomas Cohn, um den es sich hoffentlich handelt, mustert mich gelangweilt von Kopf bis Fuß, ohne die angebotene Mappe zu beachten. Ich frage mich, wie viele Hobbykritzler Tag für Tag hier hereinstolpern und ihm ihre »Werke« unter die Nase reiben. Allzu viele können es kaum sein, warum also dieses versnobte Gehabe?

»Haben Sie eine Karte?«, will er wissen.

»Karte?«

»Damit ich Sie kontaktieren kann.« Seine Miene gibt nichts preis.

So schnell lasse ich mich nicht abwimmeln. Ich straffe die Schultern und sehe ihm in die Augen. »Wozu? Ich bin doch hier.« Demonstrativ sehe ich mich um. »Und sonst niemand, wie mir scheint.« Ich provoziere ihn mit meinem

Grinsen, seine erstarrte Miene entgleitet ihm einen Moment lang. Dann seufzt er erneut.

»Also schön.« Er streckt mir die Hand entgegen und ich lege meine Zeichenmappe hinein. »Warten Sie hier.«

Ohne ein weiteres Wort verschwindet er im Büro. Ich warte. Mein Herz schlägt wie wild. Um mich zu beschäftigen, betrachte ich die Bilder an den Wänden, aber ich sehe sie nicht. Die Silberne ist bei mir. Ich spüre sie in meinem Rücken, ohne mich umzudrehen. Sie gibt mir Halt.

Die Tür öffnet sich wieder. Cohns Miene, seine Haltung, alles an ihm erscheint mir verändert. »Wie war noch Ihr Name?«

»Alexander Sonnenberg.« Mein Körper spannt sich an wie eine Bogensehne, alles Blut sackt aus meinem Kopf in den Magen. Mir wird schwindlig, als er die Tür weiter aufstößt und mich hineinbittet.

Cohns Büro ist riesig und beinahe ebenso leer wie der Ausstellungsraum. An den Wänden hängen weitere Bilder und Zeichnungen. In der Mitte steht ein großer, üppig beleuchteter Arbeitstisch. Hier liegen die Bilder der Silbernen in einer Reihe aus.

»Wer ist sie?«, fragt er.

»Sie ... sie ist meine Muse.«

Ich weiß, dass es so ist, sobald die Worte aus meinem Mund gekommen sind. Meine Muse.

Cohn sieht mich überrascht an, dann fällt sein Blick zurück auf die Bilder. »Ja, das ist sie. In der Tat.« Er nimmt eines in die Hand. »Das hier ... das ist beeindruckend. Es wirkt, als würde sie sich aus dem Bild zu dem Betrachter herausbeugen, um ihn zu küssen. Als würde sie jeden Augenblick lebendig werden.«

Ein Schauder durchfährt mich.

»Dieses Bild«, er legt es sorgfältig ab und tippt mit dem Zeigefinger darauf, »ist das Zentrum.«

»Das Zentrum?«

»Wir machen eine Ausstellung. Und deine Muse wird der Star sein!« Nichts ist übrig von der höflichen Distanziertheit von vorhin. Seine Augen leuchten, ein fröhliches Lächeln zerknittert die gestraffte Haut um die Augen. »Das ist frisch, das ist provokativ. Das ist … das ist … *'Der Kuss der Muse'*! Exzellent!«

Er redet weiter, Wort über Wort sprudelt aus seinem Mund. Erzählt von seinen Ideen, seiner geplanten Veranstaltung der *'Jungen Wilden',* einer Reihe talentierter, unbekannter Künstler, die er fördert. Seine Begeisterung ist ansteckend und doch rauscht alles an mir vorbei, ich kann ihm kaum folgen. Kann nicht glauben, was gerade passiert. Die Silberne lächelt mich an. Von den Bildern, aus unzähligen Perspektiven, aber auch hier im Raum. Sie ist da! Dort steht sie, in der Ecke! Sichtbar, obwohl Cohn um den Tisch herumtänzelt und redet und redet. Stolz glüht in ihrem Blick. Und in mir.

Als ich die Galerie verlasse, bin ich wie euphorisiert. Es ist inzwischen weit nach Mittag und ich habe noch immer nichts gegessen. Wie aufs Stichwort knurrt mein Magen. Um zwei Uhr bin ich mit Marek im Gym verabredet, mir bleibt noch eine dreiviertel Stunde. Ich steuere die nächste Dönerbude an und genehmige mir zur Feier des Tages ein Bier dazu. Auf dem Weg zum Gym kaufe ich am Kiosk Kaugummis, extrascharf, und stopfe mir gleich drei Streifen in den Mund. Es fehlte gerade noch, dass Marek meine Bierfahne riecht. Da ich blöd genug gewesen war, ihm von meinem Ausrutscher zu erzählen, wird er ab sofort wie ein Spürhund auf so etwas achten.

Die letzten fünfhundert Meter lege ich im Laufschritt zurück und halte mich nicht lange damit auf, mich aufzuwärmen. Marek ist noch nicht da. Ich ziehe mich um und gehe in den Kraftraum, grüße hier und da ein bekanntes Gesicht, bevor ich mit dem Hanteltraining beginne. Die Ablenkung tut mir gut, holt mich zurück. Vielleicht habe ich das eben nur geträumt?

Kurz darauf stößt Marek dazu. Von unserem gestrigen Streit ist nichts mehr zu spüren. Mit keinem Wort erwähnt er meinen Rückfall. Stattdessen erzählt er mir von seinem Stress mit Doro, die nun tatsächlich den Schritt gewagt hat, sich bei der Uni anzumelden. Ich kann sie verstehen. Ihren Wunsch nach Veränderung. Man kann im Leben nicht ewig auf der Stelle treten und sich von anderen unterbuttern lassen. Aber ich hüte mich, Marek das zu sagen, konzentriere mich stattdessen auf meine Übungen und brumme an den richtigen Stellen mitfühlend.

Irgendwann vibriert mein Handy in der Hosentasche. Es ist Mia.

»Wo bist du?«, fragt sie ohne Einleitung. Sie klingt aufgebracht.

»Was ist los? Ist was mit dem Baby?«

»Ob was …?«, fragt sie und unterbricht sich schnaufend. »Heute ist der Arzttermin, Alex. Der letzte Ultraschall vor der Geburt. Du wolltest doch mitkommen.«

Wie glühende Kohlen versickern die Worte in meiner Magengrube. »Shit!«

»Du sagst es.«

»Wann genau ist der Termin?« Vielleicht schaffe ich es noch. Ich verabschiede mich gestikulierend von Marek, der das Telefonat mit gerunzelter Stirn verfolgt hat. Er scheint sich Sorgen zu machen. Ich beruhige ihn mit einem Lächeln.

»In zwanzig Minuten.«

Das ist kaum zu schaffen. »Ich mach mich sofort auf den Weg!«, verspreche ich und lege auf, bevor Mia antworten kann. Hektisch ziehe ich mich um und laufe zur nächsten Bushaltestelle. Natürlich gibt es keine direkte Linie zur Frauenklinik. Ich muss am Hauptbahnhof umsteigen. Ich hätte natürlich auch Marek fragen können, ob er mich fährt, aber da rauscht schon ein Bus in Richtung Bahnhof an und ich steige ein.

Am Bahnhof angekommen stelle ich fest, dass ich zehn Minuten auf die Linie 3 warten müsste. Kurzentschlossen tausche ich meine Straßenschuhe gegen die ausgelatschten Trainingsschuhe und jogge die zwei Kilometer bis zu Mias Ärztin. Ich weiß nicht genau, warum ich mich so stresse. Ich hätte Mia auch einfach sagen können, dass ich es nicht mehr schaffe, weil ich den Termin verschwitzt habe. Ich hätte sagen können, dass es mir leidtut und ihr heute Abend ein paar Blumen schenken können. Aber ich weiß nicht, wie lange das noch reicht. Ich habe in letzter Zeit zu oft »Tut mir leid« gesagt.

Schwitzend und schnaufend erreiche ich die Praxis. Mit zitternden Knien und knallrotem Gesicht, wie ich in der verspiegelten Scheibe hinter der Rezeption sehe, stehe ich vor der Sprechstundenhilfe. »Meine Frau ... Mia Sonnenberg ...?«

Die Arzthelferin lächelt milde. »Da haben Sie es ja doch noch geschafft, Herr Sonnenberg. Ihre Frau ist gerade beim Ultraschall. Ich bringe Sie rein.«

Ich folge ihr in einen kleinen Raum mit einer Liege, auf der Mia ihren gewaltigen Bauch in die Höhe reckt, während die Ärztin mit dem Ultraschallgerät darauf herumfährt. Mia kneift säuerlich den Mund zusammen, doch an ihren Augen sehe ich, wie sehr sie sich freut, dass ich da bin. Die Arzthelferin holt mir einen Stuhl und platziert ihn neben Mias Kopf. Ich setze mich, ergreife ihre Hand und versuche, den verschwommenen Bildern auf dem Monitor zu folgen. Die Ärztin erklärt, was ich da sehe, und ich nicke artig. Aber es fällt mir schwer, Mias Begeisterung zu teilen. Noch etwas, für das ich mich schuldig fühlen sollte.

Nach dem Ultraschall ziehe ich mich ins Wartezimmer zurück, während Mia untersucht wird. Sie lächelt, als sie endlich mit geschulterter Tasche im Türrahmen erscheint.

»Alles ok?«, frage ich und gebe ihr einen Kuss.

»Bestens. Dem Baby geht's gut.«

»Du hast dir doch nicht verraten lassen, was es wird, oder?«

Mia schüttelt den Kopf, dass ihre Haare nur so fliegen. »Nein und ich werde bis zum Schluss standhaft bleiben. Jetzt ist es ja nicht mehr allzu lange.«

Ich hätte gern vorher gewusst, welches Geschlecht das Baby hat, und insgeheim hoffe ich auf einen Jungen, aber um Mia den Spaß nicht zu verderben, habe ich mitgezogen.

»Ich bin froh, dass du es doch noch geschafft hast«, sagt sie und hakt sich bei mir ein. »Bist du beim Sport gewesen?«

»Ja.«

»Warum hast du dich nicht von Marek fahren lassen?«

Ich beiße mir auf die Zunge, damit mir keine spitze Bemerkung über Marek entschlüpft. Ich bin noch immer wütend. Keine Ahnung, was los ist, aber es fühlt sich an, als hätten die beiden mich verraten. Ob er von dem Sparbuch wusste, wo sich Mia ihm offensichtlich anvertraut?

»Ich hab es doch auch so geschafft, oder?«, erwidere ich grinsend. Wir erreichen das Auto und Mia wirft mir den

Schlüssel zu. Auf der Fahrt schweigen wir die meiste Zeit, aber ich spüre, dass Mia mir etwas sagen will.

»Wegen gestern ...«, beginne ich, um es ihr leichter zu machen.

»Es tut mir leid, Alex. Aufrichtig leid«, unterbricht sie mich. »Es gibt keine Entschuldigung dafür, ich hätte dir vertrauen müssen.«

Ich blicke schweigend auf die Straße.

»Verzeihst du mir?«

»Vertraust du mir?«

Sie zögert nicht. »Ja. Das tue ich.«

»Dann tue ich es auch.«

Ich konzentriere mich auf den Verkehr. Mia sagt nichts weiter und ich auch nicht. Wir haben beide gelogen.

Zu Hause werfe ich meine Sporttasche in die Ecke und stelle mich unter die Dusche, während Mia die Mädchen bei Anke abholt.

Nach dem Duschen ziehe ich mir eine weite Jogginghose und ein T-Shirt an, durchwühle die Tasche meiner Jeans nach den Zigaretten und gehe auf den Balkon, um eine zu rauchen. Die Kinder stürmen die Wohnung, überziehen sie mit Lärm und Chaos. Mia räumt hinter ihnen auf und ermahnt sie. Der ganz alltägliche Wahnsinn. Und da wollte Mia unbedingt noch ein Kind.

»Soll ich deine Sportsachen in die Wäsche packen?«, ruft sie zu mir heraus.

»Ja. Danke«, antworte ich, ohne hinzusehen. Zu spät fällt mir ein, was sich in meiner Sporttasche verbirgt. Zu spät schnippe ich die Zigarette über die Brüstung und stürme ins Bad, wo Mia über meine Sachen gebeugt hockt, meine Zeichenmappe in der Hand, im Begriff, sie zu öffnen. Ich entreiße sie hier. Mia blinzelt verblüfft zu mir hoch.

»Ist es das, was ich denke? Du zeichnest wieder?«, fragt sie und ihre Mundwinkel zucken. Ist es Freude oder Missbilligung? Sie hatte gewollt, dass ich damit aufhöre. Wegen der Kinder, wegen des Alkohols. Wegen der Zeit, die es verschlang.

Ich spüre, wie meine Ohrläppchen zu glühen beginnen. »Manchmal«, murmle ich, die Mappe fest umklammert.

»Darf ich es sehen?«

Ihr neugieriger Blick und die Art, wie sie die Hand ausstreckt, so als wäre es ganz selbstverständlich, dass ich mein Innerstes mit ihr teile, als gehöre meine Seele sowieso ganz und gar ihr, veranlassen mich dazu, einen Schritt zurückzutreten.

»Es sind nur Kritzeleien. Nichts Besonderes.«

Ihre Mundwinkel fallen herab, ebenso wie ihr Blick, den sie nun auf die Schmutzwäsche richtet. »Na dann«, sagt sie und fängt an, Wäschestücke zu sortieren. »Freut mich, dass du zu deiner Leidenschaft zurückgefunden hast.«

Meiner Leidenschaft. Ich habe das Zeichnen nie als solche empfunden. Zumindest nicht bis zum letzten Wochenende. Ich drehe mich um und gehe hinaus, wo die Mädchen mich bestürmen, mit ihnen Twister zu spielen. Wir wälzen uns lachend und tobend auf dem Wohnzimmerboden. Mia setzt sich irgendwann auf die Couch und sieht uns zu, aber sie ist heute Abend ungewöhnlich schweigsam und ihr Blick nach innen gerichtet, so, als wäre sie ganz weit weg.

Nach dem Abendessen bringe ich die Kinder ins Bett. Als ich zurück ins Wohnzimmer komme, sitzt Mia weinend auf der Couch, meine Zeichnungen, meine Silberne, vor sich ausgebreitet. Als sie mich bemerkt, zuckt sie zusammen. »Alex ... wer ist diese Frau?«

»Warum schnüffelst du in meinen Sachen herum?«

»Ich habe nicht geschnüffelt.«

»Und wie nennst du das dann?« Ich spreche die Worte leise aus und betone jedes einzelne, weil das der einzige Weg ist, mich daran zu hindern, loszubrüllen. Ebenso langsam gehe ich auf sie zu, hocke mich vor den Wohnzimmertisch und ordne die Zeichnungen der Silbernen zusammen. Eine hält Mia zwischen den Fingern. Sanft entwende ich sie ihr. Es ist 'Der Kuss der Muse'. Hätte ich sie bloß in der Galerie gelassen, wie Cohn es vorgeschlagen hatte!

»Ich wollte doch nur sehen, was du tust«, versucht sie, zu erklären. Ich verstehe sehr wohl, was sie wollte. Das, was sie immer will – mich kontrollieren.

»Wer ist sie?«, fragt sie wieder. Schluchzend.

»Sie ist niemand«, antworte ich kühl und lege die Bilder in die Mappe, den 'Kuss der Muse' zuoberst.

»Sie ist nackt.«

»Sie existiert nicht.«

»Sie räkelt sich auf unserem Bett. Ich erkenne die Bettwäsche. Und die Nachttischlampe!«

»Sie ist nicht echt«, wiederhole ich. Meine Stimme zittert, meine Hände schwitzen. Ich brauche einen Drink. Jetzt!

»Hast du eine Affäre mit ihr?«, bohrt Mia weiter. Tränen laufen über ihr Gesicht.

»Nein.« Das ist nicht einmal gelogen, denn es ist so viel mehr als das. Seit dieser Nacht mit ihr bin ich nicht mehr derselbe Mann, das begreife ich jetzt. Die Silberne hat mich wachgerüttelt.

Mia steht langsam auf, beide Hände vor ihren Bauch gelegt, als würde das verdammte Baby sonst herausfallen. »Wer ist sie dann? Rede mit mir!«

Ich stehe ebenfalls auf, bemüht, das Zittern zu kontrollieren. Die Zeichenmappe bleibt auf dem Tisch liegen. Ich will etwas sagen, aber meine Lippen kleben aufeinander. Mein Speichel schmeckt wie Pappmaschee. Ich habe schrecklichen Durst, muss raus hier.

»Alex!« Mia legt ihre Hände auf meine Schultern. Ich zucke zusammen, meine Haut brennt.

»Fass mich nicht an!«

Sie lässt die Hände sinken. »Du hast mit ihr geschlafen, nicht wahr? Hier, in unserem Bett.«

Ich widerspreche nicht. Mein ganzer Körper ist mit Schweiß bedeckt. Diese scheiß Hitze macht mich fertig. Mia steht weinend vor mir. Ich kann ihr keinen Trost geben. Und keine Erklärung.

Plötzlich geht ein Ruck durch ihren Körper. Ihre Tränen sind versiegt. Aus trockenen, heißen Augen blitzt sie mich an. Dann wirbelt sie herum und greift sich meine Mappe. Sie rennt vor mir davon, in die Küche. Ich höre, wie sie in der Besteckschublade herumwühlt. Auch ich löse mich aus meiner Erstarrung. Meine Bewegungen sind zäh, als kämpfte ich mich aus einem Sumpf.

Mia steht an der Anrichte, die Mappe triumphierend in die Höhe gereckt, als wäre sie ihre Geisel. In der Rechten hält sie ein brennendes Feuerzeug. Vor Entsetzen wird mir kalt.

»Das tust du nicht«, beschwöre ich sie. »Das tust du verdammt nochmal nicht!«

Sie hebt das Feuerzeug etwas höher, ihre Lippen zittern und ihre Hand ebenso. »Ich tue es, Alex, wenn du mir nicht endlich die Wahrheit sagst. Hast du mit ihr geschlafen?«

Ich atme tief ein und wieder aus. Die Wahrheit ist, dass ich nicht weiß, was genau geschehen ist. Aber die

Wahrheit will Mia nicht hören. Sie will ein Geständnis. Sie will, dass ich es bin, der die Fehler macht. Der Säufer. Das Arschloch. Der Versager, den sie retten, erlösen, dem sie vergeben kann.

»Ja,«, sage ich mit rauer Stimme und nur um sie zu verletzten, füge ich hinzu:.»Und es war der beste Fick meines Lebens.«

Das Feuerzeug entgleitet ihren Händen und fällt mit einem leisen Klackern zu Boden. Die Bilder folgen. Das stumme Zeugnis meines Betrugs und zugleich mein größter Erfolg.

Mia lehnt mit dem Rücken an der Anrichte, krallt ihre Finger in das Holz und atmet schnell ein und aus. »Es tut weh«, schnappt sie zwischen zwei Atemzügen.

»Du wolltest es hören«, erwidere ich.

»Nein ... nein. Es tut wirklich weh. Das Baby ...«

Sofort bin ich bei ihr und stütze sie, während ich sie zum Küchentisch führe, wo sie sich auf einem der Stühle niederlässt. »Ich rufe einen Krankenwagen.«

»Nein, die Hebamme. Und bring die Kinder ... zu Anke«, presst sie hervor.

Ich nicke wie in Trance, gehe ins Wohnzimmer und stehe sekundenlang vor dem Telefon, ehe ich den Zettel mit der Nummer der Hebamme finde. Ich schildere ihr, was geschehen ist. Sie will wissen, ob Mia blutet oder ob die Fruchtblase schon geplatzt ist. Dann fragt sie, in welchen Abständen die Wehen kommen.

»Ich weiß es nicht, verdammt!«, brülle ich in den Hörer.

Sie bittet mich mit ihrer enervierend besonnenen Stimme, Ruhe zu bewahren und, falls möglich, Mia ins Krankenhaus zu bringen, wo sie uns erwarten würde. Ich lege auf. Meine Hände schwitzen.

Dann gehe ich ins Kinderzimmer, nehme zunächst Lea, ohne sie zu wecken, mitsamt Decke auf den Arm und trage sie durch das dunkle Treppenhaus nach unten. Mit dem Fuß klopfe ich gegen Ankes Wohnungstür. Bange Sekunden vergehen, ehe das Geräusch einer sich öffnenden Tür und dazu die Stimmen aus dem Fernseher mir verraten, dass sie zu Hause ist. Anke erfasst die Situation sofort. Sie führt mich in ihr Schlafzimmer, wo ich Lea behutsam ablege. Mit Klara verfahre ich genauso, ohne dass eines der Mädchen wach wird.

»Ich melde mich bald«, verspreche ich Anke beim Hinausgehen. Zu meiner Überraschung nimmt sie mich in den Arm und drückt mich fest an sich. Ich kann ihr fruchtiges Shampoo riechen und den süßlich herben Duft von Gras, das sie heute Abend geraucht hat.

»Alles wird gut«, sagt sie, bevor sie mich aus ihrer Umarmung entlässt und die Tür leise schließt. Da stehe ich nun, im dunklen Hausflur, und fühle mich wie das größte Arschloch unter der Sonne. Was war nur in mich gefahren? Wie hatte ich Mia so verletzen können?

»Es wird Zeit, dass du der Wahrheit ins Auge blickst«, sagt die Silberne und ihre Stimme klirrt wie Eis. »Du brauchst sie nicht. Und du willst sie nicht.«

»Ohne sie wäre ich tot«, vertraue ich der Dunkelheit an.

»Glaubst du das? Bist du wirklich so schwach?« Sie ist mir ganz nah. Ich bräuchte nur die Hand auszustrecken, um ihr Haar zu berühren. Meine Muse. »Komm mit mir, Alex. Lass endlich los und komm mit mir.«

Ihre Lippen streifen über meine stoppelige Wange. Sie ist gefährlich.

Jemand aus dem Erdgeschoss betätigt den Lichtschalter und holt mich zurück in die Wirklichkeit. Oben sitzt meine

Frau. Hat Schmerzen. Hat Angst. Was bin ich nur für ein Arsch. Ich will mich von der Silbernen lösen, aber das ist nicht nötig, denn sie ist schon fort. Immer ist sie mir einen Schritt voraus. Ich haste die Treppe nach oben. Mia sitzt noch immer am Küchentisch. Sie weint.

»Wir fahren ins Krankenhaus«, sage ich und weiche ihrem Blick aus. »Schaffst du es bis zum Auto?«

Sie nickt und steht langsam auf. Ich will ihr helfen, aber sie ignoriert meinen Arm. Anstatt zur Haustür geht sie ins Bad.

»Was machst du da? Mia, die Hebamme hat gesagt ...«

»Ich hole meine Zahnbürste.«

Ungeduldig folge ich ihr und bleibe im Türrahmen stehen. Sie steht vor dem Spiegel und wäscht sich das Gesicht.

»Mia ...«

»Raus!« Sie wirft mir die Tür vor der Nase zu. Notgedrungen warte ich im Flur, höre, wie sie ein paar Sachen in eine Kulturtasche wirft und sich zwischendurch die Nase putzt. Dann wieder ein Stöhnen, als eine Wehe sie packt. Das ist zu viel. Genervt reiße ich die Tür auf und zerre Mia am Oberarm hinaus.

»Setz dich«, befehle ich ihr. »Ich mache das.«

Nachdem sie mir nicht widerspricht, führe ich sie ins Schlafzimmer und bedeute ihr, sich so lange auf das Bett zu setzen. Das ist ein Fehler. Als ihr Blick auf die geblümte Bettwäsche fällt, beginnt sie wieder heftig zu schluchzen.

»Nein«, wimmert sie. »Ich will das nicht. Nicht so!«

»Glaubst du, ich habe es so gewollt? Hast du mich etwa gefragt? Nein, es war dir vollkommen egal, was ich wollte. Und jetzt ist es, wie es ist«, gebe ich bitter zurück und zerre eine kleine Reisetasche aus dem Kleiderschrank.

»Dann hast du mit ihr geschlafen, um dich an mir zu rächen?«

Ich antworte nicht, fülle die Tasche wahllos mit Unterwäsche, T-Shirts und einer Schlafanzughose. Zuletzt stopfe ich Mias Kulturtasche hinein und quetsche sie so lange, bis sich der Reißverschluss schließen lässt. Seltsam, auf einmal bin ich ganz ruhig. Mia steht die ganze Zeit im Türrahmen und sieht mir zu.

»Ich hatte gehofft, dass du mir irgendwann verzeihst«, sagt sie leise. »Ich habe es für uns getan.«

Ich schultere die Reisetasche und drücke mich an ihr vorbei in den Flur. »Für dich, Mia. Nur für dich.«

Es war Ende November, als Mia mir eröffnete, dass sie noch ein Baby wollte. Wir kamen von einem Besuch bei ihren Eltern nach Hause, Mias Vater hatte seinen Geburtstag gefeiert. Wie immer, wenn ich von dort heimkehrte, war es, als löste jemand eine Schlinge von meinem Hals. Erleichtert schälte ich mich aus der Winterjacke und schleuderte meine Schuhe in die Ecke. Mia scheuchte Lea und Klara ins Bad. Ich folgte ihnen und half ihr dabei, die Kinder für das Bett fertigzumachen. Routiniert putzten wir Zähne, wuschen Gesichter, kämmten Haare und verteilten Gute-Nacht-Küsse. Wie immer, wenn ich nicht gerade arbeitete, übernahm ich das Vorlesen. Normalerweise dauerte es dennoch eine Weile, bis die Kinder endlich schliefen. Meistens quatschten sie noch miteinander oder stachelten sich gegenseitig an, noch einmal aufzustehen, um ein Glas Wasser oder eine weitere Geschichte zu erbitten. Aber an dem Abend waren sie zu müde, um gegen den Schlaf zu kämpfen. Noch während ich las, sank Klaras Köpfchen gegen meine Brust. Lea hörte bis zum Schluss zu, aber sobald ich sie unter ihre Decke verfrachtet hatte, schloss sie die Augen, drehte sich seufzend auf den Bauch und begann, leise zu schnarchen.

Als ich mich umdrehte, um auf Zehenspitzen hinauszuschleichen, lehnte Mia im Türrahmen und lächelte mir entgegen. Vorsichtig schloss ich die Tür und zog sie in meine Arme.

»War es heute schlimm für dich?«, fragte sie mitfühlend.

»Furchtbar«, gestand ich.

»Ach, du übertreibst doch.« Sie gab mir einen leichten Klaps auf den Po, den ich als Aufforderung wertete, meine Hände unter ihren Pulli gleiten zu lassen.

»Huh, die sind eiskalt!« Mia wich lachend zurück.
»Willst du noch was essen?«

»Klar, von Lachshäppchen werde ich nicht satt.«

Mia verschwand in der Küche. Ich folgte ihr und sah zu, wie sie zwei Tiefkühlpizzen aus dem Gefrierschrank holte.

»Deine Eltern hassen mich«, stellte ich fest.

»Schinken oder Salami?« Sie hielt beide Pizzen in die Höhe.

»Schinken.«

»Sie hassen dich nicht. Was sie hassen, sind ... die Umstände, unter denen wir zusammengekommen sind.« Sie heizte den Ofen an und holte die Pizzen aus der Plastikfolie.

»Du meinst die ungeplante Schwangerschaft und die Tatsache, dass ich wie ein Loch gesoffen habe?«

»Sie haben sich eben etwas anderes für mich vorgestellt«, gestand sie achselzuckend.

»Etwas *Besseres*.« Ich ließ mich auf einen Stuhl fallen und betrachtete nachdenklich die Astlöcher auf der Tischplatte. Seit über zwei Jahren hatte ich keinen Tropfen mehr angerührt. Manchmal fiel es mir schwer, aber meistens kam ich klar. Selbst die Arbeit als Taxifahrer machte mir mehr Spaß, als ich anfangs geglaubt hatte. Ich liebte Mia und die Zwillinge, hätte alles getan, um sie glücklich zu machen. Aber trotzdem reichte es Mama und Papa Sonnenberg nicht. Stets hielten sie eine Spitze für mich parat. Mia schien meine Gedanken zu erraten. Sie setzte sich mir gegenüber an den Tisch und ergriff meine Hand.

»Du bist großartig, Alex. Wie du das hier alles stemmst.«

Die Worte waren Balsam für meine zweifelnde Seele. Ich lächelte sie an und drückte ihre Hand. »Und du auch. Wir sind gute Eltern, nicht wahr?«

»Das sind wir. Die Besten!« Sie stand auf, als das Lämpchen

am Backofen ausging, und legte die Pizzen auf den Rost. Dann kam sie wieder zu mir, setzte sich dieses Mal auf meinen Schoß.

»Zwanzig Minuten, bis die Pizza gut ist«, säuselte sie in mein Ohr, während ihre Finger meinen Nacken kraulten. Als ich dieses Mal meine Hände unter ihren Pullover steckte, erhob sie keinen Protest.

Eine halbe Stunde später saßen wir auf unserem Bett und verkrümelten Tiefkühlpizza auf den Laken. Mias Wangen waren gerötet und ihr dunkles Haar, das sie inzwischen schulterlang trug, zerzaust. Genüsslich schob sie sich ein Stück Pizza in den Mund. »Das ist besser als Kanapees. Sag mal, hast du dir eigentlich Kinder gewünscht? Ich meine, bevor ich dich vor vollendete Tatsachen gestellt habe?«

»Dazu gehören immer noch zwei!«, erinnerte ich sie und nahm das letzte Stück Pizza vom Teller, während ich darüber nachdachte. »Nicht wirklich. Ich war nicht in der Situation, mir etwas in der Richtung zu wünschen.«

»Aber früher, wenn du dir dein Leben in, sagen wir, zehn Jahren vorgestellt hast ...«

Ich zuckte entschuldigend mit den Achseln. »Nein, ich habe mir keine Kinder gewünscht.«

Irgendwie schien Mia meine Antwort zu enttäuschen, also legte ich nach: »Aber wenn mir jemand das hier gezeigt hätte, die Kinder und dich, dann hätte ich alles getan, um genau hierher zu gelangen.«

Jetzt stahl sich ein Lächeln in ihr Gesicht. »Auch wenn meine größte Leistung in der Küche darin besteht, eine Pizza in den Ofen zu schieben?«

»Deine Spaghetti sind auch nicht übel. Und solange du das Essen nackt servierst, so wie heute Abend ...«

Sie lachte und verschluckte sich an einem Krümel. Dann wurde sie wieder ernst. »Ich habe nachgedacht.«

»Oh, oh«, sagte ich mit unheilvoller Stimme, doch ihr Blick brachte mich zum Schweigen.

»Was hältst du von noch einem Kind?«

Die letzten Reste meines Grinsens verschwanden aus meinem Gesicht. Ich sah auf das Laken und zerdrückte ein paar Krümel mit dem Zeigefinger. »Denkst du nicht, zwei reichen?«

»Klar, schon, irgendwie«, räumte sie ein.

Mir gefiel nicht, wie dieses Gespräch sich entwickelte. »Aber?«, fragte ich dennoch.

Mia seufzte. »Ach, ich weiß auch nicht. In letzter Zeit, da habe ich diese Sehnsucht. Ich will das alles nochmal haben. Den wachsenden Bauch, die Tritte, die Vorfreude. Und diesmal möchte ich es genießen, zusammen mit dir.«

Mein schlechtes Gewissen, weil ich in der Schwangerschaft und während der Geburt der Kinder nicht für sie da gewesen war, hatte mich nie ganz verlassen und Mia steckte ihren Finger zielgenau in diese Wunde. Ich konnte sie verstehen, aber der Gedanke an ein weiteres Kind machte mir Angst. Und wenn ich an ihre Schwangerschaft dachte, dann fiel mir mein eigener grässlicher Kampf gegen die Sucht ein. Die Übelkeit, das Zittern und Schwitzen, die durchgeweinten Nächte. Die Einsamkeit. Vielleicht hätte ich ihr genau das sagen sollen. Stattdessen sagte ich: »Wir haben keinen Platz. Wir müssten umziehen.«

Sie schien meinen Einwand als die Suche nach Lösungen aufzufassen, denn sie beugte sich begeistert vor. »Wenn wir den Schuhschrank in den Flur stellen, dann können wir das Bettchen vorerst in unserem Schlafzimmer unterbringen.«

»In unserem Schla–«

»Und die Wickelkommode kommt ins Bad.«

Ich schluckte. »Du machst dir da schon länger Gedanken drüber, oder?«

Sie biss sich auf die Lippe. »Eine Weile, ja. Ich weiß, dass es eng wird, auch finanziell.«

»Du wolltest doch wieder studieren gehen, wenn Lea und Klara demnächst in den Kindergarten kommen. Wir hatten darüber gesprochen. Wenn du Lehrerin bist, dann könnten wir uns auch mal wieder was leisten, in den Urlaub fahren ...«

»Es würde sich eben etwas verzögern. Das Baby könnte in die Krippe, dann wäre ich nur ein Jahr länger zu Hause als geplant.«

»Nur«, erwiderte ich sarkastisch. Mir wurde plötzlich kalt und ich suchte unter der Decke nach meiner Kleidung.

»Alex? Was ... was hältst du nun davon?«

Ich hielt inne und zwang mich, sie anzusehen. »Ich glaube nicht, dass wir es uns leisten können. Und was, wenn es wieder Zwillinge werden?«

»Quatsch!«

»Ich habe gelesen, dass es häufig ein zweites Mal vorkommt. Hat was mit Veranlagung zu tun.«

Sie nahm meine Hand. »Ich will wissen, was du fühlst. Ich weiß selbst, dass vieles dagegenspricht. Aber was sagt dein Herz?«

Mein Herz schrie gequält auf, aber als ich ihren hoffnungsvollen Blick sah, brachte ich es nicht über mich, ihr das zu sagen. »Vielleicht ... irgendwann. Bitte, Mia, lass uns noch warten.«

Sie akzeptierte es und das Thema schien damit für sie erledigt zu sein, denn sie sprach nicht mehr darüber und trug mir auch nicht nach, dass ich ihren Wunsch ausgeschlagen hatte.

Und dann war sie auf einmal doch schwanger.

Als ich spät abends von meiner Schicht nach Hause kam, hielt sie mir einen Teststreifen unter die Nase.

»Was ist das?«, fragte ich, während ich mir die Jacke auszog.

»Ein Schwangerschaftstest«, antwortete sie.

Meine Hand erstarrte auf dem Weg zur Garderobe. »Was?«

»Ich bin schwanger.«

Die Jacke fiel zu Boden. Keiner von uns bückte sich, um sie aufzuheben.

»Wollen wir uns setzen?«, fragte Mia.

»Ja, bitte.«

Wir gingen ins Wohnzimmer. Die Kinder schliefen schon. Mia setzte sich an das eine Ende des Sofas und ich an das andere. Das heftige Verlangen nach einem Wodka Tonic durchströmte meinen Körper und ließ mich schaudern. So schlimm, so plötzlich, hatte ich mir schon sehr lange keinen Drink mehr gewünscht. »Wie konnte das passieren ... schon wieder? Du nimmst doch die Pille?«

Mia schüttelte verzweifelt den Kopf. »Erinnerst du dich an den Infekt, den ich vor ein paar Wochen hatte?«

Klar erinnerte ich mich. Eine Woche lang hatte Mia flachgelegen und ich hatte mir extra Urlaub genommen, um sie zu pflegen und die Kinder zu hüten, weil Anke wegen ihrer Vorlesungen und dem Zweitjob als Kellnerin keine Zeit gehabt hatte.

»Der Arzt hatte mir Antibiotika verschrieben und ich ... ich hab vergessen, dass die Pille dann nicht richtig wirken kann. Hach, ich bin zu blöd!«

»Daran hätte ich auch denken können«, gestand ich zähneknirschend.

»Dann bist du nicht böse?«

Ich schüttelte den Kopf. Das war ich tatsächlich nicht. Nur irgendwie betäubt. Ich setzte mich neben sie und legte meinen Arm um ihre Schulter.

»Na ja, ich bin nicht begeistert«, sagte ich langsam, »aber es ist eben passiert.«

Bestimmt war es nicht das, was sie gern von mir hören wollte, aber zu mehr war ich im Moment nicht bereit. Zu tief saß der Schock. Schon fing ich in Gedanken an, Pläne zu schmieden, meinen Dienstplan zu verändern, unser Sparbuch zu plündern. Das überraschte mich selbst, wo ich es doch immer gewesen war, der die Dinge auf sich zukommen gelassen hatte.

»Ja, es ist passiert«, wiederholte Mia und legte ihren Kopf an meine Schulter. So saßen wir lange gemeinsam da, bis Mia aufstand und sich streckte. »Lass uns morgen reden, in Ordnung? Ich muss ins Bett.«

Ich nickte, ohne sie anzusehen.

»Ich bin froh, dass du es so aufgenommen hast. Du wirst dich bestimmt bald an den Gedanken gewöhnen. Und dann freust du dich so sehr wie ich.«

Wieder nickte ich und lächelte sogar. Mia ging schlafen, aber ich blieb noch sehr lange auf dem Sofa sitzen und starrte hinaus in die Nacht.

Eine Woche später bummelte ich in meiner Mittagspause durch die Fußgängerzone. Ich kam an diesem Geschäft, der »Geschenkbox« vorbei, in dem sie allerhand Kitsch verkauften. Normalerweise wäre ich nie hineingegangen, aber etwas im Schaufenster erregte meine Aufmerksamkeit. Es war eine Schneekugel, mit einer Wiege darin. Die Wiege war winzig, aus Holz und mit filigranen

Schnitzereien versehen. Der Wiegenhimmel war aus echtem Stoff. Weiß mit roten Punkten. Sogar ein kleines Püppchen lag in der Wiege. Ich betrat das Geschäft und sah mir die Kugel genauer an. Als ich sie schüttelte, segelten winzige Daunenfedern auf das Bettchen hinab. Ich fragte den Verkäufer nach dem Preis und schluckte, als er ihn mir nannte. Trotzdem kaufte ich die Kugel und bat ihn, sie als Geschenk zu verpacken. Ich wusste, dass ich Mia damit eine Freude machen würde. Und es war eine passende Geste, um ihr zu zeigen, dass ich mich mit ihr gemeinsam auf ein weiteres Abenteuer einließ. In der letzten Woche hatte ich Sorgen gewälzt und mit meinem Schicksal gehadert. Auch wenn ich versucht hatte, mir Mia gegenüber nichts anmerken zu lassen, musste sie gespürt haben, dass ich nicht glücklich war, denn sie hatte ebenfalls oft bedrückt und traurig gewirkt.

Es war diese Schneekugel, die bei mir die Wende brachte. Dass mich dieses winzige Bettchen so anrührte, wertete ich als Zeichen. Ich war bereit.

Gutgelaunt beendete ich meine Schicht und freute mich auf den Moment, wenn Mia ihr Geschenk auspacken würde. Ich wartete bis zum Abend, bis die Kinder im Bett waren, bevor ich es ihr gab. Mit großen Augen nahm sie die Schatulle entgegen, in der die Kugel in einem Bett aus Schaumstoff lag.

»Ein Geschenk?«, fragte sie.

Mir fiel auf, dass ich ihr nur sehr selten Geschenke mitbrachte, und ich schämte mich plötzlich dafür. »Nichts Besonderes. Nur eine Kleinigkeit. Na los, mach's auf.«

Sie öffnete mit akribischer Sorgfalt das Geschenkpapier und betrachtete einige Sekunden andächtig die samtbezogene Schachtel. »Was ist darin?«

118

Ich verzog keine Miene. Sie machte die Schatulle auf und sah sehr lange hinein. Dann schlug sie die Hand vor den Mund. Tränen stiegen ihr in die Augen. »Oh, Alex! Das ist ...«

Sie legte die Schachtel weg und rannte ins Schlafzimmer. Verblüfft blieb ich allein zurück. Damit hatte ich nicht gerechnet. Selbst wenn ihr das Geschenk nicht gefiel, war ihre Reaktion eindeutig überzogen. Ich trat vor die Schlafzimmertür und klopfte leise an. Von drinnen antwortete mir ein Schluchzen. »Mia?«

Ich hörte ihre Schritte, dann wurde die Tür geöffnet. Schwach lehnte sie sich gegen den Türrahmen, ein Taschentuch gegen die Nase gedrückt.

»Was hast du denn?« Ich wollte sie in den Arm nehmen, aber sie wich mir aus.

»Wenn es dir nicht gefällt ...«

»Nein«, unterbrach sie mich. »Das ist es nicht. Es ist wunderschön. Das Schönste, was du mir je geschenkt hast.«

Ich umfasste ihre Schultern und sah ihr in die Augen. »Ich wollte dir damit etwas sagen, Mia. Es tut mir leid, dass ich so mies drauf war wegen des Babys. Das ist jetzt vorbei. Ich freue mich darauf, hörst du? Wir schaffen das zusammen.«

Mia, deren Tränenstrom für die Dauer meiner Ansprache versiegt war, brach erneut in Tränen aus. Ich fühlte mich so hilflos. Was machte ich nur immer falsch?

Sie drängte sich an mir vorbei ins Wohnzimmer. Wie ein verstörter, herrenloser Hund trottete ich hinter ihr her. Am Wohnzimmertisch blieb sie stehen, bückte sich und nahm die Schneekugel in die Hand. Als sie sie schüttelte und die winzigen Daunenfedern wie nach einer Kissenschlacht durch die Luft wirbelten, lächelte sie.

»Ich habe das nicht verdient«, sagte sie leise und reichte mir die Kugel.

»Warum?«

»Ich habe dich nicht verdient. Ich bin ein schlechter Mensch.«

Jetzt runzelte ich die Stirn. »Was redest du da für einen Unsinn?«

»Ich habe dich belogen, Alex«, antwortete sie mit monotoner Stimme. Meine Finger schlossen sich fest um das kühle Glas. »Es war kein Zufall, dass ich schwanger geworden bin. Ich habe die Pille abgesetzt, schon vor drei Monaten.«

Ich wusste nicht, was ich sagen, was ich denken sollte. Wie ein Blöder starrte ich auf diese olle, kleine Wiege hinter dem Bleikristall.

»Ich ... ich wollte so gerne ein Kind von dir«, flüsterte sie mit brüchiger Stimme. »Noch eins, meine ich. Aber ich wusste, dass du dagegen sein würdest.«

Jetzt schwirrten mir tausend Erwiderungen durch den Kopf. Ich dachte daran, wie zerknirscht sie gewirkt hatte, als sie mir von ihrer Schwangerschaft erzählt hatte. Wie dreist sie mir die Lüge mit den Antibiotika untergejubelt hatte. Und wie versessen sie in den letzten Monaten darauf gewesen war, mit mir ins Bett zu gehen.

Ich sah sie an. Vor mir stand eine Fremde mit tränennassem Gesicht. Ich holte aus und schleuderte die Schneekugel mit aller Kraft gegen die Wand hinter ihr. Mia zuckte zusammen und stieß einen kleinen, spitzen Schrei aus, der sich mit dem Geräusch berstenden Glases vermischte. Ich drehte mich um, nahm meine Jacke und verließ die Wohnung.

Stundenlang irrte ich durch die dunklen, kalten Straßen. Es hatte zu schneien begonnen. Der Schnee erinnerte mich an die Daunenfedern in der Kristallkugel. Die meisten Geschäfte hatten schon geschlossen oder machten gerade zu, aber irgendwie landete ich vor diesem kleinen Spirituosengeschäft an der Ecke, das noch geöffnet hatte. Wie ferngesteuert trat ich ein. Eine Armada glänzender Flaschen mit bunten, verlockenden Etiketten begrüßte mich. Sofort schlug mein Suchtsensor Alarm. Speichel sammelte sich in meiner Mundhöhle und die Bestie in meinen Eingeweiden stimmte ihr hungriges Wutgebrüll an. Minutenlang schlich ich an den Regalen vorbei. Ein kleiner Teil von mir wollte umdrehen und nach Hause gehen, aber ein viel größerer Teil wollte sich eine der Wodkaflaschen aus dem Regal nehmen, sie aufschrauben und mir in den Hals kippen, bis ich die Besinnung verlor.

»Suchen Sie was Bestimmtes?«, wollte der brummige Verkäufer hinter der Ladentheke wissen. Dabei sah er von der Lektüre seiner Zeitschrift auf, als sei es eine Unverschämtheit, von Kundschaft belästigt zu werden.

»Ich ... äh ... nehme die hier«, sagte ich und griff wahllos in das Regal mit den Wodkaflaschen. Die Marke kannte ich noch nicht, vielleicht war sie neu auf dem Markt. In letzter Zeit hatte ich die Spirituosenabteilung im Supermarkt eher gemieden. Das Etikett trug das übliche Silberblau und am Rand servierte eine silberne Silhouette mit kokettem Hüftschwung zwei Gläser auf einem Tablett. Ich bezahlte und ließ mir eine Tüte geben, bevor ich hinausging.

Wie ein Penner irrte ich durch die Stadt, auf der Suche nach einem ruhigen, warmen Plätzchen, an dem ich stilvoll meinen Untergang zelebrieren konnte. Schließlich landete ich bei der Taxizentrale. Ich hatte einen Schlüssel für den Nebeneingang der Tiefgarage, nicht aber für das Tor. So versuchte Valentin, das Risiko zu vermindern, dass jemand seine kostbaren Taxen klaute, falls einer der Fahrer seinen Schlüssel verlor. Wer, zum Geier, klaute schon ein Taxi? Ich stieg im Dunkeln die nackte Treppe zu den Fahrzeugen hinunter. Es war schon spät, mitten in der Woche, und die meisten Taxen standen an ihrem Platz. Ich schloss meins auf und setzte mich hinter das Lenkrad. Nach ein paar Minuten erlosch die Innenbeleuchtung und ich wurde in perfekte Dunkelheit getaucht.

Meine Hände waren steifgefroren und ich hatte Mühe, den Schraubverschluss der Flasche aufzudrehen. Der scharfe Duft des Alkohols schlug mir entgegen und nahm mich mit auf eine Reise in die Vergangenheit. In eine Zeit vor Mia. Ich setzte den Flaschenhals an meine Lippen. Das Glas war eiskalt. Ich weinte vor Glück und Scham, als der erste Tropfen meine Mundhöhle füllte, der Geschmack auf meiner Zunge explodierte und der Alkohol die brüllende Bestie in ein schnurrendes Kätzchen verwandelte. Ich schluckte und schluckte und schluckte, bis sich der Innenraum des Taxis um mich herum zu drehen begann. Ich wollte vergessen, fortspülen, was ich heute Abend über Mia gelernt hatte.

Es gelang mir nicht. Es ist mir bis heute nicht gelungen.

Ich sitze auf dem Flur der Entbindungsstation, der in gedämpftes Licht getaucht ist. Aus mindestens zwei Kreißsälen tönen die Schreie von Gebärenden in verschiedenen Stadien der Geburt zu mir nach draußen. Eine Hebamme fragt mich, ob ich einen Kaffee möchte. Ich lehne ab. Mehrere aufgeregte, stolze werdende Väter gehen wie selbstverständlich in den Untersuchungsräumen ein und aus. Ich bilde mir ein, dass sie mir seltsame Blicke zuwerfen.

Mia ist am Wehenschreiber. Sie wollte mich nicht dabei haben, deshalb sitze ich hier draußen und werde misstrauisch beäugt wie ein seltenes Insekt. Ich knete meine Hände, bis sie wehtun. Dieses tatenlose Herumsitzen macht mich wahnsinnig. Ich will zu Mia, will für sie da sein. Alles andere ist im Moment ganz weit weg. Die Silberne, Thomas Cohn, sogar Mias Betrug. Ich hasse mich selbst dafür, wie ich sie behandelt habe. Für meine Lügen, meine Schwäche, meinen Verrat. Ich hatte genug Zeit, darüber nachzudenken.

»Herr Sonnenberg?«

Ich springe vom Stuhl und reibe meine schwitzenden Handflächen an der Jeans ab, bevor ich die ausgestreckte Hand des Gynäkologen ergreife. Neben ihm steht Mias Hebamme.

»Ihre Frau bekommt einen Wehenhemmer, um eine Frühgeburt zu verhindern.«

Frühgeburt? Ich nicke benommen. »Wann darf sie nach Hause?«

»Nun, da der Muttermund noch nicht geöffnet ist, stehen die Chancen gut, dass wir sie morgen entlassen können, wenn sie keine weiteren Wehen hat. Allerdings sollte sie sich bis zur Geburt schonen und alle zwei Tage zum CTG hier erscheinen.«

»Natürlich.« Ich bin erleichtert. Der Arzt verabschiedet sich, aber die Hebamme bleibt bei mir stehen und mustert mich aus zusammengekniffenen Augen.

»Darf ich Ihnen eine Frage stellen, Herr Sonnenberg?«

Obwohl sie mir unsympathisch ist, gebe ich mich kooperativ. »Klar, was wollen Sie wissen?«

»Mia wirkt auf mich sehr niedergeschlagen. Natürlich geht es mich nichts an, aber haben Sie sich gestritten?«

Innerlich versteife ich mich. Der Streit, meine Worte, Mias Tränen. Alles drängt auf mich ein. »Sie haben recht, das geht Sie wirklich nichts an.«

»Stress ist der größte Feind der werdenden Mutter. Denken Sie bitte daran.«

»Danke für den Hinweis. Ich werde jetzt nach meiner Frau sehen, wenn es Ihnen nichts ausmacht.«

Sie presst die Lippen zusammen. Ich lasse sie ohne ein Wort des Abschieds auf dem Flur stehen und klopfe an die Tür, an der in blauen Lettern die Buchstaben CTG stehen. Gleich darauf trete ich ein. Mia liegt ausgestreckt auf einem Untersuchungsstuhl, einen verkabelten Bauchgurt um die Hüfte und eine Nadel im Arm, durch die in regelmäßigen Abständen eine klare Flüssigkeit aus einem Beutel in ihre Vene fließt. Sie schweigt und sieht mich nicht an, als ich mich neben sie setze. Ich will ihre Hand nehmen, aber sie zieht sie weg.

»Mia …«

»Lass es.«

»Mia, ich habe nicht …«

»Ich rufe die Hebamme und lasse dich rauswerfen, wenn du nicht sofort die Klappe hältst.«

Also schweige ich und starre auf meine Fußspitzen, während das CTG fleißig kritzelt und der Herzschlag des Babys den Raum erfüllt. Zwischendurch kommt die Hebamme herein, wirft einen Blick auf das CTG und einen zu Mia, mit erhobener Augenbraue. Die stumme Frage, ob alles in Ordnung sei. Mia lächelt und nickt. Die Hebamme geht wieder.

»Soll ich lieber gehen?«, frage ich vorsichtig.

»Wenn du willst.«

»Brauchst du noch etwas von zu Hause?«

Sie schüttelt den Kopf. Wie sie mit sich kämpft, mit ihrem verletzten Stolz. Ich bleibe noch etwas sitzen.

»Ich will es dir erklären«, sage ich.

»Aber ich will deine Erklärung nicht hören. Mir wird schlecht davon! Allein der Gedanke, dass du und diese Frau ...«

»Sie ist nicht echt!«, unterbreche ich sie, froh, einen Anknüpfungspunkt gefunden zu haben. »Bloß eine Fantasie von mir. So etwas wie ... eine Muse! Sie hilft mir beim Zeichnen. Ich habe dich nicht betrogen, Mia. Höchstens in meinem Kopf. Das habe ich bloß gesagt, weil ich wütend war und Angst um meine Zeichnungen hatte. Es tut mir leid.«

Mia hat mich die ganze Zeit mit verstörter Miene angestarrt. Jetzt schluckt sie und ihr Blick fliegt unstet durch den Raum. »Wie konntest du so etwas bloß tun? Weißt du eigentlich, wie weh das getan hat? Was du damit angerichtet hast?«

»Ich weiß. Es tut mir so leid.« Ich nehme ihre Hand. Sie fühlt sich klamm an. Diesmal zieht Mia sie nicht zurück. »Ich bin nicht verrückt oder so.«

»Wie würdest du es dann nennen?«

Ich denke nach. »Inspiriert.«

»Inspiriert?«

»Ja.«

»Ich glaube, du solltest jetzt gehen, Alex. Ruh dich aus. Ich ... ich rufe dich morgen an, wenn es etwas Neues gibt.«

Ihr Blick schweift wieder in die Ferne. Ich stehe auf, beuge mich vor, um ihr einen Kuss zu geben, überlege es mir anders. »Dann ... gute Nacht.«

Auf dem Nachhauseweg kann ich kaum die Augen offen halten. Im Treppenhaus bleibe ich kurz vor Ankes Tür stehen. Es ist mitten in der Nacht und bestimmt schläft sie längst. Ich kann die Kinder auch morgen früh abholen. Also gehe ich nach oben. Allein in diese große, dunkle Wohnung. In der Küche liegen die Zeichnungen der Silbernen auf dem Fußboden verstreut herum. Mir wird klar, dass ich drauf und dran bin, meine Familie zu zerstören. Es ist nur eine Frage der Zeit, bis Mia bemerkt, dass ich wieder trinke. Oder bis Marek es ihr erzählt. Dann werde ich sie verlieren. Sie und die Kinder. Meinen Job. Alles, was mich ausmacht.

»Nein, nicht alles«, flüstert *sie*. Es scheint, als spräche sie aus einem der Bilder heraus. »Ich werde dich nie verlassen.«

»Und was, wenn ich das nicht will?« Ich suche den Raum nach ihr ab. »Alles wäre viel einfacher, wenn du nicht aufgetaucht wärst!«

Ihr Lachen erfüllt meinen Kopf. »Ich wäre nicht hier, wenn du es nicht wolltest!«

»Dann ist es wahr! Du existierst nicht! Du bist bloß ... eine Wahnvorstellung!«

Plötzlich steht sie vor mir, mit Augen, dunkel und wild wie ein Gewittersturm. »Fühlt sich *das* an wie eine

Wahnvorstellung?« Sie schlägt mir vor die Brust. Ich pralle zurück, stoße so heftig gegen die Wand, dass mir die Luft wegbleibt.

»Ich habe dir etwas geschenkt, Alexander. Mir verdankst du, dass du zu deiner Kunst zurückgefunden hast. Hast du das vergessen?«

Wie könnte ich? Ich rutsche die Wand hinunter, bleibe auf den kalten Fliesen sitzen und vergrabe den Kopf in den Armen.

»Nein, mein Lieber. So einfach kommst du mir nicht davon. Ich habe dich geküsst. Du gehörst mir.« Ich spüre, dass sie genau vor mir steht, aber ich traue mich nicht, sie anzusehen. Minuten verstreichen, ohne, dass etwas geschieht. Irgendwann blicke ich auf und die Silberne ist fort. Sie hinterlässt eine ekelhafte Leere in mir. Und Durst.

Eine Flasche Wodka, eisgekühlt, taucht vor meinem inneren Auge auf. Meine Gliedmaßen führen ein Eigenleben. Auf Händen und Knien rutsche ich über den Küchenboden hin zu den Zeichnungen. Ich will sie zerfetzen, aber das bringe ich einfach nicht über mich. Ich bin zu schwach, viel zu schwach für diesen Kampf. Ich sollte aufgeben. Diesen ganzen Scheiß hinter mir lassen. Jahrelang habe ich darum gekämpft, trocken zu bleiben. Und wofür? Nur ein Moment der Schwäche hat gereicht, alles zu verderben. Wozu also das Ganze? Ich bin zu müde dafür, zu erschöpft. Ich stehe auf und greife nach meiner Geldbörse auf dem Küchentisch. Der Kiosk an der Ecke hat bestimmt geöffnet. Ich kann in fünf Minuten wieder hier sein. Aufgeben fühlt sich so gut an. Ich marschiere los, aus der Wohnungstür, das Treppenhaus hinunter. Niemand begegnet mir auf meinem Weg. Das Herz klopft in meinem Hals. Der Kiosk hat die Nachtbeleuchtung eingeschaltet, ich betrete den winzigen Laden, mein Blick richtet sich automatisch auf das Hochprozentige hinter der Theke.

»Wodka«, sage ich zu dem Verkäufer und zeige auf die Flasche. Er verzieht keine Miene, gibt mir die Flasche – sie ist warm, egal – nimmt mein Geld. Grußlos gehe ich hinaus, den Weg zurück. Mein Gaumen juckt, meine Eingeweide brennen. Ich reiße mich zusammen, kann es mir nicht erlauben, auf der Straße zu saufen, wo mich jeder sehen kann. Das Glas der Flasche liegt glatt unter dem T-Shirt auf meiner Haut.

Schnell zurück in die Wohnung, die Tür fällt ins Schloss, ich rutsche an ihr entlang auf den Boden, atme auf. Der Wodka liegt gut in der Hand, ich schraube den Deckel auf, noch gegen die Tür gelehnt, setze die Flasche an die Lippen.

Mein Handy klingelt. Ich zucke zusammen, komme zur Besinnung.

Was tue ich hier? Ist es das, was die Silberne will? Ist sie deshalb hier, diese Verführerin?

Taumelnd komme ich auf die Beine, laufe in die Küche und kippe den Wodka in den Ausguss der Spüle. Mein Herz rast noch immer. Es ist ein befriedigendes Gefühl, dem gleichmäßigen Gluckern zu lauschen, während die Bestie in meinen Eingeweiden wütend brüllt und kreischt. Der Duft des Alkohols benebelt mich, ich atme tief ein. Das Telefon hat aufgehört zu klingeln, ein Blick auf das Display verrät mir: Es war Marek. Sofort rufe ich zurück.

»Hey Alter!«, tönt seine Stimme aus der Muschel.

»Hey.«

»Alles klar bei dir? Mia hat sich eben gemeldet und mich gebeten, dich anzurufen. Sie macht sich wohl Sorgen.« Seiner Stimme entnehme ich, dass er auf der Hut ist, nachdem ich beim letzten Mal so empfindlich darauf reagiert habe, dass er mit meiner Frau telefoniert hat. Aber heute nicht. Heute bin ich froh über seinen Anruf.

»Ich habe gerade eine Flasche Wodka in den Ausguss gekippt.«

Schweigen.

»Marek?«

»Scheiße, Alex. Warum tust du mir das an?«

Diesmal ist es an mir, zu schweigen.

»Kann ich etwas tun?«

»Ja.« Meine Stimme zittert, ist kurz davor, zu brechen. »Kannst du herkommen?«

»Klar, Mann! Bin schon unterwegs.« Er klingt regelrecht erleichtert und ich bin es auch, nachdem er aufgelegt hat. Ich weiß, dass mein heutiger Widerstand nur ein kleiner Sieg war, aber er hat mir gezeigt, dass ich es immer noch schaffen kann.

Ich gehe ins Wohnzimmer, mache den Fernseher an. Die Bilder rauschen ohne Sinn an mir vorbei, ich kann nicht stillsitzen. Also Fernseher wieder aus, zurück in die Küche. Ein Blick auf die Uhr verrät mir, dass erst fünf Minuten vergangen sind. Marek braucht mindestens zwanzig. Scheiße. Ich muss mich ablenken, meine Hände beschäftigen. Und da gibt es tatsächlich etwas, das ich tun kann. Mit meinem Zeichenblock und einem Kohlestift bewaffnet setze ich mich an den Küchentisch. Der Geruch des Wodkas brennt mir in Nase und Kehle, aber ich kann nicht anders, als mich genau hierhin zu setzen, wo die Verlockung am größten ist. Es ist die reinste Folter. Genau, was ich jetzt brauche. Mit geschlossenen Augen versuche ich, mir Mias Gesicht ins Gedächtnis zu rufen. Ich suche nach einem ganz bestimmten Moment. Den, in dem ich ihr offenbart habe, dass ich Sex mit der Silbernen gehabt habe. Ich will die Verletzung, die Kränkung, den Schock einfangen und so für immer auf meine Netzhaut bannen. Ich will diesen Ausdruck nie wieder vergessen. Als ich das Bild genau im Kopf habe, mache ich die Augen auf und beginne zu zeichnen. Aber meine Finger verkrampfen sich um den Stift, mein Handgelenk fühlt sich steif an, jeder Strich ist eine Qual. Ich schließe die Augen wieder und versuche es blind. Diesmal bewegt sich meine Hand beinahe mühelos, gleitet geschmeidig über das Papier, erschafft Konturen und Schatten, kleine Fältchen und Grübchen, Augenbrauen, edel geschwungen und Lippen, so voll und betörend, dass man sie einfach küssen muss. Ich mache die Augen auf und starre auf das halbfertige Gesicht. Das Gesicht der Silbernen. Ein Schrei löst sich aus meiner Kehle, heiser und gequält. Ich zerreiße das Papier und fege den Stift auf den Boden. Schweratmend stehe ich in der Küche, als es an der Tür klingelt. Marek. Endlich!

»Hast du da gerade geschrien?«, fragt er im Hereinkommen. In der Rechten balanciert er zwei Pizzakartons. Mein Magen knurrt, als der Duft von Käse und Peperoni in meine Nase steigt.

»Das war im Fernseher«, lüge ich und folge ihm ins Wohnzimmer, wo er sich auf die Couch wirft, einen der Kartons aufklappt und tief einatmet. »Hm, ich bin am Verhungern. Also, was sehen wir uns an?«

Zögernd setze ich mich zu ihm. Ich bin verwirrt. Habe ich ihm nicht eben am Telefon erzählt, dass ich kurz davor war, mir eine Flasche Wodka in den Hals zu kippen?

»Mia ist im Krankenhaus«, höre ich mich sagen.

Er hebt eine Augenbraue. »Ich weiß, ich hab mit ihr telefoniert, Mann. Schon vergessen? Aber es geht ihr gut, kein

Grund zur Sorge. Also, wenn du keinen Vorschlag machst, dann mach ich es.«

Er zaubert eine DVD hervor. »Tadaaa. *Transformers.* Hast du den schon gesehen?«

Ich schüttle den Kopf.

»Mann, da spielt diese heiße Alte mit. Das musst du dir unbedingt anschauen.«

Ich nehme mir ein Stück Pizza und lehne mich zurück, während Marek den Film in den DVD-Player schiebt. Er verliert kein Wort über meinen Rückfall. Keinen Tadel, nicht einmal einen enttäuschten Blick. Ich sehe ihn von der Seite an, während der Vorspann über den Bildschirm flackert. »Danke«, flüstere ich. Aber er hört mich nicht.

Am nächsten Morgen klingelt früh das Telefon. Ich bin sofort auf den Beinen. Mein Herz klopft in meiner Kehle. Ich haste zum Apparat. Unbekannte Nummer.

»Ja?«

»Ich bin's.«

Ich schließe die Augen. »Hi. Wie geht es dir?«

»Ganz gut. Keine Wehen mehr. Der Arzt sagt, ich darf jetzt nach Hause.«

Es tut so gut, ihre Stimme zu hören. »Ich komme dich abholen.«

Auf der Couch regt sich Marek.

»Das ist nicht nötig«, sagt Mia schnell. »Meine Eltern holen mich ab.«

»Was? Warum? Das kann ich doch machen!«

»Alex ... ich brauche ein bisschen Abstand. Zeit zum Nachdenken. Und um mich auszuruhen.«

Es ist, als würde sie mir den Boden unter den Füßen wegziehen. »Mia, lass uns reden.«

»Mein Vater kommt heute Nachmittag und holt die Mädchen ab. Ist das ok? Oder musst du arbeiten? Dann kann er auch schon früher ...«

»Mia, bitte!«

»Ich melde mich später nochmal. Mach's gut.«

Dann ist die Leitung tot. Sekundenlang lausche ich dem langgezogenen Ton.

»War das Mia?«

»Ja.«

»Und?«

»Sie zieht zu ihren Eltern.«

»Was?« Marek ist urplötzlich hellwach und sitzt aufrecht auf der Couch.

»Vorübergehend. Sie braucht Ruhe, sagt sie.«

Ich lege das Telefon ab und setze mich neben ihn, starre auf die Tischplatte, auf der sich Reste von Pizzasauce, Fett und Cola zu einem expressionistischen Kunstwerk vereinen.

»Weiß sie, dass du wieder säufst?«

Ich schüttle den Kopf. »Aber ich glaube, sie ahnt es. Und ... naja, sie hat etwas gefunden.«

Ich stehe auf und hole meine Zeichenmappe. Während Marek durch die Porträts der Silbernen blättert, sitze ich schweigend daneben und beobachte seine entgleisenden Gesichtszüge.

»Mann, die sind echt krass!«, sagt er, als er beim 'Kuss der Muse' angelangt ist. »Aber da kann man schon auf falsche Gedanken kommen.« Er wirft mir einen raschen Blick von der Seite zu. »Sie sind doch falsch, oder? Du hast doch nicht ...?«

Ich reibe mir über die müden Augen. »Nein. Natürlich nicht.«

Marek runzelt die Stirn, dann schüttelt er den Kopf. »Was soll ich sagen, Mann? Du hast es drauf.«

Ich stehe auf. »Hör zu, Marek. Ich will schnell duschen und dann zu Mia fahren, bevor meine Schicht anfängt.«

»Glaubst du, das ist eine gute Idee?«

Ich zucke mit den Achseln. »Ich weiß nicht, was ich sonst tun soll.«

»Wenn sie sagt, dass sie ihre Ruhe will ...«

»Danke, dass du vorbeigekommen bist.«

Marek versteht. Er nickt, fährt sich durch die Haare und steht ächzend auf. Auf dem Weg zur Haustür dreht er sich noch einmal zu mir um. »Vielleicht nimmst du dir heute frei? Ich kann Valentin Bescheid sagen, dass es wegen Mia ist.«

»Ich denk drüber nach«, verspreche ich. Dann fällt die Tür ins Schloss und ich bin allein.

Auf dem Weg nach unten klopfe ich bei Anke an. Lea reißt die Tür auf und begrüßt mich stürmisch, wohingegen Klara nach ihrer Mama fragt.

»Mama geht es gut. Das Baby wollte doch noch nicht kommen«, erkläre ich.

»Zum Glück.« Anke ist hinter den Mädchen aus der Küche gekommen. »Und jetzt?«

»Sie muss sich schonen. Deshalb verbringt sie ein paar Tage mit den Kindern bei ihren Eltern. Ich fahre jetzt zu ihr. Meinst du, du könntest noch ein bisschen ...?«

Anke winkt ab. »Kein Problem. Ich habe heute keine Vorlesungen. Nur heute Nachmittag muss ich lernen.«

»Bis dahin bin ich wieder zurück«, beruhige ich sie und denke an das viele Geld, das wir ihr schon in den Rachen geworfen haben, dafür, dass sie sich den ganzen Tag Trickfilme ansehen darf.

Mia ist bereits aus dem Krankenhaus entlassen worden,

als ich dort ankomme. Also fahre ich zu ihren Eltern nach Hause, wo sie gerade dabei sind, ihre Tasche aus dem Wagen zu holen. Mias Vater blickt mir entgegen. »Alexander.«

»Helmut.«

»Mia hat sich hingelegt. Sie ist erschöpft.«

»Es dauert nicht lange.« Ich will an ihm vorbeigehen, aber er verstellt mir den Weg.

Fassungslos bleibe ich stehen. »Lass mich durch.«

Helmut reckt sein bärtiges Kinn anklagend vor. »Ich wusste immer, dass du ihr eines Tages wehtun würdest. Ich habe auch mit Valentin gesprochen. Er sagt, dass du dich in letzter Zeit verändert hast. Dass du zu spät kommst ...«

»Einmal. Ich war einmal zu spät!«

»Dass du freche Widerworte gibst.«

»Ich bin doch kein Kind!«

»Säufst du wieder?«

Bevor ich antworten kann, schaut Mias Mutter Emilie zur Tür heraus. »Oh, Alexander.«

Kurz darauf steht auch Mia in der Tür. »Alex? Was tust du hier?«

»Was wohl? Ich will wissen, wie es dir geht. Und dem Baby.«

»Es geht uns gut. Das habe ich dir schon gesagt.«

»Dann komm nach Hause.«

Mia sieht zu ihren Eltern. Ihre Mutter hat eine Hand beschützend auf ihre Schulter gelegt.

»Lasst ihr uns kurz allein?«, fragt Mia beinahe schüchtern, als müsse sie sich dafür rechtfertigen, mit ihrem Mann sprechen zu wollen. Helmut presst die Lippen zusammen und tritt mit spürbarem Widerwillen den Rückzug an.

Emilie gibt nicht so schnell auf. »Der Arzt hat gesagt, du sollst dich hinlegen. Also, husch, ins Bett mit dir.«

»Nur kurz, Mama.«

»Aber wenn ihr euch wieder streitet ...«

»Das werden wir nicht, versprochen. Nicht wahr, Alex?«
Nichts liegt mir ferner. Ich will sie nur in den Arm nehmen. »Bestimmt nicht«, bestätige ich und so lässt uns endlich auch Mias Mutter allein. Nachdem sie die Haustür hinter sich geschlossen haben, kommt Mia die Vordertreppe herunter und auf mich zu.

»Du siehst müde aus. Geht es dir wirklich gut?«, frage ich.

Sie lächelt matt. »Ich habe nicht besonders viel geschlafen. Ich musste ständig an unseren Streit denken.«

»Das tut mir so leid. Ich ... war so wütend, weil du meine Bilder angesehen hast, und als du sie verbrennen wolltest ...«

»Das hätte ich nicht tun dürfen.«

»Bitte glaub mir, dass ...«

»... sie nicht existiert?«, beendet Mia den Satz.
Ich nicke.

»Nur in deinem Kopf?«
Wieder nicke ich. Es ist besser für sie, wenn sie das glaubt. Es wäre besser für mich, würde ich es glauben.

»Aber in deiner Fantasie ... tut sie ... *Dinge* mit dir. Und das bedeutet, dass dir bei mir etwas fehlt.«

»Nein!«, rufe ich dazwischen und umfasse ihre Schultern. »Mia, nein. Das darfst du nicht glauben.«
Ihre Miene, zuvor beinahe versöhnlich, wird hart.
»Hältst du mich für blöd? Seit Monaten schleichen wir umeinander herum, als wären wir Fremde. Ich erkenne dich kaum wieder. Und ich habe Angst, dass du wieder zu trinken anfängst. Als du mir neulich erzähltest, dass du in dem Pub gewesen bist ...«

Ich lasse sie los. Soll ich ehrlich zu ihr sein? Soll ich ihr erzählen, dass ich einen Rückfall hatte? Aber was hätten wir dadurch gewonnen? Mia wird mich dann endgültig verlassen, sie hat selbst gesagt, dass sie das nicht noch einmal durchmachen will. Ich muss es allein schaffen. Dieses Mal. »Vertrau mir, Mia. Bitte.«

Sie sieht mich lange an, erforscht mein Gesicht. Ob sie die Lüge dahinter erkennt? Falls ja, lässt sie es sich nicht anmerken.

»Komm nach Hause.«

Mia schüttelt den Kopf. »Es ist besser, wenn wir ein bisschen Abstand voneinander haben.«

»Nicht für mich.«

»Für uns beide.«

So komme ich nicht weiter. Und Mia sieht wirklich erschöpft aus. »In Ordnung. Leg dich hin, ok?«

»Das mache ich. Und du? Nimmst du dir ein paar Tage frei?«

Ich lache auf. »Wozu? Damit ich allein in unserer leeren Wohnung sitzen und Trübsal blasen kann?«

»Du könntest etwas mit den Kindern unternehmen. Und es täte dir bestimmt gut, dich mal richtig auszuschlafen. Du siehst in letzter Zeit immer so erschöpft aus.«

Um ihr einen Gefallen zu tun, stimme ich zu. »Ich nehme mir heute frei. Marek sagt Valentin Bescheid.«

Wir verabreden, dass ich die Mädchen abends zu ihr bringe, und es fühlt sich an, als wären wir getrennte Leute, die um die Kinder schachern. Auf dem Nachhauseweg halte ich auf einer Bushaltespur an und lege den Kopf auf das Lenkrad. Erst das wütende Hupen eines Busses hinter mir veranlasst mich dazu, weiterzufahren.

»Was soll das heißen, du willst die Ausstellung nicht machen?«, plärrt Thomas Cohns Stimme aus meinem Handy.

Ich halte es etwa zehn Zentimeter von meinem Ohr weg und trotzdem zucke ich bei jedem Wort zusammen. Ich habe Thomas am Morgen, als ich wusste, dass die Galerie noch geschlossen ist, auf den Anrufbeantworter gesprochen und ihm mitgeteilt, dass ich meine Bilder von seiner Ausstellung zurückziehen werde. Ich hätte damit rechnen müssen, dass er das nicht einfach so hinnimmt. Ich lehne mich an die Hantelbank, auf der ich eben noch trainiert habe.

»Es heißt genau das, was es heißt«, erkläre ich weise.

»Aber ... warum?«, wimmert Cohn am anderen Ende. »Bist du nicht zufrieden mit den Konditionen? Willst du eine größere Gewinnbeteiligung? Darüber können wir sprechen.«

Ich unterdrücke einen Seufzer. »Nein, das ist es nicht. Aber meiner Frau gefallen die Bilder nicht. Sie fühlt sich dadurch gedemütigt. Deshalb will ich nicht, dass die halbe Stadt sie zu sehen bekommt.«

Aus den Augenwinkeln sehe ich, wie Marek um mich herumschleicht. Bei meinen letzten Worten hat er große Ohren bekommen.

»Aber es sind nur noch zwei Wochen bis zum großen Tag. Wo soll ich auf die Schnelle einen neuen Künstler herbekommen? Abgesehen davon, dass ich alles um deinen 'Kuss der Muse' herum aufgebaut und darauf abgestimmt habe. Herrgott, ich hätte auf die frühzeitige Vertragsunterzeichnung bestehen sollen! Aber ich habe dir vertraut, weil ich dachte, du willst es auch!«

»Ich habe noch andere Bilder«, schlage ich vor. »Die werden dir auch gefallen.«

»Nein! Nein! Nein!«, schreit er. »Das ist Mist! Ich will die Muse, Alex, oder gar nichts.«

»Dann tut es mir leid.« Und das tut es wirklich. Mein Traum zerplatzt wie eine Seifenblase.

Aber es ist die einzig logische Konsequenz. Seit zwei Wochen wohnt Mia bei ihren Eltern. Und genauso lange habe ich keinen Tropfen mehr angerührt. Auch das Zeichnen habe ich aufgegeben. Mein Rückzug aus der Kunstwelt soll mein Befreiungsschlag gegen die Silberne werden. Sie hat sich nicht mehr blicken lassen und ich habe sie keine Sekunde lang vermisst.

Ich verabschiede mich von Thomas und lege auf. Danach starre ich mein Handy an und wünschte, ich könnte einen Weg finden, die Ausstellung zu machen und Mia trotzdem zurückzugewinnen.

Marek setzt sich neben mich. »Hab ich gerade richtig gehört? Deine Bilder sollten ausgestellt werden?«

»Du hast richtig gehört.«

»Aber ...«

»Vergiss es, Marek. Er will die Bilder von *ihr*, verstehst du? Die, wegen denen Mia mich verlassen hat.«

»Sie hat dich nicht verlassen.«

»Warum fühlt es sich dann so an? Mach Platz, ich will weitertrainieren.«

Er räumt seinen Platz auf der Liege, bleibt aber danebenstehen, während ich die Hanteln nehme, mich auf die Bank lege und die Gewichte mit gestreckten Armen vor der Brust zusammenführe.

»Du hast selbst gesagt, dass es zwischen euch wieder besser läuft.«

Ein wohliges Brennen breitet sich in meinen Armmuskeln aus. »Tut es auch. Und deshalb lasse ich die Ausstellung sausen.«

»Weiß Mia davon?«

»Von der Ausstellung? Gott behüte! Gib mir mal die größeren Gewichte ... ja, genau die.«

Während ich mich weiter abplage, steht Marek nur daneben und sieht mir zu. »Du solltest mit Mia darüber reden. Was ist das für eine Ausstellung?«

»'Die jungen Wilden'. Oder eher 'Der Kuss der Muse'.« Ich halte inne und denke nach. »Nein, jetzt wohl doch wieder 'Die jungen Wilden'.«

»Heißt das, die Ausstellung sollte nach deinem Bild benannt werden? Alter, das macht dich berühmt.«

Ich lächle ihn an. »Das wohl eher nicht.«

»Diese Chance darfst du nicht einfach so sausen lassen! Das kann Mia unmöglich wollen!«

Ich setze mich auf, lege die Gewichte weg und lockere meine Muskeln, indem ich die Schultern kreisen lasse. »Du hast sie nicht gesehen, als sie die Bilder entdeckt hat. Verdammt, wegen dieser ganzen Scheiße hat sie überhaupt erst Wehen bekommen!«

Diesem Argument hat Marek nichts entgegenzusetzen, denn er begibt sich schweigend zurück zu seinen Übungen.

Eine halbe Stunde später beschließe ich, für heute Schluss zu machen. Es ist spät geworden und ich habe morgen Frühschicht.

Marek schließt sich mir an und wir gehen zusammen in die Umkleidekabine.

»Wie läuft's mit Doro und ihrem Studium?«

Marek wirft mir einen genervten Blick zu. »Das Semester hat erst letzte Woche angefangen, aber schon führt sie sich auf wie eine Intellektuelle. Sitzt den ganzen Abend mit irgendwelchen Skripten und Büchern vor dem Schreibtisch. Ich sag dir was, wenn sie wirklich so schlau wäre, wie sie immer tut, müsste sie dann so viel lernen?«

Er lächelt vielsagend und ich erwidere es, auch wenn ich anderer Meinung bin. Ich bewundere Doro für den Mut, es noch einmal wissen zu wollen. Manchmal denke ich darüber nach, nochmal die Schulbank zu drücken. Mia wäre sicherlich die Letzte, die mir Steine in den Weg legen würde, aber ich habe zu viel Angst davor, festzustellen, dass ich schlicht zu dumm sein könnte, um es zu schaffen. Und was würde es mir schon nützen? Soll ich etwa eine Ausbildung anfangen? Mit zweiunddreißig Jahren und drei Kindern am Hals?

»Und wie kommt sie damit klar, dass du dagegen bist?«

Marek grinst und zeigt mir sein strahlend weißes Haifischlächeln. »Da sie mir nicht widerstehen kann, muss sie wohl oder übel auch meine Kommentare schlucken.«

Wir ziehen uns um und gehen nach draußen auf den Parkplatz, wo ich mir eine Zigarette anstecke. Marek tut es mir gleich. Wir rauchen schweigend. Heute muss ich mich nicht beeilen, zum Bus zu kommen, denn Mia hat mir das Auto überlassen.

Sie die Kinder, ich das Auto. Hätten wir einen Hund, wo würde er wohl leben? Bestimmt bei Mia. In ihren Augen bin ich nicht mal verantwortungsbewusst genug, um eine Zimmerpflanze zu pflegen.

»Und wie läuft's sonst so?«, fragt Marek unverbindlich und stößt eine Rauchwolke aus, hinter der er seinen forschenden Blick zu verbergen versucht.

»Ich komme klar«, erwidere ich ebenso unverbindlich.

»Sicher? Ich meine, wenn du irgendwas brauchst oder reden willst …«

»Ich habe jemanden zum Reden«, unterbreche ich ihn.

Marek stutzt. »Ach echt? Hast du mit Mia ...?«

Schnell schüttle ich den Kopf. »Mia weiß nichts von meinem Rückfall und sie darf es auch nicht erfahren. Ich habe Kontakt zu meinem Therapeuten aufgenommen.«

Das scheint Marek zu überraschen. »Das ist ... cool, Alter. Wirklich.«

Ich nicke nur und zertrete die Kippe unter dem Absatz meines Schuhs. Professor Schlehmann war nicht besonders überrascht, zwei Jahre nachdem ich die Therapie beendet hatte, wieder von mir zu hören. So etwas käme öfter vor, hatte er gesagt und damit vermutlich versucht, mich zu trösten. Tatsächlich macht es mir Angst. Würde es also immer so sein, ein ewiger Kampf, bis an mein Lebensende? Bei diesem Gedanken bekomme ich schwache Knie.

»Also dann«, verabschiede ich mich von Marek und eile über den Parkplatz zum Wagen.

Zu Hause schiebe ich mir eine Lasagne in den Ofen und hocke mich vor den Fernseher, um mich von dem Stumpfsinn berieseln zu lassen, den das Abendprogramm zu bieten hat. Gleich nach dem Essen gehe ich ins Bett. Halb neun verrät ein Blick auf die Uhr. Ich lebe wie ein Mönch.

Meine Gedanken vor dem Einschlafen gelten Mia. Morgen werde ich sie wiedersehen. Und zwar nicht so, wie es in den vergangenen zwei Wochen der Fall gewesen war, bei Arztbesuchen oder um die Kinder abzuholen, sondern zu einer richtigen Verabredung. Endlich habe ich das Gefühl, die Kontrolle über mein Leben zurückzugewinnen. Es ist, als habe jemand anderes für kurze Zeit meinen Körper geentert, um darin eine Spritztour zu drehen. Aber jetzt hole ich mir alles zurück.

Am nächsten Tag starte ich gut gelaunt meine Schicht. Es scheint, als entließe der Sommer die Stadt endlich aus seinem Würgegriff, denn als ich morgens um halb sechs aus der Tür trete, fröstle ich doch tatsächlich ein wenig und wünsche mir, ich hätte meine Jacke mitgenommen. Selbst die nervigsten, hochnäsigsten oder prolligsten Kunden schaffen es nicht, mich um meine gute Laune zu bringen. Ich bin in Hochstimmung und gehe manchem Fahrgast auf den Geist, indem ich permanent vor mich hin pfeife. Mir soll's egal sein. Ist schließlich mein Taxi, sollen sie sich ein anderes rufen, wenn es sie stört.

Um vierzehn Uhr lasse ich den Wagen auf seinen Parkplatz rollen, stiefle hoch in die Zentrale, flirte ein wenig mit Betty, während sie meine Zeiten checkt und die Kasse kontrolliert, und bin um viertel nach zwei auf dem Weg nach Hause.

Um halb vier bin ich mit Mia verabredet. Erst auf dem Weg zu ihren Eltern werde ich nervös. Am Telefon hat sie sehr neutral geklungen und nur gesagt, dass sie nun bereit wäre, sich mit mir auszusprechen. Vielleicht will sie mich sehen, um Schluss zu machen?

Meine Hände verkrampfen sich um das Lenkrad, ich achte kaum noch auf den Verkehr. Tief in Gedanken versunken, aber immerhin unfallfrei, lenke ich den Volvo schließlich in die Einfahrt der Sonnenbergs, auf der bunte, ausufernde Kreidekunst von der Anwesenheit meiner Töchter zeugt. Ich versuche, meine düsteren Vorahnungen zu verdrängen, während ich auf die Haustür zusteuere. Mia öffnet, bevor ich die Klingel betätigen kann, und lächelt mir verhalten entgegen.

»Hi.« Ich beuge mich vor und gebe ihr einen Kuss auf die Wange. Mia schlingt ihre Arme um meinen Hals und drückt sich an mich. Sie hat Parfum für mich aufgelegt. Mein Herz macht einen Freudensprung.

»Komm rein«, sagt sie und löst sich von mir. Ich folge ihr in die Diele, in der ein protziger Garderobenschrank Marke »Eiche Rustikal« seiner Aufgabe gewissenhaft nachkommt, sämtliches Licht im Raum zu schlucken.

»Wo sind die Mädchen?«

»Meine Eltern sind mit ihnen in den Zoo gefahren«, erklärt sie.

Der Duft von Kaffee strömt mir auf dem Weg ins Wohnzimmer entgegen.

»Warte mal«, sage ich, einem Impuls folgend, und nehme ihre Hand. Ich ziehe sie zu mir heran und küsse ihre Lippen. Ich kann nicht anders. Mia versteift sich kurz. Ich spüre, wie sie den Atem anhält, dann löst sie sich von mir und räuspert sich verlegen, während sie meinem Blick ausweicht.

»Tut mir leid«, murmle ich. Am liebsten will ich auf den Garderobenschrank eindreschen.

»Schon gut. Ist nur gerade irgendwie ungünstig.«

Bevor ich sie nach der Bedeutung ihrer Worte fragen kann, öffnet sie die Tür zum Wohnzimmer. Ein schwerer Kloß bildet sich in meinem Hals, rutscht meinen Schlund runter und lässt sich in meiner Magengrube nieder. Auf dem Sofa sitzt Marek, eine Tasse Kaffee und ein Stück Kuchen vor sich. Dreist grinst er mir entgegen. »Überraschung, Liebling!«

Ich balle die Hände zu Fäusten. Marek wusste, dass ich mich heute mit Mia versöhnen wollte. Was zum Teufel tut er hier?

»Marek ist ganz überraschend vorbeigekommen.« Mia wirft mir einen entschuldigenden Blick zu.

»Ich hatte etwas mit deiner Frau zu besprechen«, schaltet Marek sich ein. »Ich hoffe, das stört dich nicht, Kumpel.«

Langsam durchquere ich den Raum und lasse mich in einem Sessel nieder, der Mareks Platz auf der braunen Ledergarnitur gegenüberliegt. »Kommt drauf an.«

Der Gedanke, Marek könnte mit Mia über meinen Rückfall gesprochen haben, droht, den Kloß in meinem Bauch in Form von Mageninhalt wieder hinauszubefördern. Ich schlucke. »Also? Worüber habt ihr gesprochen?«

»Willst du nicht erst einen Kaffee?«, fragt Mia. Ich schüttle den Kopf, ohne den Blick von Marek zu lassen. Freund hin oder her, im Moment möchte ich ihn am liebsten erschlagen. Mia setzt sich neben Marek auf die Couch, die Hände vor dem Bauch gefaltet.

»Marek hat mir von deiner Ausstellung erzählt«, eröffnet sie mir.

Ich blinzle zweimal. Vor Überraschung bleibt mir der Mund offen stehen. Dann räuspere ich mich, um Zeit zu schinden. »Dann hat er dir auch erzählt, dass es keine Ausstellung geben wird.«

»Das hat er«, bestätigt sie und beugt sich vor, so weit es ihr Bauch zulässt. »Und eins sage ich dir: Wenn du dir diese Chance entgehen lässt ...«

»Hat er dir auch erzählt, um welche Bilder es sich handelt?«, unterbreche ich sie.

»Klar, Mann!« Marek nimmt sich ein weiteres Stück Obstkuchen von der Platte und klatscht sich einen Berg Sahne daneben auf den Teller. »Darum geht es doch, oder?«

»Alex!« Mias Mund verzieht sich zu einem Lächeln. »Das ist doch großartig. Das ist es, was du immer wolltest! Bitte sag es nicht meinetwegen ab.«

Ich sehe zu Marek hinüber. »Danke, dass du die Klappe gehalten hast«, sage ich sarkastisch.

Marek hebt die Hände. »Ich bin dein Freund. Ich musste handeln.«

Ich schweige beleidigt.

»Jetzt sei nicht wütend auf Marek«, sagt Mia mit derselben Stimme, die sie auch benutzt, wenn die Mädchen gestritten haben. »Er will nur helfen.«

»Ich glaube, das war genug Hilfe für einen Tag«, erwidere ich.

Marek stopft sich den letzten Bissen Kuchen in den Mund, sieht auf die Uhr und reißt theatralisch die Augen auf. »Was, so spät schon? Ich hab Doro versprochen, sie von der Uni abzuholen.« Er steht auf und schlägt mir im Vorbeigehen auf die Schulter. »Ich nehm's dir übel, wenn du diesen Kunstfuzzi nicht heute noch anrufst.«

Mia bringt Marek zur Tür. Als sie zurückkommt, breitet sich peinliches Schweigen zwischen uns aus. Sie setzt sich dorthin, wo zuvor Marek gesessen hat, schenkt mir Kaffee ein und lässt mich nicht aus den Augen.

»Eigentlich sollte ich dir böse sein, weil du das mit der Ausstellung vor mir verheimlicht hast«, sagt sie, während sie ihre eigene Tasse füllt. »Da ist so viel, was du vor mir versteckst.«

»Das war nie meine Absicht«, beteuere ich.

Mia schüttelt seufzend den Kopf. »Und doch ist es geschehen. Warum, Alex?«

»Ich denke, das weißt du.«

Jetzt kann sie meinem Blick nicht mehr standhalten. Errötend sieht sie zur Seite und beißt sich auf die Lippe. »Damals, nachdem ich dir gebeichtet hatte, dass ich dich angelogen habe ...«

In der Nacht, als ich mich hab volllaufen lassen und nicht heimgekehrt bin.

»… da glaubte ich, es wäre aus mit uns. Dass du mich verlässt.«

»Hältst du mich für so ein Schwein? Dass ich dich schwanger sitzen lasse?«

»Dann bist du aus Pflichtgefühl bei mir geblieben?«, fragt sie wie aus der Pistole geschossen und ich ahne, dass sie diese Frage schon länger quält.

»Zum Teil«, gestehe ich. Mia zuckt leicht zusammen. »Aber das ist nicht der eigentliche Grund gewesen.«

»Sondern?«

»Weil ich uns nicht aufgeben wollte. Ich habe es mir allerdings leichter vorgestellt, dir zu verzeihen.« Ich beuge mich vor und rühre meinen Kaffee um, nur, um etwas zu tun zu haben.

Mia scheint ihren Gedanken nachzuhängen. Ihr Blick ist nach innen gerichtet, während ihre Schneidezähne ihre Unterlippe bearbeiten. Eine Strähne ihres Haars hat sich aus dem Pferdeschwanz gelöst und hängt ihr in die Stirn. Sie sieht so schön aus. Wenn ich es nicht aufgegeben hätte, dann hätte ich sie zeichnen wollen. Genau so.

»Worüber denkst du nach?«, frage ich Minuten später in das Schweigen hinein.

»Über dich und … sie. Diese Frau.«

»Quäl dich nicht damit. Es war nur ein Bild in meinem Kopf. Ich habe sie auf Papier gebannt und nun ist sie fort.«

Mia nickt, als wäre das eine völlig plausible Erklärung. Oder vielleicht wünscht sie sich das. Ich jedenfalls tue es.

»Du solltest die Ausstellung machen«, wechselt sie völlig unvermittelt das Thema.

»Warum?«

»Wenn es stimmt, was du sagst, dass sie nicht existiert, dann sollte es mir auch nichts ausmachen.«

»Sollte?«

»Es macht mir nichts aus. Ehrlich!«, beteuert sie auf meinen bohrenden Blick hin. »Bitte, Alex. Ich würde mich für dich freuen. Du hast es dir verdient.«

Ich trinke einen Schluck Kaffee und wünschte, ich könnte eine Zigarette dazu anzünden. »Bist du sicher? Ich lasse es, wenn du dich unwohl fühlst.«

Sie nickt und die lose Strähne wippt auf und ab. Ein aufregendes Kribbeln macht sich in meiner Magengrube breit. Ich will diese Ausstellung. Ich will den Erfolg. Ich will, dass meine Bilder gesehen werden. Sie haben es verdient, gesehen zu werden. Und Mia denkt genauso. »Okay, dann rufe ich Cohn an. Er ist der Galerist.«

Mia grinst begeistert. »Fein!«

Ich lächle vorsichtig zurück. »Heißt das ... dass du mir verzeihst?«

Sie steht langsam auf und setzt sich auf den Rand meines Sessels, um mir durch das Haar zu streicheln. »Bitte tu so etwas nie wieder.«

Ich lege meine Hand auf ihren Bauch. Sofort reagiert das Baby auf meine Berührung. Es scheint, als schmiege es sich in meine Handfläche hinein. »Nie wieder«, sage ich.

Mia rutscht von der Sesselkante auf meinen Schoß. Diesmal erwidert sie meinen Kuss.

»Kommst du jetzt nach Hause?«, frage ich.

»Ja, das tue ich.«

Heute

Heute ist es so weit. Der große Tag ist gekommen. Nervös zupfe ich an meiner Krawatte und beäuge mein Spiegelbild. Der Anzug ist neu. Ich habe ihn extra für die Ausstellung gekauft. Dazu trage ich die Schuhe, die Mia mir für unsere Hochzeit ausgesucht hat. Sie passen nicht hundertprozentig zum Dunkelblau des Anzugs. Mia wollte, dass ich mir neue kaufe, aber ich finde, man muss es ja nicht übertreiben.

Die Presse wird da sein. Zwar nur ein Lokalblatt, aber immerhin. Sie haben Interviews mit den Künstlern angekündigt.

Künstler! Mein Gott!

Ich atme tief ein und stoße die Luft zitternd wieder aus. Dann renne ich auf den Balkon, um eine zu rauchen. Zum hundertsten Mal. Mia folgt mir nach draußen und beobachtet mich amüsiert. »Nervös?«

»Etwas«, brumme ich und schaffe es kaum, die Zigarette anzuzünden. Mia stellt sich hinter mich und legt ihre Arme um meine Taille.

»Hm, du stinkst«, bemerkt sie. »Der gute Anzug!«

Sie kann es einfach nicht lassen. Keine Zigarette bleibt unkommentiert. Ich verdrehe die Augen und schnipse die Kippe weg, bevor ich mich zu ihr umdrehe und ihre Stirn küsse.

»Besser?«

»Ich wünschte, du würdest es ganz lassen.«

»Ich weiß.« Ich gebe ihr einen weiteren Kuss und winde mich aus ihrer Umarmung, um sie anzusehen. Mia sieht aus wie ein Zelt, aber sie hat sich größte Mühe gegeben, es zu verbergen. »Du siehst toll aus!«, sage ich.

»Lügner«, schnauft sie missmutig. »Ich wünschte, dieses Baby würde endlich kommen. Ich habe das Gefühl, bald zu platzen.«

Darüber müssen wir beide lachen. Wir verstehen uns gut, Mia und ich. Besser als seit Langem. Sie hatte recht, die Trennung hat uns gutgetan. Und die andauernde Abwesenheit der Silbernen tut uns ebenso gut.

Die Zwillinge sind heute bei ihren Großeltern, weil ich Anke ebenfalls zur Ausstellung eingeladen habe. Nicht ganz uneigennützig, muss ich gestehen. Ich habe die Einladung scheinbar gedankenlos ausgesprochen, wohl wissend, dass niemand außer Mama und Papa Sonnenberg für die Mädchen würde einspringen können. Diese beiden sind die letzten Menschen, die ich dabeihaben will, wenn die Silberne enthüllt wird.

Auf dem Weg nach unten holen wir Anke ab. Sie sieht hübsch aus in ihrem kleinen schwarzen Kleidchen. Obwohl es inzwischen Oktober ist, sind die Tage noch immer spätsommerlich warm. Anke trägt die Haare heute hochgesteckt. Ich glaube, ich habe sie bisher nur in ihrem muffigen, strähnigen Studentinnen-Look gesehen. Ich pfeife anerkennend. Sie grinst mich an und gibt Mia einen Kuss auf die Wange.

»Ich freu mich so, Leute, das glaubt ihr gar nicht!«, gesteht sie.

»Oh doch«, sagt Mia und wirft mir einen mitfühlenden Blick zu. »Mein armer Alex ist schon den ganzen Tag total durch den Wind.«

Ich gehe voraus, um das Auto aufzuschließen und dem gehässigen Mitleid der Frauen zu entgehen. Als ich die Haustür aufstoße und meinen Blick auf den Parkplatz richte, stolpere ich beinahe wieder rückwärts in den Hausflur.

»Alex? Was ist?«, fragt Mia hinter mir.

Ich kann ihr nicht antworten, kann mich nicht rühren und meinen Blick nicht abwenden. Abwenden von der Silbernen, die an unserem Auto lehnt, die Beine überschlagen.

»Heute ist unser großer Tag, nicht wahr, Alexander?«, sagt sie lächelnd.

Ich zwinge mich, weiterzugehen, die Hand um den Autoschlüssel geklammert.

»Bestimmt werden wir viel Spaß haben.«

»Geh zur Seite«, zische ich, denn sie blockiert die Fahrertür und macht keine Anstalten, zu verschwinden, obwohl wir nicht allein sind.

»Mit wem redest du da?«, höre ich Mia fragen.

»Der arme Kerl führt schon Selbstgespräche vor lauter Nervosität«, sagt Anke und lacht.

Die Silberne verzieht spöttisch das Gesicht, macht aber einen Schritt nach links, um mich ans Schloss zu lassen. Dabei gurrt sie in mein Ohr, dass mir die Nackenhaare zu Berge stehen. »Hast du etwa geglaubt, ich würde dich vergessen, mein Schatz? Wo wir so viel zusammen durchgemacht haben?«

Ich versuche, sie zu ignorieren, reiße die Fahrertür auf und lasse mich in den Sitz fallen. Mia setzt sich neben mich und Anke steigt hinten ein, wobei sie sich zwischen die Kindersitze von Lea und Klara zwängen muss. Die Silberne bleibt draußen auf dem Bürgersteig zurück. Als ich in den Rückspiegel blicke, ist sie verschwunden.

Es ist achtzehn Uhr dreißig, als wir den Steinweg erreichen und dreimal um den Block fahren, um eine freie Parklücke zu finden. Aber es ist noch früh. Die Ausstellung öffnet erst um sieben. Thomas Cohn wollte, dass die Künstler schon früher aufkreuzen, um die letzten Details abzusprechen. Seit Tagen läuft er herum wie ein aufgescheuchtes Huhn. Gackert und zetert und plustert sich auf. Ich bin froh, wenn dieser ganze Spuk vorüber ist.

Endlich finde ich einen Parkplatz, der nah genug bei der Galerie liegt. Mia muss sich schonen und darf nicht zu weit laufen.

Thomas Cohn erwartet uns schon an der Tür des Foyers, an der ein schlichtes, aber stilvolles Schild von dem heutigen Event kündet. War er in den letzten Tagen ein nervliches Wrack, so ist ihm heute Abend nichts davon anzumerken. Ganz Profi begrüßt er Mia und Anke formvollendet und betreibt Smalltalk, während er den Kellner mit einem gefüllten Tablett heranwinkt. Mia und ich trinken O-Saft, während Cohn und Anke zum Sekt greifen. Ich sehe mich um. Im Gegensatz zu Cohn bin ich kein Profi und meine Nervosität äußert sich darin, dass ich keine Sekunde stillstehen kann. Meine Blicke schweifen ebenso rastlos umher wie meine Beine. Ich linse durch die Tür zum Ausstellungsraum, wo mir die Silberne aus allen möglichen Winkeln entgegenblickt. 'Der Kuss der Muse' befindet sich an einer Ausstellungswand in der Mitte des Raumes, direkt dem Eingang gegenüber, so dass sie dem hereinkommenden Betrachter ihren Kuss entgegen zu hauchen scheint. Jeden Moment erwarte ich, sie zu sehen, denn sie ist ohne Zweifel pünktlich zu meinem großen Tag zurückgekehrt. Das alles war geplant. Sie hat sich rargemacht, um mich in Sicherheit zu wiegen. Weil sie wusste, dass ich die Ausstellung sonst niemals gemacht hätte. Ich umklammere den Stiel meines Glases so fest, bis es verdächtig knirscht. Perplex richte ich meinen Blick darauf.

»Alles ok?«, fragt Mia, die neben mich getreten ist. Dann sieht sie auf meine Hand. »Du blutest!«

Widerstandslos lasse ich mir das zerbrochene Glas aus den Händen nehmen. Mia wühlt in ihrer Tasche nach einem Tempo und drückt es auf den Schnitt. »Mach dich doch nicht so fertig«, flüstert sie mir zu. »Deine Bilder sind toll. Alles wird gut gehen, du wirst schon sehen.«

Ich wünsche mir so sehr, dass sie recht hat. Liebevoll versorgt sie meine Hand mit einem Pflaster und haucht mir zum Schluss einen Kuss auf die Wange.

Allmählich füllt sich das Foyer mit Besuchern. Bei jedem Gast, der eintritt, zieht sich mein Magen nervös zusammen. Cohn stellt mich den anderen Künstlern vor. Die meisten sind jünger als ich. Ich gebe mir nicht einmal Mühe, mir ihre Namen zu merken. Nach zwanzig Minuten quälendem Smalltalk stellt sich Thomas Cohn auf ein Podest und schlägt mit einem Löffelchen gegen sein Sektglas. Das Gemurmel verstummt. Alle Blicke richten sich auf den Galeristen, der strahlt wie ein Honigkuchenpferd. Mia ergreift meine Hand und lächelt mich von der Seite an. Ihre Handfläche ist warm und schwitzig. Auch sie ist aufgeregt.

Cohn redet über die Kunst an sich und über junge Künstler, die entgegen allen Widerständen mit ihren Werken an die Öffentlichkeit drängen. Weil sie etwas zu sagen haben.

Mir fällt auf, dass ich nichts zu sagen habe. Ich erforsche die Gesichter der anderen, die mit höflich interessierten, teils andächtigen Mienen Cohns Worten lauschen. Thomas macht einen Abstecher in die griechische Mythologie und Mia unterdrückt ein Gähnen. Ich hingegen bin ganz Ohr, denn die Rede dreht sich nun um den Mythos der Muse, einem göttlichen Wesen, das die Menschen zu künstlerischen Leistungen inspirierte.

»Alexander Sonnenberg ist ein solch glücklicher Mensch«, sagt Thomas und ich zucke zusammen, als ich plötzlich seinen Blick auf mich gerichtet sehe. Meine Ohrläppchen glühen und ich schwitze unter meinem Kragen. Ich will mein Glas heben, aber dann merke ich, dass ich keines habe, und lächle stattdessen unsicher.

»Von der Muse geküsst, wird er uns heute an seiner Kunst teilhaben lassen.«

Ich finde, dass Cohn mächtig übertreibt, und will mich am liebsten irgendwo verstecken.

»Nun lassen auch Sie sich von der schönen, geheimnisvollen Muse küssen. Und vergessen Sie nicht, Ihre Portemonnaies bereitzuhalten und unsere jungen Künstler – und einen armen, kunstverliebten Visionär wie mich – mit dem Kauf eines ihrer Werke zu unterstützen.«

Verhaltenes Gelächter aus dem Publikum.

»Ich freue mich, hiermit die Ausstellung 'Der Kuss der Muse' eröffnen zu dürfen.«

Höflicher Applaus begleitet den symbolischen Akt, bei dem Thomas ein Seidenband im Eingang durchschneidet. Dann strömen die Zuschauer in den Ausstellungsraum, wo ätherische Musik aus versteckten Boxen säuselt und schöne Kellnerinnen lächelnd kleine Häppchen und Getränke servieren. Ich habe mir am Vortag schon alle Bilder angesehen und streune ziellos um die Stellwände herum. Dabei beobachte ich die Gesichter der Gäste. Hier und da sehe ich ein Stirnrunzeln oder Kopfschütteln, aber zum Glück nicht bei meinen Bildern. Mit Genugtuung und Unbehagen nehme ich wahr, dass die Menschentraube um die Musen-Reihe am größten ist. Manche Frauen erröten beim Anblick der nackten, sich räkelnden Schönheit, die schonungslos alles preisgibt, was sie zu bieten hat, und tuscheln miteinander, während die Männer mit offenen Mündern gaffen, als säßen sie in einer Peepshow. Thomas Cohn scheint mit den Reaktionen zufrieden zu sein, denn ein Dauergrinsen hat sich in seinen Mundwinkeln eingenistet. Ununterbrochen befindet er sich im Gespräch mit Interessenten. Ich sehe mich nach Mia um, die sich gemeinsam mit Anke aufgemacht hat, sich die Bilder der anderen Künstler anzusehen. Ich weiß, dass sie die Wand mit meinen Werken meidet. Ich weiß auch, dass sie bei weitem nicht so stolz auf mich ist, wie sie zu sein vorgibt. Denn sie hasst meine Bilder. Oder eher das, was sie verkörpern.

Ich finde sie zu meiner Überraschung genau vor dem 'Kuss der Muse'. Sie hält sich an ihrem Glas fest und ist tief in die Betrachtung der Silbernen vertieft. So sehr, dass sie mich nicht bemerkt. Sie sieht ganz und gar nicht glücklich aus.

Ich räuspere mich leise. Mia schlägt die Augen nieder, um ihre Kränkung zu verbergen, aber ich habe sie gesehen, und es macht mich wütend. »Gefällt es dir?«, frage ich provokant.

»Es ist ... vollkommen. So sehr ich mich auch bemühe, ich finde nichts daran auszusetzen. Rein gar nichts«, fügt sie bitter hinzu und wendet sich ab, um das nächste Bild anzusteuern.

Ich folge ihr nicht, lasse sie in Ruhe ihre Wunden lecken. Außerdem tippt mir in diesem Moment jemand von hinten auf die Schulter. Ein junger Mann mit einer modischen, kleinen Brille lächelt mir entgegen und schwenkt dabei eine Kamera. Lokalpresse. Er erbittet ein Foto und ein Interview. Ich stimme zu und wir begeben uns in eine ruhigere Ecke des Ausstellungsraums. Ich bin erleichtert, als ich merke, dass er ebenso unsicher ist wie ich. Vermutlich ist er ein Praktikant, der an einem Samstagabend zu dieser Veranstaltung geschickt worden ist, die einem echten Journalisten nicht einmal ein müdes Lächeln entlocken würde.

Er fragt mich, ob ich schon lange zeichne, woher ich meine Ideen nehme, wer die Frau auf meinen Bildern ist ...

Die erste Frage beantworte ich, ohne mit der Wimper zu zucken, aber bei den anderen beiden wird es schon schwierig. Soll ich ihm etwa verraten, dass ich meine Ideen auf dem Boden einer Wodkaflasche finde und dass die Silberne meine eifersüchtige Muse ist, für jeden unsichtbar außer für mich? Ich druckse herum, sauge mir ein paar Standardantworten aus den Fingern und bekenne, dass die Frau auf dem Bild nicht existiert.

»Heißt das, niemand hat dafür Modell gesessen?«, fragt der junge Mann erstaunt.

»Genau das heißt es.«

Ein breites Grinsen erhellt seine jugendlichen Züge. »Oh Mann, ihre Fantasie möcht ich haben.« Er wackelt mit den Augenbrauen und stößt mich kameradschaftlich mit dem Ellbogen an.

»Wohl eher nicht«, murmle ich.

»Wie bitte?«

»Kommt das auch in die Zeitung?«, frage ich und zwinkere ihm zu.

Er errötet. »Nein, natürlich nicht.« Er zückt seine Kamera. »Jetzt noch ein Foto, wenn's recht ist, Herr Sonnenberg?«

»Klar.«

»Hm, vielleicht vor dem 'Kuss der Muse'?«

Ich folge brav seinen Anweisungen und mehrere Kameras blitzen auf und blenden mich. Der Gedanke, dass mein Foto am nächsten Morgen in der Zeitung abgebildet sein wird, treibt mir erneut den Schweiß auf die Stirn. Ich habe Durst. Ein Kellner geht vorbei und ich schnappe mir ein Glas Orangensaft. Gibt es hier nichts außer Sekt und Saft?

Das Zeug klebt auf meiner Zunge und in meinem Magen. Ich bekomme Sodbrennen davon. Ich strecke mich und suche über die Köpfe der Gäste hinweg Thomas Cohn. Unsere Blicke treffen sich und er winkt mich eifrig zu sich.

»Alex, Schatz!«, ruft er mir entgegen. Seinen roten Wangen entnehme ich, dass er ordentlich einen im Tee hat. Also scheint der geschäftliche Teil erledigt zu sein. »Lass uns kurz in mein Büro gehen, ja?«

Ich sehe mich um, weil ich Mia Bescheid geben will, aber dann sehe ich, dass Marek inzwischen, tüchtig verspätet wie für ihn üblich, aufgetaucht ist und sie in ein Gespräch verwickelt hat. Also folge ich Cohn in sein Büro. Nachdem er die Tür hinter mir geschlossen hat, klatscht er begeistert in die Hände. »Großartig! Viel besser als erwartet!«

»Ja, es sind ziemlich viele Leute gekommen, nicht wahr?«, ergänze ich und nippe an meinem Saft.

»Oh, nicht nur das.« Cohn erhebt in schulmeisterhafter Manier den Zeigefinger. »Sie wollen dich, mein Lieber. Dich und deine Muse.«

Beinahe verschlucke ich mich an dem Saft. Im letzten Moment wende ich das Schlimmste mit einem Räuspern ab. »Wie bitte?«

»Sieben Anfragen, Alex. Sieben!«

»Und das ist ... viel?«

»Und ob. Und das Beste ist, sie alle wollen die komplette Reihe kaufen. Das heißt, wir können uns zurücklehnen und das beste Angebot abwarten.«

Ich muss mich setzen. Hilfreich schiebt Cohn mir einen Stuhl heran.

»Geht es dir gut? Willst du ein Glas Wasser? Oder nein – Champagner!« Schon ist er auf dem Weg zu seiner Bar.

»Nein, nein. Wasser ist gut. Ich kann heute nichts trinken … meine Frau …«

Cohn schlägt sich vor die Stirn. »Natürlich. Es ist bald so weit, nicht wahr? Da sollte man als werdender Vater jederzeit einen kühlen Kopf bewahren. Sehr gewissenhaft, mein Lieber.«

Er schenkt mir ein Glas Wasser ein und nachdem ich mich halbwegs gesammelt habe, gehen wir wieder nach draußen zu den anderen. Sofort steuere ich die kleine Gruppe, bestehend aus Mia, Marek und Anke an, die meine Insel inmitten all dieser fremden Menschen sind. Marek grinst mir entgegen, aber ich sehe sofort, dass etwas nicht stimmt.

»Hey Alter! Echt verschärft hier. Bisschen versnobt, aber deine Bilder sind der Hammer!« Marek ist betrunken. Dabei rührt er selten Alkohol an.

»Ist was passiert?«, frage ich leise und sehe Mia an.

»Doro ist abgehauen«, erzählt Marek und seine Stimme kippt ganz leicht, kaum hörbar. »Sagt, sie hat die Schnauze voll von mir und meinem Gemecker. Von wegen! Ich habe die Schnauze voll von ihr und ihrem blöden Höhenflug.«

»Pst, etwas leiser, Marek«, besänftigt ihn Mia und legt tröstend die Hand auf seine Schulter. Sofort lässt Marek seinen Kopf gegen ihre fallen.

»Ich glaube, jemand sollte ihn besser nach Hause bringen«, flüstert Anke mir zu.

»Nichts da!« Sofort schnellt Mareks Kopf wieder in die Höhe. »Wir lassen uns von der ollen Schnalle doch den Spaß nicht verderben. Heute Abend wird gefeiert, mein Bester. Auf dich!« Er schnappt sich ein Sektglas von einem der Tabletts, die eine Kellnerin vorbei trägt, prostet mir zu und leert es in einem Zug. Ich schlucke. Meine Kehle ist noch immer trocken. Ich kann den Alkohol in der Luft beinahe schmecken.

Ich zwinge ein Lächeln auf meine Lippen. »Ich habe gerade mit Thomas gesprochen. Er sagt, es gibt schon Interessenten für meine Bilder.«

»Whooohoooo!«, ruft Marek so laut, dass sich einige Köpfe zu uns umdrehen, und klopft mir auf den Rücken, dass mir die Luft wegbleibt.

»Und werdet ihr jetzt reich, zahlt mir das Doppelte und ich darf mich offiziell 'Nanny' nennen?«, scherzt Anke.

»Klar doch«, gebe ich lachend zurück. Mia ist ungewöhnlich still. »Freust du dich gar nicht?«, frage ich sie.

Mia zuckt mit den Schultern. »Lass uns doch erst einmal abwarten, was daraus wird.«

Typisch. Ich presse die Lippen fest aufeinander, um mir eine spitze Bemerkung zu verkneifen. Sie kann sich nicht für mich freuen. Sie kann nicht einmal so tun als ob. Mir zuliebe.

»Die Stimme der Vernunft«, sagt Anke spöttisch, ohne zu merken, dass sich die Stimmung zwischen Mia und mir abgekühlt hat. Auch Anke hat schon den einen oder anderen Sekt zu viel getrunken. »Kommt schon, lasst uns feiern. Alex, trink was mit mir!«

Sie nimmt sich ein Sektglas und drückt es mir in die Hand. Mia schnappt nach Luft. Marek bekommt nichts mit. Er hat sich auf einen der Stühle an der Wand gesetzt und starrt düster vor sich hin.

»Ich ... nein, danke«, sage ich beherrscht und gebe ihr das Glas zurück. Meine Hand zittert.

»Ach, komm schon. Heute ist dein großer Tag!«

»Wirklich, es ...«

»Hast du immer noch Nachwehen von neulich Nacht?« Sie kichert albern.

Sämtliches Blut sackt mir aus dem Gesicht und in meinem Kopf breitet sich eine wattige Leere aus. Ich spüre Mias Blick auf mir.

»Was war denn neulich Nacht?«, fragt sie.

»Ups, verplappert!« Anke schlägt sich die Hand vor den Mund. »Aber das ist doch schon ewig her. Ich dachte, du hättest ihr längst erzählt, wie du dich abgeschossen hast und vor meiner Haustür gelandet bist. Keine Sorge, Mia, es ist nichts passiert.« Sie zwinkert Mia verschmitzt zu und ich möchte am liebsten meine Hände um ihren dürren Hals legen und zudrücken.

Mia sagt nichts. Sie dreht sich einfach um und geht nach draußen.

»Huch«, macht Anke. »Was ist denn jetzt los?«

Ich würdige sie keines Blickes und renne Mia hinterher. Im Watschelgang steuert sie auf das Auto zu.

»Mia!«, rufe ich und hole sie ein. »Warte mal ...«

»Du hast gelogen!«, schleudert sie mir entgegen, ihr Gesicht eine einzige Fratze der Qual.

»Ja, das hab ich«, entgegne ich ruhig. Es hat keinen Sinn, wenn wir beide schreien. »Ich hatte einen Rückfall, aber jetzt habe ich es wieder im Griff ...«

»Du hast gelogen!«, wiederholt sie nur, während sie in ihrer Handtasche nach dem Autoschlüssel sucht.

»Ich wollte es allein schaffen!«

Ihre Bemühungen, den Schlüssel zu finden, werden immer hektischer. »Scheiße, Alex!«

Mit hängenden Schultern stehe ich vor ihr und sehe ihr zu. »Und was jetzt?«

»Ich finde meinen verdammten Schlüssel nicht.«

Ich klopfe die Taschen meines Jacketts ab. »Hier, nimm meinen.«

Mia reißt ihn mir beinahe aus der Hand und rammt ihn mit einer Brutalität, die mir Angst macht, in das Schlüsselloch. Bevor sie einsteigt, dreht sie sich zu mir um. Ich sehe, dass sie kurz davor ist, zu weinen. »Es ist nicht der Rückfall, Alex. Das ist nicht das Schlimmste. Aber dass du nicht mit mir darüber geredet hast! Dabei habe ich dich so oft gefragt!«

»Ich bin nicht dein Sozialprojekt«, unterbreche ich sie scharf, denn ich bin ihre moralischen Belehrungen allmählich leid. »Ich hab's auch ohne dich ganz gut im Griff. Finde dich damit ab.«

Mia steigt ein, ohne zu antworten, und fährt davon, den Fuß hart am Gaspedal.

»Scheiße!«, brülle ich ihr hinterher und bleibe noch ein paar Minuten am Straßenrand stehen, bevor ich wieder hineingehe. Mein Atem geht schnell und mein Puls rast, als ich die Glastür aufstoße und mich das Murmeln der Besucher, das sanfte Gedudel der Musik und die alkoholgeschwängerte Luft einhüllen.

Anke hat sich neben Marek gesetzt, aber als sie mich sieht, springt sie auf. Das schlechte Gewissen steht ihr ins Gesicht geschrieben. »Mann, Alex, das tut mir so leid. Da bin ich wohl voll ins Fettnäpfchen getreten.«

Sie sieht so zerknirscht aus, dass ich ihr nicht böse sein kann. »Nicht nur du«, erwidere ich mit einem gequälten Lächeln.

»Ich konnte doch nicht ahnen, dass sie so empfindlich reagiert«, fährt Anke fort.

»Sind wohl die Hormone«, sage ich leichthin, um das Thema zu beenden.

Thomas Cohn schwebt auf einer Wolke der Glückseligkeit heran, zwei Sektgläser schwenkend. »Aleeeex«, beschwört er mich und schon wieder stehe ich mit einem Glas in der Hand da. »Wir trinken auf unsere Zusammenarbeit. Und auf den Erfolg!«

Scheiß drauf. Ich kippe den Sekt hinunter. Sofort explodiert die Bestie in meinen Eingeweiden, bäumt sich auf, brüllt nach mehr. Ich leere das Glas, ohne abzusetzen. Jetzt ist eh alles egal. Mia ist weg und die Silberne ist wieder da. Kommt es auf ein Besäufnis mehr oder weniger noch an?

Anke reicht mir das nächste Glas. Sie trinkt auf unsere Freundschaft. Ich hätte auf alles getrunken. Cohn ist schon wieder abgeschwirrt, um mit jemand anderem anzustoßen. Mir ist es gleich. Der Alkohol tut gut, aber nach zwei Gläsern Sekt schreien meine Geschmacksnerven protestierend auf. Ich will etwas Härteres. Schließlich feiere ich meinen großartigen Erfolg.

Marek steht schwankend auf und gesellt sich zu uns. »Hey, wo ist Mia hin?«

»Nach Hause.«

»Nach Hause?« Er sieht mich aus glasigen Augen an. »Ohne sich von mir zu verabschieden?«

Auch, ohne sich von mir zu verabschieden, will ich erwidern, verkneife es mir aber. Marek hätte es in seinem Zustand eh nicht gecheckt. Stattdessen stibitze ich der Kellnerin ein weiteres Glas Sekt.

»Was machst du da, Alter?«

»Was wohl? Ich feiere«, sage ich augenzwinkernd und setze das Glas an die Lippen.

»Das … Nein, Alex!« Mit einer ausladenden Geste holt er aus, um mir das Getränk zu entreißen, aber ich weiche zurück, stelle das Glas ab und packe ihn am Kragen.

»Mach mir jetzt bloß keine Szene, klar«, fauche ich ihn an. Marek schluckt und nickt benommen. Wäre er nüchtern, hätte er mir ordentlich die Meinung gegeigt und mich nach Hause oder vielleicht sogar gleich in die nächste Therapieeinrichtung geschleift. Aber Marek ist nicht nüchtern. Er ist kaum in der Lage, sich auf den Beinen zu halten. Ich tätschle seine Wange. »Mach dir keine Gedanken, Alter. Heute Nacht wird gefeiert. Über morgen machen wir uns morgen Sorgen.«

Anke lacht über meinen Witz und sogar Mareks Mundwinkel zucken.

»In Ordnung«, sagt er zögernd. »Aber ich pass auf dich auf, klaro? Dass du mir ja keine Dummheiten machst!«

»Ja, Papa.«

Wieder kichert Anke. Sie hat sich kameradschaftlich bei mir eingehängt. »Wo das ja jetzt geklärt ist ... wollen wir eigentlich noch irgendwo hingehen, wenn die Veranstaltung hier vorbei ist?«

Keine schlechte Idee, finde ich. Der Sekt hängt mir zum Hals raus und das versnobte Getue ebenso.

»Ich kenn da so einen Club«, sagt Anke gedehnt.

»Worauf warten wir dann noch?«

Heute

Nachdem ich mich von Cohn verabschiedet und ihm versprochen habe, ihn morgen anzurufen, ziehen wir los. Unterwegs isst Marek einen Döner und Anke kauft im Kiosk Zigaretten, die sie großzügig verteilt. Beim Anblick der kleinen Schnapsfläschchen an der Kasse beginnt mein Gaumen zu jucken. Die Wirkung des Sekts lässt allmählich nach und Nüchternheit ist ein Zustand, den ich heute Nacht keinesfalls akzeptieren werde. Ich zücke einen Geldschein und schiebe ihn über die Ladentheke, während ich drei kleine Fläschchen Wodka einstecke, bevor Marek und Anke es mitbekommen. Aber die beiden sind schon vorausgelaufen und in ein Gespräch vertieft. Also ziehe ich eine Flasche wieder hervor, schraube den Verschluss auf und trinke einen Schluck. Oder auch zwei. Ich bin immer noch klar genug, um mir meines Handelns bewusst zu sein. Um mich dafür zu schämen. Also schnell die nächste Flasche hinterher. Und die dritte. Die Flasche ist leer, als ich sie absetze, genau wie mein Schädel. Leer, warm und behaglich. Ich werfe die Fläschchen in die Büsche und schließe zu den anderen auf.

Es ist noch früh, im Club herrscht gähnende Leere. Marek erzählt, dass er schon öfter hier gewesen sei, aber mir ist der Laden neu. Staunend sehe ich mich um. »Kerker« ist der passende Name für dieses Ambiente. Dunkelheit, Rotlicht, LED-Fackeln an den gemauerten Wänden und riesige Lüster unter der Decke. Über die Getränkepreise will ich lieber nicht nachdenken. Das ist etwas anderes als die Kneipen, die ich sonst besucht habe.

Wir setzen uns an einen der am Rand der Tanzfläche

stehenden Tische. Marek und ich trinken Wodka Tonic, während Anke Champagner bestellt.

»Kann sich eine Studentin so etwas leisten?«, frage ich neckend.

Anke schlägt gekonnt die Augen auf. »Nö. Aber ein gutbetuchter Künstler vielleicht?«

Ich muss schon sagen, sie hat es drauf. Lächelnd lasse ich ihr Getränk auf meiner Verzehrkarte abstempeln.

Marek erzählt von Doro. Davon, wie gut sie sich verstanden haben, und dass er endlich geglaubt hatte, die Richtige gefunden zu haben.

Wenn es so war, warum hat er sie dann nicht besser behandelt? Aber ich schweige, warte auf die Kellnerin, auf unsere Drinks.

Irgendwann schalte ich ab. Wegen der Lautstärke verstehe ich ohnehin nur die Hälfte von dem, was sie reden. Anke ist ganz nah an Marek herangerutscht und nickt hin und wieder mitfühlend, während sie seine Hand tätschelt. Die beiden sind sich schon früher mal begegnet und da hatte ich den Eindruck, Anke würde auf Marek stehen. Es sieht ganz so aus, als würde sie heute Abend ihre Chance ergreifen. Mir soll's recht sein. So habe ich wenigstens meine Ruhe.

Endlich kommen die Getränke und langsam füllt sich auch der Laden. Ein paar Mädels stürmen die Tanzfläche und kreisen lasziv mit den Hüften. Sofort springen zwei Typen Marke BWL-Studenten darauf an und schlendern, mit ihren Getränken bewaffnet, zu ihnen. Auch Marek und Anke stehen auf und gehen tanzen.

»Komm doch mit, Alex!«, bittet Anke, aber ich weiß, dass sie es nur aus Höflichkeit tut. Lächelnd schüttle ich den Kopf und die beiden ziehen ab. Ich bleibe stummer

Beobachter, sehe zu, wie sich unsere Babysitterin an meinen besten Freund ranschmeißt. Das alles ist furchtbar skurril. Wie bin ich hier nur gelandet, an diesem Abend, der mein großer Triumph werden sollte?

»Na, so allein?«, sagt eine Stimme wie Honig neben mir.

»Verpiss dich«, erkläre ich der Silbernen, ohne hinzusehen.

»Wenn du so deine Muse behandelst, musst du dich nicht wundern, wenn du irgendwann wieder auf der Straße hockst und deine bedeutungslosen Bilder kritzelst.«

»Vielleicht möchte ich ja gar nichts mehr kritzeln.« Ich kippe meinen Drink herunter und winke die Kellnerin zu mir.

»Aber so funktioniert es nicht, mein Süßer.« Ihre Hand gleitet in meinen Nacken und dreht mein Gesicht zu sich herum. Kalt funkelt sie mich an. Schaffe ich es am Ende tatsächlich, sie aus der Fassung zu bringen?

»Frustriert, Süße?«, frage ich lächelnd. Gerade, als sie zu einer Antwort ansetzt, kommt die Kellnerin an meinen Tisch und die Silberne löst sich in Luft auf. Ich bestelle noch einen Wodka Tonic.

Meine Blase beginnt zu drücken. Ich suche den Raum nach den Toiletten ab und finde sie am anderen Ende der inzwischen gut gefüllten Tanzfläche. Na, großartig. Seufzend stehe ich auf und bahne mir meinen Weg durch die wogende Masse. Vorbei an den betrunkenen BWL-Studenten, die mit ihren ausladenden Bewegungen anscheinend die ganze Tanzfläche für sich beanspruchen wollen. Vorbei an Marek und Anke, die so vertieft in ihren Paarungstanz sind, dass sie mich nicht einmal wahrnehmen. Vorbei an ein paar Mädchen, die nie im Leben achtzehn sind, aber deren Ausschnitte so tief sind, dass sie ein Jugendschutzsiegel verdient hätten. Es riecht nach Schweiß und Parfum und Alkohol. Ich bin froh, als ich diese Hölle des Frohsinns hinter mir habe.

Die Toilette ist schick, genau wie der Rest des Ladens. Die Urinale aus gebürstetem Edelstahl blinken, als wäre ich der erste Mensch, der sie benutzt. Fast habe ich Hemmungen, sie mit meiner Pisse zu entweihen. Aus den Lautsprechern tönt die Musik der Tanzfläche in moderater Lautstärke. Gerade ist irgendein Hiphop-Song dran, den ich nicht kenne. Natürlich nicht, denn die letzten drei Jahre habe ich mit Rolf Zuckowski und seinen Freunden rumgehangen. Mit leicht schwankendem Gang steuere ich auf die Pissoirs zu, während ich mit einer Hand meinen Reißverschluss bearbeite. Als ich fertig bin, drehe ich mich zum Waschbecken um und begegne dem wütenden Blick meiner eingeschnappten Muse.

»Mach mal Platz«, murmle ich und stoße sie zur Seite, um mir die Hände zu waschen. Ich hätte wissen müssen, dass sie sich das nicht gefallen lassen würde. Plötzlich finde ich mich auf dem gekachelten Fußboden wieder. Die Silberne hockt über mir. Ihre langen Haare kitzeln mein Gesicht.

»Vergiss nicht, was du mir verdankst, Alexander«, zischt sie, aber gleichzeitig zaubert sie ein Lächeln auf ihr Gesicht, das mich umhaut. »Und vergiss nicht, was wir alles gemeinsam erlebt haben.« Sie beugt sich herab und küsst meine Lippen. Meine Gedanken werden mit Erinnerungen überschwemmt. Ich will sie aufhalten, abwehren, aber zu spät. Es fühlt sich an, als würde ich fallen. Tief und immer tiefer. In die Dunkelheit.

Ich, zusammengekauert in einer Ecke meines Bettes. Am ganzen Körper zitternd. Alles tut mir weh. Meine Lippe ist geschwollen, ich schmecke Blut. Tränen strömen über mein Gesicht. Ich presse Teddy an mich, ganz fest. Er hat nur noch ein Auge und riecht nach Zigarettenqualm und ranzigem Fett. Aber er ist da. Vor meiner verschlossenen Tür: Chaos, Schreie, Gewalt.

Mama schreit: *HöraufHöraufHörauf!*

Du Schlampe! Ich bring dich um!

Der Schrei zieht sich gellend in die Länge und erstirbt. Ich höre nur noch das Klappern meiner Zähne und dumpfe Schläge aus dem Wohnzimmer. Dazu ein angestrengtes Keuchen. Es hämmert an der Wohnungstür. *Aufmachen! Polizei!*

Ein Krachen. Noch mehr Schreie, noch mehr Gewalt. *Keine Bewegung!*

Ich wimmere leise und presse Teddy gegen mein Gesicht. Es wird still um mich herum, in mir.

Ist es vorbei?

Die Tür öffnet sich einen Spaltbreit. Grelles Licht sticht mir in die Augen und ich kauere mich tiefer in die Ecke. *Da ist noch jemand. Ein Kind!*

Es wird wieder lauter. Die Tür öffnet sich ganz. *Hey Kumpel.*

Ich presse die Augen zu, will nichts sehen, nichts hören. Will, dass es aufhört.

Geht weg! Geht weg! Verpisst euch! Geht weg!

Ratlosigkeit, die Tür wird geschlossen.

Ich will meine Mama!

Wieder Licht. Wieder Stimmen. Nein, diesmal nur eine.

Hallo Alexander.

Eine Hand, die sich mir entgegenstreckt. Der zarte Hauch von Parfum. Ihr Gesicht in der Dunkelheit.

Du bist jetzt in Sicherheit. Dir kann nichts mehr geschehen. Ich bin bei dir.

Ihre Worte, ihre Stimme, ihr Duft pflanzen sich in mein Gehirn.

Ich bin bei dir.

Sie trägt mich hinaus aus dem Chaos, ich klammere mich an ihr fest.

Mach die Augen zu. Sieh nicht hin.

Wir sitzen auf dem Rücksitz eines Autos. Ich habe eine Decke um die Schultern und Teddy ganz fest im Arm. Blaues Licht flackert in der Nacht. Menschen in Bademänteln starren mich an. Sie schiebt ihre Hand in meine. Eine Krankenbahre wird aus dem Haus getragen.

Alexander, sieh nicht hin.

Ich klammere mich an ihr Lächeln, an den warmen Blick aus ihren Augen. Ihre Haare, ihre Haut glänzen silbern im Blaulicht.

Alles wird gut, verspricht ihr Mund und ich nicke.

Alles wird gut ...

»Geht es Ihnen gut, ist alles in Ordnung?« Eine Männer-stimme. Eine Berührung an meiner Schulter. Übelkeit, die in mir aufsteigt.

»Ich muss kotzen.«

Ich finde mich auf nassem Asphalt wieder, Erbrochenes zwischen meinen Schuhen. Nicht einmal Saufen kann ich. Schritte und Stimmen entfernen sich. Ich bin allein. Wo bin ich? Wie bin ich hierhergekommen?

Alles wird gut!

Ihre Stimme, ihr Gesicht! Blaulicht, Blut, Schmerz. Alles ist wieder da. Und ich zittere wie der kleine Junge, der zu Tode verängstigt auf seinem Bett kauerte, während sein Vater seine Mutter erschlug. Und dann war *sie* da. Wer war sie? Eine Polizistin? Eine Nachbarin? Jemand vom Ju-gendamt? Ich weiß es nicht, habe sie nach jener Nacht nie wiedergesehen.

Aber sie war trotzdem immer da, hat mich gehalten, ge-tröstet. Geliebt. Und ich habe sie gezeichnet, immerzu.

Dann wuchs ich heran und sie verblasste. Verschwand aus meinem Kopf und von den Seiten. Stattdessen tauchte Mia auf. Mia und Lea und Klara. Nun zeichnete ich sie und dann zeichnete ich gar nicht mehr. Bis jetzt. Denn meine Retterin ist zu mir zurückgekehrt.

Weinend hocke ich in der Dunkelheit, den beißenden Gestank von Erbrochenem in der Nase. Es ist kalt gewor-den, mein Gesicht fühlt sich schon taub an. Aus der Ferne höre ich die wummernden Beats des Clubs. Irgendwo hin-ter mir rauscht der Fluss. Langsam hebe ich den Kopf und sehe mich um. Ich kauere auf dem verlassenen Parkplatz einer Autowaschanlage, etwa fünfzig Meter von der Straße entfernt.

Mühsam rapple ich mich auf, trockne mit dem Hemdsärmel die Tränen und schwanke zurück zum Eingang des Clubs. Hoffentlich lassen sie mich wieder rein. Ich kann jetzt nicht nach Hause, nicht allein sein. Ich muss erst wieder vergessen. Der Therapeut damals hatte recht: An manche Dinge will man sich nicht erinnern. Aber werde ich es jemals wieder vergessen können? Diesen Schrei aus dem Wohnzimmer, das gedämpfte Keuchen, die Schläge, die Stille ...

Blut, Blut, Blut und brechende Knochen.

Ich weiß es jetzt, oh Gott. Das werde ich nie mehr los.

Der Türsteher sieht kaum auf, als ich meinen Stempel vorzeige. Keine Ahnung, wie der an meine Hand gekommen ist. Habe ich überhaupt meine Drinks bezahlt, als ich rausgegangen bin? Ich habe Kopfschmerzen, aber nicht die Art, die vom Alkohol herrührt. Wie in Trance kämpfe ich mich zur Toilette vor. Hier begann mein Trip in die Vergangenheit. Was ist in der Zwischenzeit geschehen? Was habe ich getan, wo bin ich gewesen?

Das Herrenklo ist bis auf einen Typen, der sich gerade die Hände wäscht, leer. Aber dafür hat es sich verändert. Der Boden, auf dem ich eben noch gelegen habe, klebt von Alkohol und abgelaufenem Dreck, den unzählige Besucher im Laufe der Nacht hier hereingetragen haben. Toilettenpapier, Zigarettenstummel, zerbrochene Gläser.

»Kannst du mir sagen, wie spät es ist?«, frage ich den Typen, der gerade rausgehen will. Meine Zunge stolpert über die Worte.

»Klar. Kurz nach drei«, antwortet er nach einem Blick auf seine Uhr.

Es sind Stunden vergangen, seit ich zuletzt hier gewesen bin.

Ich öffne den Hahn und wasche mir das Gesicht. Als ich das Wasser abdrehe, bemerke ich einen rotbraunen Fleck am Ärmel meines Hemdes. Das ist Blut! Ich ziehe mein Jackett aus und finde weitere Blutspritzer auf meinem Hemd. Meine Fingerknöchel tun weh und sind abgeschürft. Meine abgespreizten Finger zittern heftig und verschwimmen vor meinen Augen. Ich balle die Faust, höre wieder das Übelkeit erregende Geräusch brechender Knochen. Was zum Teufel ...? Ich mustere mich im Spiegel, ich sehe aus wie immer. Nur meine Augen, die sind irgendwie ... erloschen. Benommen schüttle ich den Kopf, ziehe mein Jackett wieder an und gehe hinaus, zurück an unseren Tisch, aber es ist niemand da. Also dränge ich mich an die Theke und bestelle einen weiteren Drink, den ich im Stehen kippe. Eine kleine Alarmglocke schrillt in meinem Hinterkopf, aber warum jetzt aufhören? Der Abend hält noch nicht, was er versprochen hat. Ich will mich verdammt nochmal gut fühlen! Der Club ist zum Bersten gefüllt und die Musik so laut, dass man sein eigenes Wort kaum versteht. Die Bässe vibrieren in meinen Trommelfellen und konkurrieren mit dem heftigen Schlagen meines Herzens.

»Mann, Alex«, mault mir plötzlich Anke ins Ohr. »Warum seid ihr Männer bloß so scheiße?«

Ich reibe mir die Augen. Mein Schädel platzt gleich.

»Ich meine ... wir haben uns doch gut verstanden, Marek und ich!«, schwadroniert Anke weiter. »Und dann plötzlich ... puff ... ist er verschwunden. Einfach so! Ist bestimmt zurück zu seiner Ollen, dieser ... wie heißt sie noch gleich?«

»Doro«, helfe ich ihr auf die Sprünge, während ich mich auf das gähnende Loch in meiner Erinnerung zu konzentrieren versuche. Drei Stunden, verdammt. Drei Stunden sind vergangen! Was habe ich die ganze Zeit gemacht? Etwas blitzt kurz auf, Mareks Gesicht, aber dann ist es wieder fort.

»Doro, genau. Blöde Kuh. Und du warst auch einfach weg! Wenn ich nicht diesen Typen von der Uni getroffen hätte, wäre ich längst nach Hause!«

Ich stelle das Glas ab. »Ich sollte auch besser gehen.«

Der Gedanke, dass etwas faul ist, lässt mich nicht mehr los, genauso wenig wie die Erinnerung an jene Nacht. Mir ist die Lust am Feiern vergangen.

»Gute Idee, ich komme mit. Liegt ja auf dem Weg.« Anke kichert albern.

Gemeinsam gehen wir nach draußen. Die Luft trifft mich wie ein Hammer und heizt den Alkohol in meinem Blut noch einmal richtig an. Anke hakt sich bei mir unter. Auch sie schwankt und gemeinsam können wir kaum das Gleichgewicht halten. Wir haben Glück und erwischen ein Taxi, das gerade auf der Jagd nach Beute am »Kerker« vorbeifährt. Auf der ganzen Fahrt muss ich mich darauf konzentrieren, nicht wieder zu kotzen.

»Glaubst du, Mia ist noch böse auf dich?«, fragt Anke, nachdem uns das Taxi vor der Tür unseres Wohnhauses abgesetzt hat.

»Worauf du dich verlassen kannst«, erwidere ich düster. »Scheiße, ich hab keinen Schlüssel!«

»Und wenn du sie um diese Zeit weckst, dann wird Mia auch nicht gerade begeistert sein«, ergänzt Anke, während sie ihren Schlüssel hervorholt.

»Danke für den Hinweis«, knurre ich und lehne mich

gegen die Briefkästen, weil ich meinen Beinen nicht zutraue, mich zu tragen. Anke klimpert verheißungsvoll mit dem Schlüssel.

»Tja, gut, dass du mich hast. Ich habe einen Zweitschlüssel zu eurer Wohnung, wegen der Mädchen.«

Langsam schüttle ich den Kopf, wobei mein Gehirn rechts und links gegen meinen Schädel zu klatschen scheint. »Sie wird aufwachen und dann ...«

Allmählich dämmert es mir, was für einen Riesenärger ich mir eingebrockt habe.

»Willst du bei mir schlafen?«, fragt sie, stößt die Haustür auf und lässt mir mit einer galanten Geste den Vortritt.

Ich weiß, dass es keine gute Idee ist, die ganze Nacht wegzubleiben, weiß, dass Mia wachliegt und auf mich wartet. Dass sie sich Sorgen macht. Und trotzdem nicke ich. Weil ich es nicht schaffe, mich ihr zu stellen. Nicht heute Nacht.

»Danke«, sage ich und schlurfe vor ihr her die Treppe hoch. In ihrer Wohnung riecht es nach dem Parfum, das sie am Abend, der so lange zurückzuliegen scheint, für die Ausstellung aufgetragen hat. Überall liegen Kleidungsstücke auf dem Boden verteilt herum. Anke bückt sich und hebt schnell einen schwarzen Spitzen-BH auf, der den Flur dekoriert hat. »Sorry, ich hab keinen Besuch erwartet.«

»Wirklich nicht?« Langsam, weil jede Bewegung eine Qual ist, schäle ich mich aus dem Jackett und hänge es an die Garderobe. »Ich dachte, du wolltest Marek abschleppen.«

Anke kommentiert meine Worte mit einem Schnaufen und einem bitterbösen Blick aus zusammengekniffenen Augen. Also ist dieses Thema wohl durch. Ich folge ihr in die Wohnküche und werfe meinen müden Körper auf die Couch, während Anke im Kühlschrank herumwühlt.

»Willst du was essen?«

Ich horche in meinen Bauch und schüttle den Kopf. Anke taucht aus dem Kühlschrank wieder auf, sie trägt eine Packung Toast und Käse unter dem Arm sowie zwei Flaschen Bier in den Händen. Kommentarlos stellt sie eine geöffnete Flasche vor mich auf den Tisch und fängt an, Brote zu schmieren.

»Ich bin echt am Verhungern«, sagt sie und setzt sich kauend neben mich.

Ich trinke mein Bier und starre an die Wand. »Seltsam, dass Marek einfach so verschwunden ist.«

Anke kaut zu Ende, bevor sie antwortet. »Vielleicht war er beleidigt. Ihr hattet euch doch wegen irgendwas in der Wolle.«

Wegen meiner Sauferei vermutlich. Marek muss deswegen stinksauer gewesen sein. Genau wie Mia. Ich schweige lange. »Ich glaub, ich hab 'nen Filmriss.«

Anke prustet los, verschluckt sich, hustet und lacht weiter, bis ihr die Tränen kommen.

»Was ... was ist daran so witzig?«

Sie schnappt nach Luft. »Ach, Alex, du bist irgendwie voll süß«, stößt sie zwischen ihren Lachkrämpfen hervor.

Mein Mund verzieht sich zu einem Lächeln. »Bin ich?«

»Klar!« Anke trinkt einen Schluck von ihrem Bier und legt den Kopf an meine Schulter. »Wenn du nicht vergeben wärst ...«

»Das bin ich nach heute Nacht vermutlich nicht mehr« sage ich und lege meinen Arm um sie. Sie hat mich nie gereizt, diese dünne Studentin, die Babysitterin.

»So schlimm?«, fragt Anke. Ihr Gesicht ist jetzt in meiner Halsbeuge und ihr Atem kitzelt auf meiner Haut. Oder ist das ihre Zunge?

»Hm«, brumme ich mit geschlossenen Augen. Anke setzt sich auf mich und lässt ihre Zunge in meinen Mund gleiten. Sie küsst anders als Mia. Aufregender, fordernder. Und anders als die Silberne. Echter. Ich erwidere den Kuss. Sie beginnt mein Hemd aufzuknöpfen und ich schiebe die Träger ihres Kleides herunter. Sie trägt keinen BH, ihre Brüste sind klein und fest und die Brustwarzen richten sich auf, als ich darüberstreiche.

»Gehen wir in dein Schlafzimmer?«

»Wozu?«, erwidert sie kess, schlüpft von meinem Schoß und aus ihrem Kleid. Elegant entledigt sie sich ihres schwarzen Slips und setzt sich nackt zwischen meine Beine. Mit den Fingern fährt sie meine Oberschenkel entlang nach oben. »Wir machen es gleich hier, auf dem Teppich.«

Ohne den Blick von mir zu nehmen, lässt sie sich zurücksinken und zieht mich am Schlips mit sich. Ich lande zwischen ihren gespreizten Beinen.

Diese Nacht ist ein einziges Desaster.

Das Rauschen der Dusche weckt mich. Ich vergrabe mein Gesicht tief in dem duftenden Kopfkissen und versuche, wieder einzuschlafen. Denn Aufwachen ist eine schlechte Idee. Ganz schlecht. Aber es ist zu spät. Schon hat mein Schädel bemerkt, dass ich wach bin, und tritt pflichtschuldig seinen Dienst an. Dazu lässt er mein Hirn anschwellen, bis es gegen meine Schädeldecke drückt, und platziert einen Paukenschläger direkt zwischen meinen Augenbrauen. Ich drehe mich auf den Rücken und stelle fest, dass auch in meinem Magen eine Revolte angezettelt wurde.

Die Dusche wird abgestellt. Dafür höre ich jetzt den Föhn und dazu Ankes Stimme, die ein Liedchen trällert. Scheiße, ich bin zu alt für durchzechte Nächte.

Sehr langsam wuchte ich meine Beine aus dem Bett und warte, bis sie festen Boden unter sich spüren, bevor ich den Rest meines Körpers aufrichte. Der Raum dreht sich. Die Tür zum Schlafzimmer fliegt auf und Anke kommt, in ein knappes Handtuch gewickelt, reingeschneit.

»Oh, du bist wach«, strahlt sie und lässt das Handtuch fallen. Ich zucke zusammen und sehe sie entsetzt an.

Anke lacht. »Keine Sorge. Ich muss zur Arbeit.« Sie holt eine Kellnerinnenuniform, bestehend aus schwarzer Hose, weißer Bluse, Krawatte und Seidenweste hervor, und beginnt sich anzuziehen. »Willst du noch frühstücken?«, fragt sie, während sie ihren BH verschließt.

»Nein«, antworte ich.

»Puh, du bist ja nicht sehr gesprächig heute.«

»Tut mir leid. Ich ...«

»Ist schon okay«, unterbricht sie mich. »War mir klar,

dass das mit uns nichts Festes wird.« Sie setzt sich neben mich auf das Bett und streicht mir zärtlich eine Strähne aus der Stirn. »Mia muss davon nichts erfahren. Wäre auch echt blöd wegen der Kinder. Und ich brauch den Job bei euch. Aber sei ehrlich ... das war es wert, oder?« Sie grinst verschwörerisch und drückt mir einen Kuss auf die Wange, bevor sie aufsteht und sich weiter anzieht.

War es das? Keine Ahnung, ich habe kaum Erinnerungen an vergangene Nacht. Ich suche den Fußboden nach meinen Klamotten ab. Dann fällt mir ein, dass sie im Wohnzimmer sein müssen, und stehe vorsichtig auf. Der Paukenschläger hinter meiner Stirn gibt sein Bestes, meinen Schädel zum Platzen zu bringen. Hinzu kommt ein schriller, anhaltender Laut, der sich tief in die Windungen meines Hirns gräbt. Das ist neu. Und beunruhigend. Doch dann merke ich, dass auch Anke aufhorcht. Es ist die Türklingel. Erschrocken sieht Anke mich an. »Scheiße. Wenn das Mia ist! Bleib im Schlafzimmer.«

Sie ist schon auf dem Weg zur Tür. Ich haste ihr hinterher und halte sie fest.

»Warte«, flüstere ich. »Meine Klamotten ...«

Ihr Blick schweift hektisch durch das Wohnzimmer. Leise und effizient rafft sie meine Sachen zusammen, drückt sie mir in die Hand und schiebt mich zurück ins Schlafzimmer. Wieder klingelt es. Fast hört es sich ungeduldig an. »Warte hier!«, befiehlt sie. Wo sollte ich auch hingehen?

Mit angehaltenem Atem stehe ich hinter der Tür, meine Kleider noch immer als Bündel in den Händen haltend.

»Hey Mia«, höre ich Ankes Stimme, ein klein bisschen zu schrill und fröhlich.

»Hallo Anke. Sag mal, weißt du, wo Alex steckt?«

»Nö, wieso? Ist was passiert?«, fragt Anke unschuldig.

Ich bekomme ein schlechtes Gewissen, weil sie für mich lügen muss und weil sich Mia so traurig anhört.

»Er ist heute Nacht nicht nach Hause gekommen. Ich mache mir Sorgen.«

»Bestimmt ist er nach eurem Streit mit Marek versackt und hat bei ihm geschlafen«, tröstet Anke sie. Die Stimmen kommen etwas näher. Mein Herz schlägt mir bis zum Hals. Ich bemerke, dass ich den Oberkörper leicht vorbeuge, so, also wollte ich mich verstecken. Meine Wirbelsäule protestiert.

»Mag sein«, höre ich Mia seufzen. »Aber bei Marek springt nur die Mailbox an. Ich mache mir echt Sorgen. Alex ist …«, sie stockt, mein Atem ebenfalls.

»Ist was?«, bohrt Anke nach.

»Nichts. Schon gut. Ich dachte, du wüsstest vielleicht etwas. Ich muss jetzt die Mädchen bei meinen Eltern abholen.«

Ich höre sich entfernende Schritte und atme aus.

»Bestimmt ist Alex längst zu Hause, wenn du zurückkommst«, beruhigt Anke sie.

»Hoffentlich. Sag mal, hast du Besuch?«

Ich höre das Schmunzeln in ihrer Stimme. Meine Finger klammern sich fest um meine Anzughose.

»Äh … wieso?«

Mia lacht leise. »Zwei Bierflaschen auf dem Tisch, dein Slip auf der Couchlehne, und als ich geklingelt habe, hast du doch gerade mit jemandem gesprochen, oder?«

»Ich …«, beginnt Anke und räuspert sich. Ich sehe sie förmlich erröten.

»Ich lasse euch mal lieber allein«, sagt Mia. Die Wohnungstür öffnet sich quietschend.

»Also dann«, will sich Anke verabschieden.

»Hey, Moment mal. Warum stehen Alex' Schuhe hier?«

»Oh Shit«, entfährt es mir. Heiße und kalte Schauer überlaufen meinen Körper. Panisch sehe ich mich um, aber es erscheint mir albern und abgedroschen, mich unter dem Bett oder im Kleiderschrank zu verstecken. Anke und Mia reden immer noch, sie klingen aufgebracht. Die Stimmen kommen näher.

»Willst du mich verarschen?«, höre ich Mia. Hastig ziehe ich meine Boxershorts an und schaffe es gerade noch, mir das Hemd überzuwerfen, als die Schlafzimmertür aufgerissen wird.

»Hallo Mia«, sage ich, während ich langsam die Knöpfe des Hemdes verschließe. Aus ihrer Miene spricht Fassungslosigkeit. »Ich hatte keinen Schlüssel und da hab ich ...«

Mia wirft die Tür mit einem Knall wieder zu. Kurz darauf knallt auch die Wohnungstür.

»Scheiße«, höre ich Anke im Wohnzimmer fluchen.

Merkwürdig, ich bin ganz ruhig. Ziehe meine Hose an und stecke das Hemd hinein. Fertig angezogen, verlasse ich das Schlafzimmer. Anke sitzt auf der Couch und hat die Hände im Haar vergraben. Ihre Schultern beben ganz leicht. Vor ihr auf dem Tisch stehen die Flaschen von gestern Nacht. Ankes ist noch halbvoll. Die Bestie regt sich, streckt sich und stößt einen herzhaften Brüller aus. Ganz automatisch strecke ich meine Hand nach der Flasche aus und kippe das schale Bier herunter. Anke sieht nicht einmal auf.

»Ich geh dann mal«, sage ich. Sie bewegt sich nicht, bis die Tür hinter mir ins Schloss fällt.

Oben angekommen, stehe ich vor verschlossener Tür. Klar, meinen Schlüssel hat immer noch Mia, und die ist zu ihren Eltern gefahren. Oder? Ich lege meinen Kopf an das lackierte Holz und lausche. Von drinnen höre ich Geräusche, also ist Mia noch da. Leise klopfe ich an. »Mia?«

Die Geräusche verstummen. Ich klopfe nochmal. »Komm schon.«

Ich höre Schritte, dann öffnet sie und sieht mir kalt entgegen. Ich hatte erwartet, dass sie weinen würde oder schreien, aber ihr Gesicht ist vollkommen ausdruckslos. Sie dreht sich um und verschwindet im Schlafzimmer. Nach kurzem Zögern folge ich ihr. Auf dem Bett steht ein Koffer und Mia ist dabei, den Inhalt ihres Kleiderschrankes sorgfältig darin zu verstauen.

»Was wird das hier?«

»Ich verlasse dich, Alex.«

Natürlich tut sie das. Alles andere wäre ... verrückt. Trotzdem schlucke ich. Meine Augen brennen, meine Sicht verschwimmt. Vor ihr zu weinen ist das Letzte, was ich will. »Mia, ich brauche dich.«

»Das ist mir egal.«

Sie sieht mich nicht an, packt einfach weiter. Meine Knie zittern. Ich setze mich auf die Bettkante. »Es ist einfach passiert«, starte ich einen Erklärungsversuch. Aber alles, was mir einfällt, sind leere Phrasen, schon tausendmal gesagt von Männern auf dem ganzen Globus.

Ich war betrunken ... es tut mir leid ... es hatte nichts zu bedeuten ... eine einmalige Sache ... ich wollte dir nicht weh tun ...

Es ist sinnlos. Schweigend sehe ich ihr beim Packen zu. Irgendwann verschwindet sie im Bad. Ich höre den Spiegelschrank auf und zuklappen. Als sie wiederkommt, hat sie ein prallgefülltes Kulturtäschchen in den Händen, das sie oben auf in den Koffer legt. Dann müht sie sich mit dem

Reißverschluss ab. Der Koffer ist zum Bersten gefüllt. Ich stehe auf und helfe ihr. Wortlos tritt sie zur Seite und lässt es geschehen. Auch, dass ich den Koffer nehme und in den Flur trage. Wir gehen zum Aufzug. Mia drückt die Taste.

»Den Rest schaffe ich allein.«

»Bist du sicher? Ich kann noch mit zum Auto ...«

»Ich bin sicher. Vollkommen«, unterbricht sie mich.

Ein *Ping* verkündet die Ankunft des Aufzugs. Die Türen gleiten auseinander. Mia zieht den Trolley ins Innere.

»Kannst du mir verzeihen ... irgendwann?«, frage ich, bevor die Tür sich schließt. Mia antwortet nicht, sieht mich nicht einmal an. Dann ist sie weg.

Ich gehe in die Wohnung, setze mich von innen gegen die Tür und heule wie ein Hund.

»Es tut vielleicht weh, aber es ist das Beste für dich ... für uns.« Finger gleiten durch mein Haar und über meine Wange, streichen meine Tränen fort. »Sie hat es nie verstanden, nicht wahr? Was die Kunst für dich bedeutet.«

»Sie bedeutet mir nichts«, entgegne ich rau, obwohl ich es besser weiß. Sie bedeutet mir mehr, als ich je geahnt habe. »Aber Mia ...«

»Vergiss sie. Ich bin für dich da. Das war ich immer.« Sie nimmt mich in den Arm. Warm und tröstend fühlt sie sich an.

»Verlass mich bitte nicht. Nie wieder!« Ich klammere mich an sie.

Wie schafft sie es, dass ich sie gleichzeitig umarmen und von mir stoßen will? Dass ich sie in einem Moment hasse und im nächsten liebe?

»Nie wieder«, verspricht sie.

Ich trockne meine Tränen und stehe auf. Meine Glieder fühlen sich an wie Blei. Ich bin müde, will schlafen, aber zuerst fordert die Bestie in meinem Bauch meine volle

Aufmerksamkeit, denn die Wirkung des Biers lässt nach. Ich mache mir nicht die Mühe, zu duschen oder mich umzuziehen, sondern nehme mir etwas Kleingeld aus Leas Spardose und gehe nach unten zum Kiosk. Ich kaufe eine Flasche Wodka und trinke den ersten Schluck auf dem Nachhauseweg. In der Wohnung angekommen, sitzt die Silberne auf der Couch. Sie hat auf mich gewartet. Mir wird warm ums Herz.

»Komm her«, sagt sie und streckt die Arme aus. Ich lege mich auf die Couch und bette meinen Kopf in ihrem Schoß. Sie streicht mir über das Haar, während ich die Flasche an die Lippen setze und trinke, bis ich die Besinnung verliere.

Als ich aufwache, ist es draußen dunkel. Das Telefon klingelt. Ich stolpere durch die Finsternis auf das blaue Leuchten des Displays zu. Unbekannte Rufnummer.

»Hallo?«, krächze ich in den Hörer.

»Ähm, Alex?«

»Doro?«

»Ja. Hi. Ich wollte fragen, ob du was von Marek gehört hast.«

»Wir waren gestern zusammen aus.«

»Er geht nicht ans Telefon.«

Wen wundert's? Ich unterdrücke ein Gähnen. »Vielleicht schläft er schon.«

»Ich hab noch Sachen in der Wohnung und will nicht unangemeldet reingehen. Wenn du mit ihm sprichst, kannst du ihn dann bitten, mich zurückzurufen?«

»Klar, mach ich. Tut mir übrigens leid, das mit euch beiden.«

Sie bedankt sich und legt auf. Meine Augen haben sich an die Dunkelheit gewöhnt und ich erspähe die

Wodkaflasche neben dem Sofa. Eine kleine Pfütze ist noch drin. Ich trinke sie aus.

Antriebslos sitze ich eine Weile herum, bis ich merke, dass ich schrecklichen Hunger habe. Ein Blick in den Kühlschrank bestätigt jedoch meinen schlimmsten Verdacht. Prall gefüllt mit Sachen, die alle auf irgendeine Weise zubereitet werden müssen. Ich werfe den Kühlschrank wieder zu und schlurfe ins Bad. Höchste Zeit für eine Dusche und eine Rasur, doch ich fühle mich wie gelähmt. Wie, bitte, soll mein Leben ab jetzt aussehen? Ohne Mia und die Kinder?

Noch tropfend, steige ich aus der Dusche und gehe, ohne mich abzutrocknen, ins Schlafzimmer, wo ich wahllos Jeans und T-Shirt aus dem erschreckend leeren Schrank nehme und anziehe. Ich stecke mein Portemonnaie in die hintere Tasche, nehme meinen Schlüssel aus der Schale und verlasse die Wohnung.

Im Irish Pub angekommen, setze ich mich in eine dunkle Ecke. Die Kellnerin, die seit zehn Jahren hier arbeitet, erkennt mich nicht mehr, zu lange bin ich fort gewesen. Ich bestelle einen Burger und ein großes Guinness. Der Burger schmeckt vermutlich gut, aber ich schiebe ihn mir rein, ohne es wahrzunehmen. Dem Bier hingegen schenke ich die größere Aufmerksamkeit und bestelle gleich noch eines nach.

Als um ein Uhr morgens der Laden schließt, sitze ich immer noch an meinem Tisch. Die Kellnerin, die jetzt müde und nicht mehr freundlich aussieht, bittet mich, zu gehen.

Ich stehe auf und hangle mich an den Tischen entlang nach draußen. An einer Straßenecke übergebe ich mich. Halbverdauter Hamburger und warmes Guinness schießen mir aus Mund und Nase. Lange bleibe ich gegen eine

Hauswand gelehnt stehen. Dann stolpere ich weiter ziellos durch die menschenleeren Straßen. Bis ich merke, dass ich doch ein Ziel habe. Nachdem mir das bewusst geworden ist, werden meine Schritte fester und sicherer. Ich gehe zum Bahnhof und habe Glück. Ein Bus der Linie 10 steht für mich bereit. Ich steige ein und setze mich in die letzte Reihe, die Füße seitlich auf dem Sitz ausgestreckt. Die Fahrt in das schicke Villenviertel, in dem Mias Eltern wohnen, dauert eine halbe Stunde. Die Stirn gegen das warme, vibrierende Glas gelehnt, schlafe ich ein.

»Endstation!« Die Stimme des Busfahrers tönt blechern in mein Ohr und durchdringt meinen müden Geist. Verschlafen blinzle ich in das grelle Neonlicht im Fahrgastraum. Ich bin der letzte Passagier. Ich stehe auf und trete hinaus auf den Bürgersteig. Die Türen des Busses schließen sich hinter mir und der Motor verstummt. Ich fröstle. Es ist immerhin Oktober und ich trage nur ein T-Shirt. Bis zu Mias Eltern ist es nicht weit. Nach fünf Minuten Fußmarsch erreiche ich den freistehenden, großzügig angelegten Bungalow. Erwartungsgemäß sind alle Fenster dunkel. Das Gästezimmer, in dem Mia schläft, wenn sie hier zu Besuch ist, liegt nach hinten zum Garten raus. Während ich über den niedrigen Zaun klettere, fällt mir auf, dass ich theoretisch gerade Hausfriedensbruch begehe. Aber ist es ein Verbrechen, dass ich meine Frau zurückwill? Ich überquere die Terrasse und stelle mich auf die Zehenspitzen, um in Mias Fenster sehen zu können. Zaghaft klopfe ich an. Die Mädchen schlafen normalerweise in einem anderen Raum, trotzdem will ich nicht riskieren, jemand anderen außer Mia zu wecken. Drinnen rührt sich nichts. Ich klopfe noch einmal, diesmal etwas fester.

Was, wenn sie mich nicht sehen will? Ich schüttle den

Gedanken ab. Das ist keine Option. Ich muss ihr sagen, dass ich sie liebe, dass sie mein Leben ist. Vorher gehe ich nicht nach Hause.

Hinter dem Fenster regt sich etwas. Ich halte den Atem an. Tatsächlich, durch die dunkle Scheibe starrt mich Mia mit aufgerissenen Augen an. Dann macht sie Licht. Geblendet wende ich mich kurz ab. Das Fenster wird geöffnet.

»Alex«, flüstert sie. »Du hast mich zu Tode erschreckt.«

»Tut mir leid.«

»Was tust du hier?«

»Ich will mit dir reden.«

»Ich aber nicht mit dir.«

»Darf ich reinkommen?«

»Nein.« Sie verschränkt die Arme vor dem Körper und sieht dadurch aus wie ein mächtiger Buddha.

»Bitte! Es ist wichtig.«

»Was ist da los? Wer ist da?« Helmuts Stimme zerreißt die Stille. Dann richtet sich der Strahl einer Taschenlampe direkt in mein Gesicht. Ich hebe schützend den Arm und drehe das Gesicht weg.

»Es ist Alex, Papa.«

»Alex? Verschwinde, du Arschloch!«

»Ich muss mit Mia sprechen.«

»Es ist zwei Uhr morgens!«

»Nimm die Lampe runter«, bitte ich und verliere für einen kurzen Moment das Gleichgewicht. Um nicht zu stürzen, halte ich mich an der Fensterbank fest. Stattdessen erwische ich etwas anderes, etwas, das mir keinen Halt bietet. Ich falle auf den Hintern und reiße den Blumenkasten mit mir.

»Bist du besoffen?«, fragt Helmut. Seine Stimme ist jetzt ganz nah. Er steht über mir, mit einem Bademantel bekleidet und einer dicken Brille im Gesicht, die er sonst nicht trägt. Seine Miene drückt blanke Abscheu aus. Wenigstens hält er die Taschenlampe nun nicht mehr auf mich gerichtet.

Ich beschließe, ihn zu ignorieren. Mühsam rappele ich mich auf. »Mia! Bitte! Lass uns reden.«

»Verlass sofort mein Grundstück«, mischt sich mein Schwiegervater ein.

»Ach, halt doch die Schnauze!«, fahre ich ihn an. Es tut unendlich gut. Das wollte ich schon immer einmal machen. Helmut zuckt zusammen und weicht einen Schritt vor mir zurück.

»Alex!«, sagt Mia, die sich aus dem Fenster gelehnt hat. »Geh jetzt.«

»Nicht, bevor wir geredet haben. Ich will dir sagen, dass ich dich liebe.«

»Das hast du ja jetzt getan. Geh!«, erwidert Mia. Wie kann sie nur so ein Miststück sein?

Helmut hat sich wieder berappelt. Er kommt auf mich zu und packt meinen Arm. Ich reiße mich los und versetze ihm einen Stoß, der ihn zurücktaumeln lässt. Mia schreit entsetzt auf.

»Pack mich nicht an!«, brülle ich und schubse ihn noch einmal. Helmut landet auf seinem alten, knöchernen Hintern.

»Alex, lass ihn in Ruhe ... wir ... wir können reden, in Ordnung? Nur beruhige dich. Bitte!«

Keuchend stehe ich vor Helmut, der sich ganz klein gemacht hat. Das Bedürfnis, zuzutreten, ist übermächtig, aber ich dränge es zurück. Für Mia.

»Gut. Geht doch«, sage ich. »Ich komme zu dir rein.«

»Nein! Nein, die Mädchen schlafen. Ich komme raus.«

Sie verschwindet vom Fenster und erscheint kurz darauf auf der Terrasse. Helmut steht langsam auf und reibt sich den Steiß.

»Mia, bleib bitte im Haus«, sagt er zu seiner Tochter, ohne mich aus den Augen zu lassen.

Mia kommt entschlossen auf mich zu. »Was ist in dich gefahren?«, faucht sie mich an. Ich sehe, dass Helmut sich etwas zurückzieht, aber in der Nähe bleibt.

»Ich will doch nur reden!«, erkläre ich. Mir wird schwindlig. Ich lehne mich an die Hauswand und schließe kurz die Augen.

»Dann rede! Und dann geh, verdammt noch mal!« Ich höre, dass ihre Stimme in Tränen schwimmt. Also bin ich ihr nicht egal. Sie ist mir gegenüber nicht so kalt, wie sie tut. Sie liebt mich genauso, wie ich sie liebe.

»Wir ... wir können es schaffen, Mia. Zusammen«, sage ich und mache einen Schritt auf sie zu. Sie weicht vor mir zurück. »Was passiert ist, tut mir so leid. Ich war betrunken und durcheinander. Auf einmal war alles wieder da, all diese schrecklichen Erinnerungen an früher, an meine Kindheit. Ich wollte einfach nur vergessen. Das mit Anke hatte nichts zu bedeuten ...«

Mia lacht hart auf. »Nichts zu bedeuten? Für dich vielleicht nicht, aber für mich ...«

»Bitte komm nach Hause!« Ich höre mich erbärmlich und weinerlich an. Vielleicht war es keine gute Idee, herzukommen. Aber ich brauche sie jetzt. Damit sie mir zuhört, mich tröstet. Das war doch immer ihr Ding.

Mia bleibt hart. »War's das? Oder hast du noch mehr abgedroschene Phrasen?«

Müde schüttle ich den Kopf. »Keine Phrasen. Nur die Wahrheit.«

»Dann mache ich dir einen Vorschlag. Geh zu Anke, deinem Partyhäschen, und lass dir von ihr deine Künstlerseele tätscheln. Aber lass mich und meine Kinder in Zukunft in Ruhe!«

Sie dreht sich um, macht sich auf den Weg nach drinnen. Helmut begleitet sie.

»Es sind auch meine Kinder!«, rufe ich ihr hinterher. »Du kannst sie mir nicht wegnehmen!«

Mia dreht sich um und zeigt mir den Mittelfinger. Panik schnürt mir die Kehle zu. Sie meint es ernst. Sie will mich verlassen und mir die Mädchen wegnehmen. Ich stütze mich an der Hauswand ab, sehe zu, wie Mia und ihr Vater im Haus verschwinden und die Tür verschließen. Ich bleibe noch lange bewegungslos stehen. Irgendwann kann ich mich aufraffen zu gehen, doch als ich mich umdrehe, leuchtet mir wieder jemand mit der Taschenlampe ins Gesicht.

»Polizei, bleiben Sie stehen«, sagt eine ruhige, dunkle Stimme.

»Ich wollte gerade gehen«, höre ich mich sagen. »Kein Problem.«

»Wohl ein Problem, Freundchen. Sowas nennt man Hausfriedensbruch«, sagt eine andere Stimme, die etwas höher und jünger klingt. Und ein bisschen gehässig.

»Da drinnen ist meine Frau!« Anklagend zeige ich auf Mias Fenster.

»Ist ja gut, Kumpel«, erwidert die dunkle Stimme. »Am besten, wir fahren dich nach Hause und du schläfst dich 'ne Runde aus. Es ist ziemlich spät geworden.«

Ich schnaube verächtlich, um ihm zu zeigen, was ich von seinem pseudo-kumpelhaften Geschwafel halte. »Ihr könnt mich mal!«

Zwei Gestalten lösen sich aus der Dunkelheit und kommen auf mich zu. Sie bewegen sich langsam und umsichtig, als wäre ich ein gefährlicher Verbrecher. »Das lass ich dir nochmal durchgehen«, sagt der Ältere. »Aber noch so ein Spruch und wir nehmen dich fest.«

Ich lache bitter auf. »Ihr glaubt gar nicht, wie egal mir das ist, ihr Arschgeigen.«

Hinter dem Fenster nehme ich eine Bewegung wahr. Mia steht dort und sieht nach draußen, ein Taschentuch vor die Nase gepresst.

»Schlampe!«, brülle ich sie durch die Scheibe an. »Du hast die Polizei gerufen? Du warst das? Ich bin dein Mann, verdammt!«

Jemand prallt gegen mich und wirft mich von den Füßen. Ich schlage mit dem Gesicht auf das Pflaster, spüre ein Brennen an meiner Wange, als sich meine Haut an dem rauen Stein reibt. Ein ungeheuerliches Gewicht ruht auf meinem Rücken und presst mir die Luft aus den Lungen. Meine Arme werden nach hinten gebogen. So weit, dass ich fürchte, sie würden aus den Gelenken springen. Ich höre mich schreien.

»So, du Spinner!«, murrt der jüngere Polizist in mein Ohr. »Das war's.«

Ich werde auf die Beine gezerrt und unsanft durch den Garten und zur Straße gestoßen. Ich wehre mich nicht mehr. Das Blut rauscht heiß in meinen Ohren. Vor der Haustür stehen Mias Eltern. Helmut hat den Arm um Emilie gelegt. Warum weint sie? Ist es etwa ihr verdammtes Leben, das gerade den Bach runtergeht? Der Polizist stößt mich auf den Rücksitz des Wagens. Die Tür fällt zu. Ein automatisches Klicken verrät mir, dass ich eingeschlossen werde. Die Polizisten gehen zurück zur Haustür. Der

Ältere, ein behäbiger Mann mit grauen Schläfen, hat seinen Notizblock gezückt. Sie reden eine Weile mit meinen Schwiegereltern, dann kommen die Polizisten zurück und die Haustür schließt sich. Sie nehmen auf den Vordersitzen Platz und reden miteinander, als wäre ich nicht da. Während der Ältere fährt, beugt sich der Jüngere nach hinten und grinst mich durch das Gitter an. »Du hast Glück. Die Sonnenbergs verzichten auf eine Anzeige.«

Ich stoße zitternd die Luft aus und schließe die Augen. Bis jetzt habe ich nicht gemerkt, was für Angst ich gehabt habe. »Heißt das, ich kann gehen?«

Jetzt schüttelt er den Kopf. Sein Grinsen bekommt einen schadenfrohen Zug. »Nix da. Bleibt immer noch die Beamtenbeleidigung. Und ich glaube nicht, dass wir da eine Ausnahme machen können. Oder, Jochen?«

Jochen schüttelt langsam den Kopf. »Nee, nix zu machen, fürchte ich.«

Sie machen sich über mich lustig. Ich beiße die Zähne zusammen, um mich nicht zu einer scharfen Erwiderung hinreißen zu lassen.

»Außerdem bist du zu besoffen, um dich auf die Öffentlichkeit loszulassen.«

»Voll wie 'ne Haubitze«, kommentiert Jochen trocken.

»Eine Nacht in der Ausnüchterungszelle wird dir ganz guttun. Und ich habe deiner Frau versprochen, dass sie heute Nacht ihre Ruhe vor dir hat. Du hast ihr einen ordentlichen Schrecken eingejagt, mein Freund.«

»Sowas tut man nicht. Nicht bei einer schwangeren Frau«, sagt Jochen.

Ich lasse meinen Kopf gegen den Sitz fallen. »Das wollte ich nicht«, flüstere ich. Aber es ist zu spät für Reue. Die Polizisten lassen mich jetzt in Ruhe, reden über dies und das, während der Funk ab und zu leise knarzt und die Stadt an meinem Fenster vorbeizieht. Ich fühle mich verloren wie nie zuvor. Von einem Tag auf den anderen ist mein Leben völlig aus dem Ruder gelaufen. Wie konnte das nur passieren? Was ist bloß in mich gefahren? Und warum ist die Silberne ausgerechnet jetzt wiederaufgetaucht, nach all den Jahren?

Als hätte ich sie durch meine Zweifel heraufbeschworen, erscheint sie neben mir auf dem Rücksitz. Mit leichtem Tadel schüttelt sie den Kopf. »Mein armer, dummer Alexander. Ich bin hier, um dich zu befreien.«

»Und wovon?«, zische ich und werfe einen kurzen Blick zum Vordersitz. Die beiden Beamten sind in ein Gespräch vertieft und bekommen nichts mit.

»Von der Lüge, die du dein Leben nennst«, entgegnet die Silberne kalt. »Du weißt es. Du hast es immer gewusst.«

Einen Scheißdreck weiß ich. Ich wende mich von ihr ab und presse meine Stirn an die kühle Scheibe. Einen Scheißdreck.

Um sechs Uhr morgens stehe ich frierend, verkatert und übernächtigt vor der Polizeiwache. Ein freier Mann. Die Herren waren so freundlich, mich gehen zu lassen, bevor meine Schicht anfängt, damit ich auf der Arbeit keinen Ärger bekomme. Als käme es darauf noch an. Ob Papa Sonnenberg schon mit Valentin gesprochen hat? Falls nicht, wird er es im Laufe des Tages tun, und dann bin ich meinen Job so oder so los. Ich kratze mich an meinem unrasierten Kinn. Nach Hause ins Bett oder zur Arbeit?

Ich entschließe mich für Letzteres, um mir einen letzten Rest Würde zu bewahren. Meinen Platz hinter dem Steuer werde ich erst räumen, wenn Valentin mich rauswirft. Zum Umziehen und Duschen nach Hause zu fahren, schaffe ich natürlich nicht, sondern nehme direkt den nächsten Bus zur Zentrale.

Betty sitzt hinter ihrem Schreibtisch und ist in irgendwelche Unterlagen vertieft.

»Hey, Süße«, sage ich beim Reinkommen.

Sie sieht auf und erschrickt sichtlich. »Meine Güte, Alex. Du siehst aus, als wäre ein LKW über dich gefahren!«

»Sowas in der Art«, antworte ich und setze mich vor ihr auf den Besucherstuhl.

»Kaffee?«, fragt sie mitfühlend und steht auf, um mir welchen zu holen.

Dankbar nehme ich die Tasse entgegen und schnuppere mit geschlossenen Augen daran.

»Also, was ist passiert?«

»Mia hat mich verlassen.« Ich nippe an meinem Kaffee, während Betty um Fassung ringt.

»Aber ... wie kann sie ... ihr bekommt ein Kind!«

Das hat mich nicht davon abgehalten, unsere Babysitterin zu vögeln, will ich erwidern, aber da schneit Valentin zur Tür herein. Ich wappne mich innerlich, aber er schenkt mir nur einen kurzen Blick und ein müdes Lächeln. »Morgen, Alexander.«

»Morgen, Chef.«

Valentin verschwindet in seinem Büro. Ich erhebe mich und strecke meine Glieder. »Ich sollte loslegen.«

»Wollen wir später quatschen?«, fragt Betty. Sie sieht ehrlich besorgt aus, was mich irgendwie berührt.

»Gern.« Ich lächle sie an und sie gibt mir mein Fahrtenbuch. Gerade, als ich das Treppenhaus zur Tiefgarage betreten will, kommt Valentin wieder aus dem Büro. Jetzt. Jetzt ist es so weit.

»Alexander, warte mal.« Ich bleibe mit dem Rücken zu ihm und der Hand an der Türklinke stehen. Drehe mich langsam um. »Weißt du, was mit Marek ist?«

»Was soll mit ihm sein?«

»Er ist heute nicht zu seiner Nachtschicht gekommen.«

»Vielleicht ist er krank.«

»Dann hätte er sich gemeldet. An sein Handy geht er auch nicht.«

»Ich versuch's gleich mal bei ihm«, verspreche ich. Tatsächlich denke ich darüber nach, sogar mal bei seiner Wohnung vorbeizufahren. Einfach nicht zur Arbeit zu erscheinen, passt nicht zu Marek. Mir fällt auf, dass er sich auch bei mir nicht gemeldet hat. Und hat Doro mich nicht ebenfalls nach ihm gefragt? Sorge beginnt sich in mir zu regen. Sorge in Form eines schrillen kleinen Tons in meinem Hinterkopf.

»Danke, Alexander. Melde dich, sobald du etwas hörst.

Ich brauche ihn heute dringend zur Spätschicht. Wir haben Messewoche.«

»Notfalls springe ich ein, Chef.«

Valentin nickt nur abwesend, er scheint mich gar nicht richtig wahrzunehmen. Sonst wäre ihm aufgefallen, dass ich heute unmöglich Taxifahren kann. Noch immer schwanke ich leicht. Aber er sieht mich nicht an und so schaffe ich es unbehelligt bis zu meinem Wagen.

Als Erstes fahre ich zu Marek. Er wohnt in einem schicken Mehrfamilienhaus, ganz anders als das, das ich und meine Familie bewohnen. Bewohnt haben. Ich werde ausziehen, die Wohnung Mia und den Kindern überlassen müssen. Ob Marek mich für ein paar Tage bei sich unterschlüpfen lässt?

Als auf mein Klingeln hin tatsächlich der Türsummer ertönt, bin ich zu perplex, um zu reagieren. Erst im letzten Moment stoße ich die Haustür auf. Marek wohnt im Erdgeschoss. Doro erwartet mich in der Wohnungstür. Sie ist eine echte Schönheit. Blond und hochgewachsen. Genau Mareks Typ.

»Du hier?«, frage ich, während ich sie zur Begrüßung kurz umarme.

»Ich warte auf Marek«, entgegnet sie mit einem gequälten Lächeln und bittet mich hinein. »Seit gestern schon. Kurz, nachdem wir telefoniert haben, bin ich doch hergefahren. Da fiel mir auf, dass sein Bett gemacht war, dass er also nicht zu Hause gewesen sein kann.«

Ich nehme auf der schwarzen Ledercouch Platz. »Warum nicht?«

Doro schmunzelt. »Weil Samstag der einzige Tag in der Woche ist, an dem das Bett gemacht wird. Weil dann die Putzfrau da war. Wenn er in den letzten Nächten hier geschlafen hätte, …«

»... dann sähe es aus wie in einem Saustall«, beende ich den Satz und sehe mich um. Bis auf eine dünne Staubschicht auf dem gläsernen Wohnzimmertisch sieht es aus wie geleckt. Und Marek ist nicht gerade ein Ordnungsfanatiker.

»Du hast ihn am Samstag noch gesehen, nicht wahr?«, unterbricht Doro meine Gedanken. Sie hat sich ans Fenster gestellt und guckt nach draußen auf die Terrasse.

»Ja. Ich hatte diese Ausstellung und danach sind wir ausgegangen. Er war ziemlich fertig wegen der Sache mit dir.«

Doro sieht mich kurz an. »Ich auch.«

»Hast du es dir anders überlegt? Willst du deshalb mit ihm sprechen?«

»Wollte ich. Ja. Aber jetzt ... glaubst du, er hat jemanden kennengelernt? Eine andere Frau, meine ich?«

Langsam schüttle ich den Kopf.

»Du kannst es mir ruhig sagen, Alex. Vielleicht hat er am Samstag eine abgeschleppt. Hast du was gesehen?«

Ich stehe auf und stelle mich neben sie. Auf der Terrasse, die mit Holzfliesen abgedeckt ist und deren Herzstück ein Jacuzzi bildet, kündet das erste Laub vom herannahenden Herbst. »Nein. Er war irgendwann einfach weg«, sage ich und frage mich gleichzeitig, ob es wirklich so war. Sollte ich wissen, wo Marek steckt?

Doro seufzt und wendet sich mir zu. »Ich habe das Studium geschmissen, Alex.«

»Echt? Warum? Doch nicht wegen Marek!«

Schnell schüttelt sie den Kopf. Ihre blonden Locken fliegen hin und her. »Gott, nein! Aber, na ja, Marek hatte recht. Das ist nichts für mich. Ich hab mir was vorgemacht. Es war eine dumme Idee.«

»Finde ich nicht.«

»Doch, Alex. Ich habe mich echt bemüht, jeden Abend gelernt und so. Und trotzdem waren die anderen immer alle klüger als ich.«

Sie wendet sich ab. Ich bin seltsam enttäuscht von ihr. Hatte gehofft, dass sie es schafft. Wenigstens einer von uns.

»Ich muss wieder los«, erkläre ich ihr zögernd. Eigentlich will ich sie nicht allein lassen. Sie sieht so traurig aus. »Ich bin im Dienst.«

»Oh. Ja, klar. Lass dich nicht aufhalten.«

»Melde dich, wenn Marek aufkreuzt.«

»Dito.«

Ich gebe ihr einen Kuss auf die Wange und gehe zurück zum Wagen. Ein Blick auf das Display meines Handys verrät mir, dass Valentin versucht hat, mich zu erreichen.

»Scheiße«, murmle ich. Selbst wenn er noch nichts von meinem Rückfall weiß, gäbe ihm die Tatsache, dass ich kurz nach Dienstantritt nicht den Funk abhöre, Kündigungsgrund genug, wenn er es darauf anlegt. Und das tut er.

Ich wähle die Nummer der Zentrale und dazu Valentins Durchwahl. Nach dem ersten Klingeln hebt er ab. »Alex, wo treibst du dich herum?«

»Hab nach Marek gesehen«, antworte ich wahrheitsgemäß. »Lag auf dem Weg und da ich ihn nicht erreicht habe …«

»Und?«

»Liegt krank im Bett«, lüge ich.

»Ich habe einen Anruf von deinem Schwiegervater erhalten«, sagt Valentin ohne Überleitung.

Obwohl ich darauf vorbereitet war, trifft es mich wie ein Schlag in die Magengrube. Habe ich wirklich gehofft, Mia würde vor ihrem Vater für mich in die Bresche springen und ihn davon abhalten?

»Ich will, dass du sofort zurück zur Zentrale kommst.«

»Ich habe gerade 'ne Tour, Chef«, sage ich, um Zeit zu schinden. Ich sehe förmlich, wie er die Hände ringt.

»Dann komm eben danach.«

»In Ordnung.« Ich lege auf und vergrabe meinen Kopf in den Händen. »Scheiße, Scheiße, Scheiße!« Dann fahre ich los, ziellos durch die Stadt, Funkgerät und Handy ausgeschaltet. Ich lande vor dem »Kerker«, der natürlich um diese Zeit geschlossen ist. Trotzdem stelle ich den Wagen im Halteverbot ab und steige aus. Die Tür zum Club ist nicht geschlossen. Ich stoße sie auf, rieche kalte Zigarettenluft und Reinigungsmittel. Von unten ertönt leise Musik und ein Staubsauger. Im Foyer, gleich neben der Garderobe, ist eine Tür mit der Aufschrift »Büro«.

Ich klopfe an. Eine heisere Stimme ruft: »Herein.«

Hinter einem schicken, aber heillos überladenen Schreibtisch sitzt ein bulliger Mann mit verlebtem Gesicht. Fragend sieht er mir entgegen.

»Entschuldigung, dass ich so reinplatze.« Was tue ich hier eigentlich? »Ich war am Samstag mit einem Freund hier zu Besuch ...«

»Fundstücke bewahren wir an der Garderobe auf«, unterbricht er mich und senkt seinen Blick wieder auf die vor ihm liegende Liste.

»Nein, nein. Ich habe nichts verloren. Oder doch ...«

Der Mann seufzt und ein genervter Blick über hängenden Tränensäcken trifft mich. »Was willst du?«

»Mein Freund ist seit Samstag verschwunden. Er geht nicht ans Handy, ist nicht in seiner Wohnung ...«

Er unterbricht mich, seine Miene hat sich feindselig verschlossen. »Hör zu, ich hab keine Ahnung, wo dein Liebchen ist, du Schwuchtel. Oder glaubst du, ich achte auf jeden, der hier samstagabends rein oder raus spaziert?«

»Ich, nein ... schon gut.« Ich mache unter seinem eisigen Blick einen Schritt rückwärts. Ich bin gut in Form und durch das regelmäßige Boxtraining auch in der Lage, auszuteilen. Aber der Kerl hat Schultern wie ein Kleiderschrank und jede Faser meines Körpers schreit nach Alkohol. Keine Ahnung, was ich mir von dem Besuch versprochen habe, aber jetzt stürze ich beinahe rückwärts zur Tür raus. »Entschuldigen Sie die Störung«, murmle ich dabei.

Draußen auf der Straße atme ich tief durch. In der kurzen Zeit, die ich im Club war, habe ich es doch tatsächlich geschafft, ein Knöllchen zu kassieren. Ich zupfe es von der Windschutzscheibe und lasse es zu Boden segeln. Ist nicht mehr mein Problem. Nachdenklich sehe ich hinüber zu der Autowaschanlage. Auf dem Parkplatz, der vorletzte Nacht so verwaist gewirkt hat, herrscht heute Morgen Hochbetrieb. Das Grundstück der Anlage grenzt an einen dicht bewaldeten Grünstreifen. Dahinter schlängelt sich der Fluss, der die Stadt in zwei Hälften teilt und am Stadtrand in einem kleinen Naherholungsgebiet mit Stausee mündet. Was habe ich vorletzte Nacht da drüben gemacht? Ich hatte gehofft, dass meine Erinnerungen zurückkehren würden, wenn ich selbst zurückkehre – aber Fehlanzeige. Da ist nichts. Nur bedrückende Dunkelheit und die Schreie meiner Mutter. Kein Wunder, dass meine Pflegemutter mir nie etwas davon erzählt hat. Fröstelnd ziehe ich die Schultern hoch. Ich sollte langsam gehen, bevor Valentin die Polizei ruft. Auf noch ein Zusammentreffen mit denen bin ich wirklich nicht scharf.

Am Supermarkt halte ich an und kaufe mir Nachschub. Ein paar von den kleinen Flaschen, die sie an der Kasse aufbewahren. Wodka Gorbatschow, Jim Beam, Weizenkorn und sogar eine von diesem ekelhaften Kirschwasser, zur Abwechslung. Noch auf dem Parkplatz leere ich die erste Flasche, ohne überhaupt auf das Etikett zu sehen. Es ist mir egal, was ich da trinke. Hauptsache es wirkt. Und das tut es. Als der Alkohol meinen Körper durchströmt, fühle ich mich sofort besser. Wie habe ich nur in den vergangenen Jahren ohne ihn leben können? Überleben können? Ich weiß, wenn ich auf diesem Weg bleibe, gibt es kein Zurück. Nochmal bringe ich nicht die Kraft auf, trocken zu werden und vor allem, es zu bleiben. Aber will ich das überhaupt? Jetzt, da ich die Wahrheit kenne und Mia weg ist? Selbst Marek hat sich verdrückt. Scheiße!

Ich quetsche mich hinter das Steuer und leere die zweite Flasche, starte den Wagen und mache mich auf den Weg zu Valentin, um meine Kündigung entgegenzunehmen.

In der Zentrale erwartet Betty mich. Nervös kaut sie auf ihrer Unterlippe herum. »Wo warst du? Valentin ist drauf und dran, die Polizei zu rufen!«

Ich winke grinsend ab und bemühe mich nicht, mein Schwanken zu verbergen.

»Bist du betrunken?«

»Und ob, Süße!«

Valentin platzt aus seinem Büro, die Lippen zu einem zornigen Strich zusammengepresst und die Stirn tief zerfurcht. »In mein Büro«, sagt er knapp. Ich folge ihm achselzuckend.

»Helmut Sonnenberg hat mir erzählt, was letzte Nacht passiert ist«, sagt er, sobald ich die Tür hinter uns geschlossen habe.

»Was ist seiner Meinung nach denn passiert, *Chef*?«

»Du bist auf sein Grundstück eingedrungen, hast seine Tochter belästigt und ihn niedergeschlagen, bevor die

Polizei dich abführen konnte!«, poltert er los.

Ich zucke ob der Lautstärke seiner Stimme überrascht zusammen. »Was ich in meiner Freizeit mache, ist ja wohl meine Sache.«

»Nicht, wenn es gegen deinen Vertrag verstößt.« Er knallt ein Schreiben vor mir auf den Tisch, das ich schon beinahe vergessen habe. Es verpflichtet mich zu regelmäßigen Alkohol- und Drogentests. Lange her, seit ich zum letzten Mal in das Röhrchen geblasen habe.

»Du willst einen Test?« Ich beuge mich zu ihm vor, bringe mein Gesicht über den Schreibtisch so nah wie möglich an seines. »Kannst du haben.« Ich hole tief Luft und puste ihm langsam und gleichmäßig meinen Atem ins Gesicht. »Prost, Chef.«

Dann knalle ich meine Autoschlüssel auf seinen Schreibtisch und stampfe aus dem Büro.

»Ciao, Betty!«, rufe ich über die Schulter, ohne sie anzusehen, bevor ich die Tür des Haupteingangs aufstoße.

Seltsam. Ich habe die Kontrolle über meine Sucht verloren, meine Frau hat mich verlassen und meinen Job bin ich auch los. Und trotzdem fühle ich mich nicht annähernd so schlecht, wie ich sollte. Beinahe fühlt es sich sogar gut an.

»Das ist der Duft der Freiheit, Baby!« Die Silberne schlendert neben mir her, hakt sich bei mir unter, als wären wir ein altes Ehepaar.

Nachdenklich blicke ich sie von der Seite an. »Ich erinnere mich jetzt an dich. Warum hast du es mir nicht gesagt?«

Sie zuckt mit den Schultern. »Du hättest mir nicht geglaubt. Du bist zu gut darin, dich selbst zu verleugnen.«

Vermutlich hat sie recht. »Warum bist du damals verschwunden?«

»Die Frage sollte lauten: Warum kannst du mich jetzt wieder sehen?«

Sie lächelt ihr umwerfend geheimnisvolles Lächeln. Ist sie schon immer so sexy, so zynisch und boshaft gewesen? Nein, früher war sie anders. Früher war *ich* anders. Ich denke über ihre Frage nach. Die Antwort liegt auf der Hand. Sie ist meine Muse. Ich brauche sie.

»Und was mach ich jetzt?«, frage ich sie.

Sie zieht tief die frische Luft ein und blinzelt in die Sonne. »Was immer du willst.«

Da fällt mir ein, dass ich Thomas Cohn anrufen sollte, wegen der Ausstellung. »Vielleicht werde ich Künstler. Hauptberuflich, meine ich.«

Die Silberne lächelt stolz. »Jedenfalls wird dich jetzt niemand mehr davon abhalten.«

»Und als Künstler stört es keinen, dass man säuft«, überlege ich laut und werde von einer Spaziergängerin mit Hund schräg angeguckt.

Die Silberne verschwindet ebenso plötzlich, wie sie aufgetaucht ist und wie ich es von ihr gewohnt bin.

Im Flur meines Wohnhauses kommt mir Anke entgegen. Sie hat einen Hausanzug aus rosafarbenem Nickistoff an und hat die Haare zu einem unordentlichen Knäuel hochgesteckt. Auf der Hüfte trägt sie einen Korb mit Wäsche. Ich sehe den schwarzen Slip, den sie Samstagnacht getragen hat. Die Begegnung scheint ihr unangenehm zu sein, denn sie weicht meinem Blick aus.

»Hallo Alex. Wie geht's?«

»Geht so«, antworte ich, bemüht, mir meinen betrunkenen Zustand nicht anmerken zu lassen. Befangenes Schweigen breitet sich zwischen uns aus. Ich lächle sie hilflos an und hebe die Hand. »Also dann …«

Als ich mich an ihr vorbei quetschen will, hält sie mich auf. »Warte mal … was ist mit Mia und dir?«

»Es gibt kein Mia und ich mehr.«

»Scheiße. Das … das tut mir leid.«

»Muss es nicht. War nicht deine Schuld. Es war schon vorher seltsam zwischen uns.«

»Wenn dir mal nach Reden ist …« Ihr Blick verrät, dass sie mir auch dann die Tür öffnen wird, wenn mir nicht nach Reden ist.

»Klar. Danke«, murmle ich und gehe nach oben.

Ich habe die Wohnung seit drei Tagen nicht verlassen. An dem Tag, als Valentin mich rausgeworfen hat, bin ich abends nochmal los, hab mich mit Tiefkühlkost, Zigaretten, Schnaps und Zeichenutensilien eingedeckt, Telefon und Handy ausgeschaltet und die Musik aufgedreht. Dann habe ich angefangen, zu zeichnen und mich zu betrinken, und seither nicht mehr damit aufgehört. Der Duft der Freiheit, Baby.

Die Türklingel ist der Spielverderber, der mich aus meinem selbstgeschaffenen Garten Eden herausholt. Ich öffne meine entzündeten, verquollenen Augen einen Spaltbreit, als es zum ersten Mal schrillt, ziehe die Wolldecke über den Kopf und beschließe, es zu ignorieren. Ein paar Mal klingelt es noch, dann gibt, wer auch immer mich besuchen wollte, auf. Meine Hand tastet nach der auf dem Wohnzimmertisch stehenden Flasche. Halbsitzend trinke ich einen Schluck und lasse meinen Blick durch den Raum schweifen. Überall Zeichnungen der Silbernen, aber auch andere. Düster, beklemmend. Ich sehe weg. Wie spät mag es sein? Draußen ist es hell, aber die Sonne steht schon tief. Später Nachmittag. Plötzlich klopft es an der Tür. Ich verdrehe stöhnend die Augen.

»Keiner da!«, rufe ich. Meine Stimme klingt heiser, weil ich sie seit Tagen nicht benutzt habe. Nicht einmal mit der Silbernen habe ich gesprochen. Ich habe das Gefühl, dass wir keine Worte mehr brauchen, dass alles gesagt ist. Es fühlt sich gut an, einfach zu *sein*.

»Herr Sonnenberg? Hier ist die Polizei. Bitte öffnen Sie die Tür.«

Polizei? Was wollen die denn schon wieder von mir?

Widerstrebend stehe ich auf und hangle mich an der Wand entlang in den Flur. Die Tür öffne ich nur einen Spaltbreit und sehe argwöhnisch nach draußen. Da stehen zwei Männer im Flur und strecken mir ihre Dienstausweise entgegen.

»Ihr tragt ja gar keine Uniformen.«

»Bei der Kripo gehen wir normalerweise in Zivil«, erklärt der weiter vorn stehende Polizist. Er ist vielleicht Mitte Vierzig, hochgewachsen und schlank. Der dahinter ist etwas jünger. Ziemlich jung, um genau zu sein. Höchstens Mitte zwanzig. Trotzdem mustert er mich direkt und unverhohlen und sein arroganter Blick spricht Bände. Arschloch.

»Kripo?«, wiederhole ich langsam.

»Dürfen wir reinkommen?« Ich öffne die Tür ganz und sehe zu, wie die beiden Männer in den Flur treten und sich interessiert umsehen. Natürlich bemerken sie den Müll, die leeren Flaschen und den Gestank, aber sie lassen es sich nicht anmerken. Wir setzen uns auf die Couch. »Ich würde Ihnen ja 'nen Kaffee anbieten, aber ich hab leider keinen da«, sage ich. Der Ältere winkt höflich ab.

»Ich bin Hauptkommissar Meyer. Das ist mein Kollege Hagenberg.« Der Junge nickt ausdruckslos. »Wir haben ein paar Fragen an Sie.«

Ich sage nichts, warte gespannt.

»Sind Sie bekannt mit Herrn Marek Wójcik?«

Ich schlucke und richte meine Aufmerksamkeit auf die Wodkaflasche auf dem Tisch. Zu gern würde ich jetzt einen Schluck trinken. »Ist ihm etwas zugestoßen?«

»Wie kommen Sie darauf?«

Der Jüngere zückt einen Notizblock und schreibt etwas darauf. Meyer mustert mich intensiv.

»Ich weiß nicht ... nur, dass die Kripo auf meiner Couch sitzt und mir Fragen stellt. Und das muss doch etwas bedeuten, oder? Hab seit Tagen nichts von Marek gehört oder gesehen.«

»Ihr Handy ist ja auch ausgeschaltet.«

Ich greife nach den Zigaretten und stecke mir eine an. »Stimmt.«

Hagenberg kritzelt eifrig auf seinen Block.

»Seine Freundin Dorothea Meyberg hat ihn als vermisst gemeldet. Sie sagt, sie seien eventuell der Letzte, der Herrn Wójcik am Samstag gesehen hat.«

»Möglich. Wir waren ziemlich betrunken. Irgendwann war Marek einfach weg. Er hatte sich mit Doro gestritten und ich dachte, er wäre vielleicht zu ihr gefahren, um sich zu versöhnen.«

Das Kratzen des Kulis ist für ein paar Sekunden das einzige Geräusch, bevor Meyer fortfährt. »Was ist mit Ihrem Gesicht passiert?«

Dort, wo ich in jener Nacht im Garten der Sonnenbergs den Asphalt geküsst habe, ist ein blauer Fleck zurückgeblieben.

»Ein Sturz, nichts weiter.« Vergeblich suche ich den Aschenbecher. Aber in dem Chaos kann ich ihn nirgends ausmachen und schnippe deshalb die Asche auf den Fußboden. So langsam wird mir diese Befragung unangenehm. »Gibt es irgendwelche Hinweise, denen Sie nachgehen?«

Meyer erwidert meinen Blick ruhig und kalt. »Es gibt eine Videoaufnahme von der Überwachungskamera des Clubs, in dem sie an jenem Abend waren, die Sie und Herrn Wójcik zeigt, wie sie gegen Mitternacht gemeinsam das Gebäude verlassen. Das Material lässt den Schluss zu, dass sie wegen irgendetwas streiten. Zwei Stunden und siebenunddreißig Minuten später kommen Sie, Herr Sonnenberg, wieder rein. Allein.«

Ich schweige. In meinem Hinterkopf beginnt erneut die Alarmglocke zu schrillen, dieses Gefühl, dass da etwas ist, das ich unbedingt wissen, an das ich mich dringend erinnern müsste.

»Was haben Sie in diesen zwei Stunden und siebenunddreißig Minuten gemacht, Herr Sonnenberg?«

Ich spüre, wie mir das Blut aus dem Gesicht weicht, und fahre mit der Hand über meinen trockenen Mund und mein bärtiges Kinn. Die Blicke der Polizisten brennen auf meiner Haut, analysieren, sezieren jede Gefühlsregung. »Ich kann mich nicht erinnern«, gestehe ich, obwohl ich wohl besser die Klappe halten und einen Anwalt anrufen sollte. »Sie glauben doch nicht, dass ich was damit zu tun habe?«

»Im Augenblick glauben wir noch gar nichts«, unterbricht Meyer, dieser Lügner, mich. »Herr Wójcik gilt als vermisst, es liegt kein Verbrechen vor. Noch nicht.« Sein Blick durchdringt mich. »Weswegen haben Sie und Herr Wójcik sich gestritten?«

»Ich weiß es nicht! Vielleicht wegen Mia ... meiner Frau ... ich habe Scheiße gebaut und sie hat ...« Aber nein, das ist doch später gewesen. Danach. Aber trotzdem werde ich das Gefühl nicht los, dass es was mit Mia zu tun hat. Ich halte mich verzweifelt daran fest, will es nicht verlieren. Muss herausfinden, was passiert ist!

»Hat was?«, bohrt Meyer nach, als ich nicht weiterspreche.

»Nichts. Wie gesagt, ich kann mich an keinen Streit erinnern.«

Meyer seufzt schwer, steht auf und wischt sich unauffällig über den Hosenboden. Hagenberg verstaut seinen

206

Block und erhebt sich ebenfalls. »Melden Sie sich bitte, sobald Sie etwas von ihrem Freund hören. Und halten Sie sich für weitere Fragen bereit, Herr Sonnenberg.«

Keiner von beiden schüttelt mir zum Abschied die Hand, aber Meyer steckt mir seine Visitenkarte zu. »Falls Ihnen doch noch etwas einfällt«, sagt er. Naserümpfend sieht er sich um. »Sie sollten mal wieder aufräumen.«

»Und lüften!«, wirft Hagenberg ein. Die ersten Worte, die er mit mir spricht. Als sich die Tür hinter ihnen schließt, zittere ich am ganzen Körper. Sofort suche ich nach meinem Handy und finde es in der Jeans, die ich vor drei Tagen getragen habe. Beim Einschalten erwarten mich unzählige unbeantwortete Anrufe und ein paar SMS. Aber keine von Marek. Eine der Nummern ist mir unbekannt. Ich drücke die Rückruftaste.

»Alex?« Es ist Doro.

»Ja.«

»*Was hast du mit Marek gemacht?!*«, schreit sie in den Hörer. Ich klammere meine Finger um das Gerät.

»Doro, bitte glaub mir, dass ich nichts damit zu tun habe!«

»Aber du warst mit ihm weg! Ihr habt euch gestritten! Er ... er würde doch niemals einfach so ...«

Weinend bricht sie ab. Ein paar Sekunden höre ich zu, wie sie ins Telefon schluchzt.

»Es wird ihm schon nichts passiert sein«, stammle ich, aber es klingt hohl und falsch. Denn ich weiß es besser. Mein Körper weiß es besser. Dieser schwitzende, zitternde, vor Angst pulsierende Körper. Doro legt auf, ohne zu antworten.

Rastlos streife ich in der Wohnung auf und ab. Wenn ich mich doch bloß an diese verdammte Nacht erinnern könnte!

Blut, Blut, Blut und brechende Knochen.

Eiskalt überläuft es mich bei diesem Gedanken, diesen Bildern, die mich seit Tagen heimsuchen. Ich bemerke die Anwesenheit der Silbernen, noch bevor ich sie sehe.

»Wo ist Marek? Was ist mit ihm passiert?«, brülle ich sie an.

Als sie nicht reagiert, nehme ich mir eine leere Wodkaflasche vom Tisch und schlage sie in meiner Wut gegen die Kante. Glas splittert und rieselt glitzernd auf den Teppich. Die Silberne zuckt nicht einmal, aber der Blick, mit dem sie mich bedenkt, sagt alles.

»Da hast du deine Antwort.« Dann ist sie wieder fort.

Keuchend stehe ich mitten in meiner leeren, vermüllten Wohnung, die zerbrochene Flasche in einer drohenden Geste erhoben. Da habe ich meine Antwort. Angewidert lasse ich die Flasche los. Mit einem dumpfen Geräusch fällt sie auf den Teppich. Ich sinke daneben auf den Boden und weine, während das Glas sich durch die Jeans in meine Knie bohrt.

Der Tag ist beinahe vorbei, als ich endlich aufstehe und anfange, die Scherben aufzuräumen. Da fällt mir etwas ein. Ich springe auf und renne ins Schlafzimmer, in dem es nicht besser aussieht als im Rest der Wohnung. Ich wühle mich durch einen Haufen Schmutzwäsche und finde das Hemd, das ich am Abend der Ausstellung getragen habe. Mein Herz klopft laut und verräterisch, während ich die Blutstropfen darauf betrachte. Mareks Blut?

Nein, das kann nicht sein. Das darf nicht sein. Müsste ich mich nicht daran erinnern, wenn ich meinem besten, meinem einzigen Freund etwas angetan hätte? Und vor allem – warum hätte ich so etwas tun sollen?

So ganz kann ich nicht an meine Unschuld glauben. Und sicher ist sicher, also gehe ich mit dem Hemd in der Hand ins Bad und wühle mich durch den Putzmittelschrank. Die Gallseife finde ich ganz hinten. Wie ein Besessener beginne ich, die Flecken aus dem Hemd zu schrubben, aber ich bekomme sie nicht heraus. Ratlos schaue ich auf den nassen Stoff, auf dem das Blut wie verschmierte Rosenblüten auf den Ärmeln und am Kragen zu sehen ist. Mia hätte sicher gewusst, wie man sowas herausbekommt. Wenn die Polizei zurückkommt, um meine Wohnung zu durchsuchen, und das hier findet, dann bin ich geliefert. Kurzerhand stopfe ich das Hemd in die Waschmaschine, gebe einen guten Schuss Waschmittel in das Schubfach und stelle die Temperatur auf neunzig Grad. Während die Trommel sich rhythmisch dreht, werfe ich einen vorsichtigen Blick in den Spiegel. Ich sehe aus wie ein Penner. Unrasiert, ungekämmt, ungewaschen. Mit roten Rändern unter den Augen und einem fleckigen T-Shirt bekleidet. Kein Wunder, dass die Polizei die Nase rümpft. So wie ich herumlaufe, mache ich mich per se verdächtig. Ich ziehe mich aus und stelle mich unter die heiße Dusche. Während ich meinen ganzen Körper beinahe pedantisch einseife und abschrubbe, fange ich an, mich wieder wie ein Mensch zu fühlen. Ein Mensch mit großen Problemen.

Ich will mit jemandem reden. Nicht mit der Silbernen, denn mir ist nun klar, dass ich mich mit ihr nur im Kreis drehen werde. Mit meinen weltlichen Sorgen hat sie nichts am Hut. Kurz denke ich an Anke, aber Anke und ich haben nichts gemeinsam. Jedes Mal, wenn ich die Mädchen bei ihr abgeholt habe, zogen sich die paar Minuten, die ich mit Anke im Türrahmen gestanden und darauf gewartet habe, dass Lea und Klara mit Aufräumen fertig wurden, wie

Kaugummi. Der einzige Mensch, mit dem ich tatsächlich reden will, ist Marek. Die Einsamkeit packt mich mit einer Heftigkeit, die mir den Magen zuschnürt. Ich stütze mich an den nassen Fliesen ab, um mich nicht unter der Dusche zu einer Kugel zusammenzukrümmen und nie wieder aufzustehen. Irgendwann spuckt der Boiler nur noch kaltes Wasser aus und ich raffe meine müden Glieder aus der Dusche. Ich schaffe es sogar, mich zu rasieren, ohne mich zu schneiden, obwohl meine Hände zittern wie Espenlaub. Danach putze ich mir die Zähne und betrachte mein Spiegelbild erneut. Ein trauriges, müdes Gesicht sieht mir entgegen. Nackt und blass. Vielleicht hätte ich den Bart lieber stehen lassen sollen.

Ich gehe ins Schlafzimmer und ziehe mich an. Auf der Bettkante sitzend, starre ich auf mein Handy. Soll ich Mia anrufen? Immerhin sind ein paar Tage vergangen, seit ... na ja, ich mich wie ein Neandertaler aufgeführt habe. Vielleicht ist sie jetzt bereit, mit mir zu reden? Ich könnte sie bitten, mich die Mädchen sehen zu lassen. Wir könnten gemeinsam einen Spaziergang machen. Ein Treffen auf neutralem Boden. Ein Mann und eine Frau, die mit ihren Kindern zum Spielplatz gehen. Was hat sie schon zu verlieren? Was habe ich schon zu verlieren?

Trotzdem schaffe ich es nicht, ihre Nummer zu wählen. Stattdessen klicke ich mich durch die eingegangenen SMS. Doro hauptsächlich, die wissen will, ob ich inzwischen Marek erreicht habe. Eine von Cohn, der sich darüber beschwert, dass ich wie vom Erdboden verschwunden sei. Dann bleibt mein Herz beinahe stehen. Eine von Mia.

Hab dir auf die Mailbox gesprochen. Ruf mich an.

Ich wähle die Nummer der Mailbox und kann es kaum erwarten, ihre Stimme zu hören.

»Alex, hier ist Mia«, sagt sie ein wenig hölzern, fast geschäftsmäßig. »Ich muss mit dir reden, ich war gestern beim Anwalt ...«

Beim Anwalt? Es entsteht eine kleine Pause. Offenbar überlegt sie, was sie sagen soll.

»Ich kann nicht ewig bei meinen Eltern bleiben ... du solltest dir eine Wohnung suchen oder ein paar Tage bei Marek unterkommen, damit ich mit den Zwillingen zurück nach Hause kann. Ok, also ... ruf mich bitte an.«

Das ist alles. Kein »Wie geht es dir?« oder »Ich vermisse dich.«

Sie will nicht mit mir reden. Sie will bloß, dass ich meinen Arsch aus unserer, aus *ihrer* Wohnung schwinge. Ich schleudere mein Handy aufs Bett. Dann berapple ich mich und beschließe, Mia besuchen zu fahren. Sie soll nicht glauben, dass ich sie kampflos aufgeben werde oder mich mit einem Telefonat über Anwälte, Trennung und Besuchszeiten abspeisen lasse. Ich habe einen Fehler gemacht, okay! Einen Riesenfehler oder auch zwei. Aber auch sie ist nicht frei davon.

Im Wohnzimmer suche ich nach meiner Geldbörse. Mein Blick schweift über die unzähligen Bilder, die ich wie im Wahn Tag und Nacht gezeichnet habe. Dazwischen glitzern die Glassplitter der zertrümmerten Wodkaflasche. Die Zeichnungen sind allesamt hastig hingeworfen. Fahrig, schlampig, gehetzt. Unfassbar gut. Cohn wird begeistert sein. Ich finde meine Geldbörse unter einem Portrait der Zwillinge. Sie haben sich so sehr verändert. Auch wenn sie nicht eineiig sind, ähneln sie sich doch sehr. Die dunklen Haare habe ich in seitlich abstehenden Zöpfchen gezeichnet, so wie Mia sie oft flechtet. Ihre Augen stehen leicht schräg nach oben, zusammen mit den hohen

Wangenknochen wirken sie beinahe exotisch. Fremd. Meine Hände beginnen zu zittern. Es ist lange her, seit ich sie zuletzt so intensiv angesehen habe.

»Wann hast du sie überhaupt jemals richtig angesehen?«, fragt die Silberne. Sie ist hinter mir. Ihr Atem bläst über meinen Nacken. Ich schaudere.

»Was redest du da? Es sind meine Kinder, ich sehe sie ständig an.«

Aber das ist nicht wahr. Sie weiß es und ich weiß es. Ich schmücke mich mit ihnen. Weil ich mein Leben allein ihnen und Mia verdanke. Aber ich sehe sie nicht an. Nicht mehr, seit ich aufgehört habe, sie zu zeichnen.

Brüsk lege ich die Zeichnung ab und entdecke darunter noch mehr. Sogar ein paar von Marek! Ich habe Marek gezeichnet? Das habe ich noch nie getan! Meine Erinnerungen an die vergangenen Tage sind fast ebenso ausgelöscht wie die an jene Nacht im Club. Wenn ich zurückdenke, sind da nur Empfindungen. Dunkelheit, Verzweiflung. Angst. Tränen. Wodka. Mareks Augen sind auf mich gerichtet. Ein stummer Vorwurf darin. Ich schiebe alles zur Seite. Besser, es bleibt dort.

Bevor ich das Haus verlasse, klopfe ich bei Anke, die zum Glück zu Hause ist. Wo sollte sie auch sonst sein? Etwa in der Uni?

Sie strahlt und bittet mich hinein. Ich will schon ablehnen, aber dann fällt mir ein, dass das, was ich zu besprechen habe, vielleicht kein besonders gutes Thema für den Hausflur ist. Also folge ich ihrer Bitte und setze mich an den Rand der Couch. Etwas befangen starre ich auf den Wohnzimmertisch, der mit kitschiger Herbstdekoration überladen ist.

»Willst du einen Kaffee?«, fragt Anke, während sie schon Wasser in die Maschine füllt.

»Gern.«

Ich warte, bis sie fertig ist und sich zu mir setzt.

»Und?«, fragt sie mit mitfühlender Miene. Ich erinnere mich, dass sie Psychologie studiert, und erwarte beinahe, dass sie meine Hand ergreift. Vorsichtshalber verstecke ich meine Finger unter dem Hosenboden.

»Marek gilt seit Samstag als vermisst. Die Polizei war eben bei mir und hat mich dazu befragt. Vermutlich kommen Sie auch noch zu dir.«

Ihre Gesichtszüge entgleisen ganz kurz, dann findet sie ihre Fassung wieder. »Sie ... sie waren schon da. Sind vor einer Stunde weg. Aber ich weiß nichts. Kenne ihn ja kaum.« Sie räuspert sich verlegen.

»Weißt du wirklich nichts?«, hake ich nach.

»Was sollte ich denn wissen?« Hilflos hebt sie die Arme. Die Kaffeemaschine stottert und schlürft, dann verstummt sie. Anke steht auf und kehrt mit zwei vollen, dampfenden Tassen zu mir zurück.

»Nimmst du Milch? Zucker?«

Ich schüttle den Kopf. »Wusstest du, dass ich und Marek zusammen rausgegangen sind?«

»Ja, das hab ich auch der Polizei erzählt.« Sie nimmt ihre Tasse in beide Hände und pustet hinein. »Zuerst haben Marek und ich getanzt und du hast nur rumgesessen. Marek sagte, dass er sich Sorgen um dich mache. Dann ist er zu dir gegangen und ihr habt eine Weile geredet.«

»Weißt du, worüber?«

Sie bedenkt mich mit einem befremdeten Blick. »Du kannst dich echt an nichts erinnern? Ich weiß nicht, worüber ihr geredet habt. Ich habe in der Zwischenzeit weiter getanzt, aber ihr habt sehr ernst gewirkt. Und dann ...« Sie kaut auf ihrer Unterlippe und runzelt die Stirn.

»Was dann?«

»Marek hat auf dich eingeredet, er wirkte sehr aufgebracht. Dann seid ihr beide aufgestanden und rausgegangen. Marek vorneweg, du hinterher.«

»Und als ich wiederkam?«

Sie zuckte mit den Achseln. »Das war ewig später. Du warst total betrunken und irgendwie abwesend. Bis ... na ja.« Sie senkt die Lider und lächelt vielsagend.

Meine Gedanken wandern zurück zu der Nacht im Club, klammern sich an alles, dessen sie habhaft werden können. Viel ist es nicht. Aber die Alarmglocke schrillt immer noch. Wir haben uns gestritten. Ich habe ihn gezeichnet. Auf meinem Hemd klebt Blut.

Blut, Blut, Blut und brechende Knochen.

Mir wird schlecht. Ich springe auf und stoße gegen den Tisch. Heiße, schwarze Brühe ergießt sich über das Dekodeckchen und tropft auf den Laminatboden.

»Tut mir leid. Ich ... muss los.«

Ich fliehe aus der Wohnung und werfe die Tür hinter mir zu. Dann bin ich die Treppe runter, stürze beinahe und kotze in den Vorgarten.

Es gibt nur eine Erklärung für Mareks Verschwinden und das Blut. Ich habe ihm etwas angetan. Ich habe meinen besten Freund ermordet.

Es zieht mich zu Mia. Ich brauche sie jetzt. Ihre Unterstützung, ihren Verstand. Mir ist klar, dass sich der Verdacht gegen mich verhärten wird. Sie werden nach Marek suchen und irgendwann werden sie ihn auch finden. Scheiße, ich brauche einen Anwalt!

Unruhig rutsche ich auf dem Velourpolster meines Sitzes im Bus hin und her.

Warum? Warum sollte ich so etwas Schreckliches getan haben? Marek ist mein Freund. Ich liebe diesen Scheißkerl! Der Gedanke, dass er tot sein könnte, treibt mir die Tränen in die Augen. Ich beiße mir auf die Zunge, um sie zurückzudrängen. Im Bus zu heulen und so die Aufmerksamkeit der anderen Fahrgäste auf mich zu ziehen, ist das Letzte, was ich will.

Der Bus hält in der Straße der Sonnenbergs. Ich steige aus und lege den Weg zu Mias Elternhaus im Laufschritt zurück, zitternd und schwitzend gleichzeitig. Beinahe nüchtern. Ich hoffe bloß, dass Mia die Tür öffnet und nicht ihre Eltern, denn die lassen mich mit Sicherheit nicht zu ihr. Guten Mutes stelle ich fest, dass unser Volvo in der Einfahrt steht, Helmuts Mercedes aber nicht. Im Haus ist es dunkel. Auf mein Klingeln hin rührt sich nichts. Sie muss einfach zu Hause sein!

»Papa!«, ruft es hinter mir. Ich drehe mich um. Lea fliegt auf mich zu und Klara folgt ihr auf dem Fuße. Ich schließe die beiden in die Arme, atme sie ein. Gott, wie sie mir gefehlt haben.

Wirklich? Ihre Stimme.

»Papa, warum weinst du?«

»Ich weine nicht.« Hastig wische ich meine Tränen fort. »Das war nur der Wind ...«

Wieder presse ich sie an mich, dann schiebe ich sie eine Armlänge von mir fort, um sie zu betrachten. Die Mädchen strahlen mich an. Hinter ihnen steht eine alte Schachtel. Frau Förster von gegenüber. Sie hat ein Strickjäckchen um ihre Schultern liegen und hält es am Kragen mit verkrampften Fingern zusammen.

»Ich konnte sie kaum noch bändigen, als sie ihren Papa gesehen haben«, erklärt sie, die Augen argwöhnisch zusammengepresst. »Was tun Sie hier?«

Ich unterdrücke den Impuls, ihr zu sagen, dass sie das einen Scheißdreck angeht, und ringe mir stattdessen ein liebenswürdiges Lächeln ab. »Ich besuche meine Kinder. Und meine Frau.«

»Mia ist nicht da.«

»Hab ich schon bemerkt.«

»Deshalb meine Frage ... was tun Sie *hier*, wo ihre Frau mit Wehen im Krankenhaus liegt?«

»Was?« Meine Knie krachen protestierend, als ich hochschnelle. »Seit wann? Wo?«

»Seit heute Morgen. In der Uniklinik. Hat man Sie denn nicht angerufen?«

Ich presse die Lippen aufeinander und versuche, mir meinen Ärger nicht anmerken zu lassen. Bedächtig gehe ich wieder in die Hocke, um mit den Mädchen auf Augenhöhe zu sein. »Gefällt es euch bei Frau Förster?«

Klara nickt begeistert. »Wir backen Pfannkuchen!«

Aber Lea sieht nicht besonders glücklich aus. »Gehen wir jetzt endlich nach Hause?«

»Später, Süße. Ich fahre ins Krankenhaus und besuche Mama. Willst du denn keine Pfannkuchen essen?«

Widerstrebend nickt sie.

»Na siehst du.« Ich gebe beiden Mädchen einen Kuss, bevor ich mich aufrichte. »Danke, dass Sie auf sie aufpassen.«

»Das tue ich nicht für Sie, damit das klar ist!«

Ihr knochiger Finger ist auf mich gerichtet. Ich zwinge mich, vor den Kindern ruhig zu bleiben. »Wie auch immer. Seid lieb zu Frau Förster, ja?« Ich lächle der alten Schachtel liebenswürdig in ihr biestiges Gesicht, bevor ich gehe.

Ich nehme den Volvo, scheißegal, was Mia davon hält. Den Weg zum Kreißsaal kenne ich auswendig. In den vergangenen Wochen sind wir oft zu Kontrolluntersuchungen hier gewesen, Mia und ich. Am Empfang klingle ich Sturm und warte ungeduldig, bis mir jemand aufmacht. Eine junge Frau in einem lilafarbenen Krankenhaushemd öffnet die Tür und sieht mich mit einem fragenden Lächeln an. Ihr Namensschild verrät mir, dass sie eine der Hebammen ist.

»Meine Frau ist seit heute Morgen hier. Mia Sonnenberg«, erkläre ich.

Sie lächelt weiter höflich. »Moment, ich frage mal bei meiner Kollegin nach.« Dann verschwindet sie durch die Milchglastür, auf der ein Klapperstorch und die Aufschrift »Kreißsaal« keinen Zweifel daran lassen, was dahinter geschieht.

Kurze Zeit später öffnet sich die Tür wieder. Helmut Sonnenberg steht vor mir, in Begleitung eines Krankenhauswachmanns.

»Sie will dich nicht sehen«, sagt er. Der Wachmann hält sich im Hintergrund.

»Ist das Baby schon da?«, frage ich, wild entschlossen, nicht von der Stelle zu weichen.

»Verschwinde!«

Ich denke nicht daran. »Lass mich zu ihr.«

217

»Bist du taub?«

»Ich kann mir nicht vorstellen, dass Mia ...«

»Ich muss Sie bitten, zu gehen«, mischt sich der Wachmann in beschwichtigendem Tonfall ein.

Ich balle meine Fäuste, obwohl ich weiß, dass ich gegen die beiden keine Chance habe. »Ich will doch nur wissen ...«

»Es geht ihr gut. Sie schlägt sich tapfer«, sagt eine Frauenstimme hinter dem Wachmann.

Selbiger und Helmut drehen sich um. Mias Hebamme steht hinter ihnen. »Das Baby wird bald da sein. Die ersten Presswehen hat sie schon geschafft. Ich ... soll Ihnen ausrichten, dass sie froh ist, dass Sie gekommen sind. Aber sie will Sie jetzt wirklich nicht sehen.«

Tränen schießen in meine Augen. Ich lockere meine Fäuste und wende den Blick ab, mustere intensiv den grauen Linoleumboden. »Danke«, presse ich hervor und drehe mich um. Aber ich gehe nicht, sondern steure eine kleine Sitzgruppe an, während die Tür zum Kreißsaal hinter mir zufällt. Ich lasse mich auf einen der nackten Plastikstühle fallen und vergrabe das Gesicht in den Händen. Zu gern würde ich jetzt etwas trinken. Der Wunsch ist beinahe übermächtig. Beinahe. Ich schlucke meinen Speichel herunter und versuche, an etwas anderes zu denken. An Mia und das Baby. An Lea und Klara. Meine Familie, die mich braucht. Die ich brauche.

Mein Handy brummt. Es ist Thomas Cohn. Ich erwäge, ihn wegzudrücken, weil mir nicht nach Reden zumute ist, aber andererseits habe ich gerade auch nichts Besseres vor. »Hi Thomas.«

»Alex, mein Goldesel«, meldet er sich. Seine Stimme klingt so fröhlich, dass mir davon übel wird. »Wie sieht's aus?«

218

»Meine Frau liegt in den Wehen.«

Kurzes Schweigen. »Oh Gott, oh Gott, dann will ich dich mal nicht ...«

»Ist schon okay. Ich schnappe gerade frische Luft. Red ruhig.«

»Also schön. Wir haben einen Käufer.«

»Aha.« Es gibt im Augenblick nichts, was mich weniger kümmert. Ich durchsuche meine Hosentaschen nach Kleingeld für Zigaretten.

»Willst du denn gar nicht wissen, wie viel?«

»Jetzt spuck's schon aus!«

Er nennt mir eine Summe. Wenn ich nicht schon gesessen hätte, dann wäre dies der Augenblick, mich auf einen Stuhl fallen zu lassen.

»Ist das dein Ernst?«

»Willst du einen Scheck oder Bargeld?«

»Was?«

»Glaub es ruhig, Alex. Und das ist erst der Anfang. Ich habe unzählige Anfragen für weitere Bilder auf meinem Schreibtisch.«

Langsam schüttle ich den Kopf. »Nein. Es gibt keine weiteren Bilder. Ich hänge es an den Nagel.«

»Aber ... aber ...«

»Schick mir einen Scheck, sei so gut, ja? Und stelle ihn auf den Namen meiner Frau aus. Mia Sonnenberg.«

An seinem Schweigen höre ich, wie er an meinen Worten schluckt. »Also schön. Aber meine Tür steht dir offen.«

»Danke. Für alles.«

Ich drücke ihn weg, springe vom Stuhl und fahre mit dem Aufzug hinunter ins Foyer. In der Nähe des Krankenhauses hängt ein Zigarettenautomat. Ich ziehe mir ein Päckchen Marlboro und stecke mir auch gleich eine an.

Meine Finger zittern nervös, ich habe Schwierigkeiten, das Rädchen des Feuerzeugs zu bedienen und gleichzeitig mit der Hand den Wind abzuschirmen. Mir schwirrt der Kopf von allem, was geschehen ist.

Endlich ist es geschafft. Die Zigarette glimmt auf. Ich nehme einen tiefen Zug. Sofort werde ich ruhiger. Wenigstens ein bisschen. Nach dieser Zigarette rauche ich noch eine und dann noch eine. Erst dann schaffe ich es, das Krankenhaus wieder zu betreten. Der Fahrstuhl bringt mich zurück vor die verschlossene Kreißsaaltür, vor der ich warte und warte und warte.

Irgendwann bin ich eingeschlafen. Ich erwache mit steifen Gliedern, quer auf drei der vier Plastikstühle ausgestreckt. Vor mir steht Mias Hebamme. Ich setze mich vorsichtig auf.

»Wie spät ist es?«

Sie sieht auf ihre Armbanduhr. »Fast sieben Uhr morgens. Und herzlichen Glückwunsch. Sie haben einen Jungen.«

Ein Junge. Ich reibe mir durch das Gesicht, um halbwegs klar denken zu können. »Und Mia?«

»Es geht ihr gut. Sie hat schon etwas geschlafen. Ihr Sohn wurde um drei Uhr fünfzehn heute Morgen geboren. Ich hätte nicht gedacht, dass Sie noch hier sind.«

»Darf ich zu ihr?«

Die Hebamme ringt mit sich, doch dann nickt sie. »Ich bringe Sie zur Wöchnerinnenstation und sehe nach, ob sie wach ist.«

Dankbar folge ich ihr und muss mir eingestehen, dass ich ihr Unrecht getan habe. Das ist jetzt schon das zweite Mal, dass sie mir hilft. Auf dem Flur der Station lässt sie mich kurz stehen und verschwindet in einem der Zimmer. Mein Herz klopft mir bis zum Hals. Ich habe Angst, Mia gegenüberzutreten nach allem, was passiert ist. Dabei waren wir uns einmal so nah.

Die Hebamme kommt wieder raus und nickt lächelnd. »Sie haben Glück. Mia ist allein auf dem Zimmer und sie ist wach.«

»Weiß sie, dass ich hier bin?«

Wieder nickt sie. »Machen Sie's kurz. Sie braucht ihre Ruhe.«

Dann wünscht sie mir noch viel Glück und verschwindet in ihren wohlverdienten Feierabend. Ich stehe vor Mias verschlossener Tür und bin kurz davor, mich umzudrehen und wegzulaufen. Doch ich hole tief Luft und drücke die Klinke runter.

Mia sitzt in ihrem Bett, das Kopfteil aufgestellt. Ein Stillkissen ist um ihren Oberkörper drapiert und darin liegt ein winziges, verschrumpeltes Würmchen, das gierig an ihrer Brust saugt. Mein Sohn.

Leise trete ich näher und nehme mir einen Stuhl. Mia sieht mich nur kurz an, bevor sie den Blick wieder auf das Baby richtet. Es ist ein zärtlicher Blick, voller Wärme. Ich beobachte die beiden schweigend, bis das Baby seine Saugbewegungen einstellt und sichtlich zufrieden einschläft. Vorsichtig löst Mia seinen Mund von ihrer Brust und zieht ihr T-Shirt darüber. Dann sieht sie mich an. Ich kann ihren Blick nicht deuten. Sie sieht müde aus und gleichzeitig glücklich und traurig. Erleichtert stelle ich fest, dass sie mich nicht hasst. Zumindest im Augenblick nicht.

»Willst du ihn halten?«, fragt sie und überrascht mich damit.

»Darf ich?« Ich stehe auf und nehme ihr behutsam das schlafende Baby aus dem Arm. Es fühlt sich vertraut und fremd an. So, als wäre es gestern gewesen und doch

221

Lichtjahre entfernt, seit ich Klara und Lea so gehalten habe. Lange sitzen wir einfach da und betrachten unser Kind.

»Wie soll er heißen?«, frage ich flüsternd.

»Benjamin, weil, naja, er der Jüngste ist.«

Ich denke über den Namen nach. »Gefällt mir.«

»Kannst du ihn bitte für mich hinlegen? Ich bin noch etwas wacklig auf den Beinen.« Mia deutet auf die Wiege neben ihrem Bett. Ich lege Benjamin hinein und sehe noch ein Weilchen auf ihn hinunter. Armes Würmchen. Er hat etwas Besseres verdient. Eine bessere Familie. Einen besseren Vater. Ich schließe kurz die Augen, bevor das Bedauern mich überwältigen kann. Bedauern darüber, dass ich nicht für ihn werde da sein können. Denn ich weiß jetzt, dass ich verloren habe. Mia hat das Stillkissen weggeräumt und sich mit geschlossenen Augen zurückgelehnt.

»Du bist erschöpft. Vielleicht sollte ich später wiederkommen.«

Sie reißt die Augen auf. »Nein. Bitte bleib. Ich weiß nicht, ob ich später den Mut finde mit dir zu sprechen. Jetzt … ist alles noch durcheinander. Hormone und so … verstehst du?«

Ich nicke und setze mich wieder auf den Stuhl. »Okay.«

»Ich wollte dich fragen … war es so schlimm für dich? Mit mir? So schlimm, dass du …«

»Hör auf«, unterbreche ich sie. »Was geschehen ist, war nicht deine Schuld. Ich hab's verbockt. Es tut mir leid.«

Mia schüttelt den Kopf. »Das mit uns war von Anfang an ein Fehler, Alex. Dass ich dich belogen habe, dass ich …« Sie stockt, schließt die Augen.

Das Baby zuckt im Schlaf mit seinen Ärmchen und gibt ein kleines, gequältes Geräusch von sich, ohne aufzuwachen.

Ich schlucke. »Nein, du irrst dich. Lea und Klara waren kein Fehler. Und auch Benjamin nicht.«

»Natürlich nicht«, lenkt sie ein, aber sie sieht mich nicht an, sondern starrt auf ihre Hände, die sie unablässig knetet. Wie immer, wenn sie nervös ist. »Ich habe immer geahnt, dass es eines Tages schiefgehen würde. Ich hatte Angst davor. Jeden Tag.«

»Angst, dass ich rückfällig werde?«

Sie nickt und sieht verstohlen zu mir auf. »Ich hätte dir vertrauen müssen.«

Wir schweigen beide. Das Baby seufzt leise und entlockt Mia ein kleines Lächeln. Werde ich dieses Lächeln jemals wiedersehen? Wird sie noch lächeln, wenn sie erfährt, was ich Marek angetan habe?

Was habe ich ihm angetan?

Schweren Herzens reiße ich mich von dem Anblick los. »Ich gehe jetzt besser.«

Mia hält mich nicht auf, bis ich bei der Tür angelangt bin. »Alex?«

Ich drehe mich zu ihr um.

»Seit wann trinkst du wieder?«

»Ich denke, das weißt du.«

»Aber ich will es aus deinem Mund hören.«

»Seit acht Monaten.«

Sie sieht weg und kämpft mit den Tränen. Ich kann ihr nicht helfen, damit klarzukommen. Ich kann mir ja selbst kaum helfen. Also gehe ich. Verlasse das Krankenhaus und steuere wie ein Schlafwandler den Parkplatz an.

Ich lasse mich einfach treiben. Durch die Stadt und durch meine Gedanken. Öffne mich, lausche. Ich muss die Wahrheit herausfinden. Muss mich erinnern.

Ich lande dort, wo Marek verschwand. Vorm »Kerker«. Endstation.

Den Volvo stelle ich auf einem der Parkplätze der Waschstraße ab und steuere den dahinterliegenden Grünstreifen an, ohne darüber nachzudenken, wie ferngesteuert. Es ist noch früh am Morgen. Bis auf einen Angestellten hinter der Glasscheibe des Kassenhäuschens ist niemand hier. Der Mann folgt mir mit Blicken. Vielleicht fragt er sich, was ich hier zu suchen habe. Es ist mir egal, wer mich sieht. Ich folge dem Rauschen des Flusses. In den vergangenen Tagen hat es viel geregnet. Der Boden ist schlammig und mit feuchtem Laub bedeckt. Meine Schuhe geben bei jedem Schritt ein sattes Schmatzen von sich. Die Oktoberkälte kriecht mir unter die viel zu dünne Jacke. Obwohl ich nicht weit entfernt von der Zivilisation bin, kommt es mir vor, als wäre ich der einzige Mensch auf dem Planeten. Ich folge dem Fluss, mein Blick huscht über jeden Baum, zu jedem Stein. Ich muss mich erinnern! Ich weiß, dass da etwas ist, hinter all dem Schmerz und Blut aus meiner Kindheit. Dicht unter der Oberfläche lauert der Wahnsinn, ich kann ihn spüren, wie er an meiner Hirnrinde kratzt. Mir fällt auf, dass ich heute noch nichts getrunken habe, dass ich nicht einmal daran gedacht habe. Es erscheint mir natürlich, nun, da ich mich der Wahrheit nähere. Denn das tue ich.

Eine Hand schiebt sich in meine. Sie zieht mich nicht, sie folgt nicht. Sie ist einfach da und ich begreife, dass es die ganze Zeit so war. Alles, was ich getan habe, tat ich aus freiem Willen. Ich tat es, um zu vergessen.

Dann sehe ich ihn. Das heißt, ich sehe ihn nicht. Nur eine Hand, die bleich und schwammig unter einem Blätterhaufen hervorschaut. Trotzdem weiß ich, dass er es ist. Ich beginne zu zittern.

Als ich aus der Toilette stolperte, tat die Nebelmaschine im »Kerker« gerade ihr Bestes, alles hinter einer weißen Wand verschwinden zu lassen. Ich konnte kaum atmen, kämpfte mich mühevoll durch das zähe Gemisch, zwischen wogenden, hüpfenden, schwankenden, knutschenden Leibern hindurch zu unserem Tisch. Marek war auch dort. Er saß zusammengesunken vor seinem Drink. Als er mich bemerkte, grinste er schwach.

»Hab auf dich gewartet.«

Ich prostete ihm zu und trank. Auf der Tanzfläche lichtete sich der Nebel und gab den Blick auf die Tanzenden frei. Anke wackelte selbstvergessen und ein bisschen schamlos mit ihrem knochigen Hintern.

»Sie steht auf dich«, bemerkte ich in Mareks Richtung. Meine Worte erstarben, als ich sah, dass Marek weinte. »Hey, Kumpel.« Ich rutschte neben ihn auf die Bank und klopfte unbeholfen seine Schulter. »Hör zu, wenn du sie liebst, dann ist es vielleicht nicht zu spät. Du kannst zu ihr zurück.«

Er schüttelte den Kopf und wischte sich die Tränen aus den Augen. Die Geste hatte etwas herzzerreißend Hoffnungsloses. »Nein ... nein, ich kann nicht zurück. Nie mehr.«

Ich sah zu, wie er eine Zigarette aus seiner Packung fummelte, und verstand kein Wort.

»Es ist zu spät. Seit Jahren schon. Du bist glücklich. Versau es nicht hiermit.« Er deutet auf meinen Drink.

»Ach das ...«

»Was soll die Scheiße, Alex? Bist du nicht glücklich? Liebst du Mia nicht? Sie liebt dich, Alter. Du solltest dich glücklich schätzen!«

»Das tue ich«, verteidigte ich mich. Dabei wusste ich nicht mehr, wie sich Glücklichsein anfühlte.

»Dann versau es nicht. Verdammt noch mal!« Er schrie beinahe.

»Was ist los mit dir?«, fauchte ich ihn an.

Sein finsterer Blick traf mich hart. Wo kam plötzlich all diese Wut her?

»Lass uns rausgehen, ich will eine rauchen« sagte er plötzlich harsch und stand auf, ohne meine Antwort abzuwarten. Damit war ich mehr als einverstanden. Bloß weg hier. Der Zusammenstoß mit der Silbernen steckte mir noch in den Knochen. Und jetzt Marek. Was war bloß in ihn gefahren? Ich folgte ihm zum Ausgang. Grimmig bezahlte er unsere Drinks und wir bekamen einen Stempel.

Vor dem Club war die Hölle los. Die Feiernden standen in Trauben zusammen, quatschten, rauchten und lachten. »Lass uns auf die andere Seite gehen, da ist es ruhiger.«

Ich folgte Marek. In meinem besoffenen Kopf hatte ich keine Ahnung, warum er mich herbrachte. »Was tun wir hier?«

»Ich muss pissen.« Er schlug sich in die Büsche, die Dunkelheit schluckte ihn. Unschlüssig blieb ich auf dem Parkplatz stehen und wartete auf seine Rückkehr. Die Zeit verstrich. »Marek?«, rief ich irgendwann in die Dunkelheit, dann folgte ich ihm. »Marek!«

»Hier! Hier drüben. Alter, ist mir schlecht.«

Ich sah seine Silhouette, er saß am Fluss, vornübergebeugt. Seine Zigarette glomm in der Dunkelheit.

»Alles klar?« Ich setzte mich neben ihn, mein Hosenboden wurde feucht und ich fror erbärmlich trotz des Alkohols, der in meinem Blut zirkulierte.

»Nein … nein, nichts ist klar, Alter.« Es klang, als würde

er wieder weinen. »Ich habe sie geliebt. So geliebt. Und jetzt muss ich zusehen, wie du ...«, er brach schluchzend ab. Seine Schultern bebten.

Das Grauen kroch meine Kehle hoch und schnürte sie zu. »Von wem redest du?«

»Von Mia! Kapierst du's nicht? Siehst du's nicht? Bist du wirklich so doof?«

Er war betrunken. Zu betrunken, das war die einzige Erklärung. Alles andere würde bedeuten ... »Du liebst meine Frau? Willst du mir *das* sagen?«

»Scheiße, ja!«

Ich sprang auf. Marek rappelte sich ebenfalls hoch und trat schwankend ganz nah an mich heran. »Es ist bedeutungslos, okay? Für dich und Mia hat es keine Bedeutung ...«

Ich drehte mich um und flüchtete. Vor ihm, vor dem, was er mir zu sagen versuchte. Vor allem. Seine Worte hallten in meinen Ohren nach und die Art, wie er mich eben im Club angesehen hatte. So hatte ich ihn noch nie erlebt. Und somit hatte es doch etwas zu bedeuten. Für mich, für Mia und für ihn selbst. Ich stolperte durch das Geäst, Zweige streiften mein Gesicht, es war so dunkel, ich sah fast nichts. Ich wusste, dass Marek mir folgte. Ein Hindernis brachte mich zu Fall. Im letzten Moment fing ich meinen Sturz ab und verhinderte, dass ich bäuchlings im Dreck landete.

Kraftlos ließ ich mich gegen einen Baumstamm sinken.

»Alex!«, hörte ich Marek rufen und dann war er da. Keuchend ging er vor mir in die Hocke. Meine Augen gewöhnten sich an die Dunkelheit. »Scheiße, tut mir leid! Ich dachte nicht, dass du so ...«

»Seit wann?« Meine Stimme zitterte.

Er zögerte, aber es war zu spät für Ausflüchte. »Schon bevor du sie kennengelernt hast.«

»Und hast du es nicht bei ihr versucht?«

Langes, vielsagendes Schweigen.

»Du hast es versucht?«, hakte ich nach und sprang wieder auf, wobei ich das Gleichgewicht verlor und leicht taumelte. Ich stützte mich an dem Baumstamm ab und ließ Marek nicht aus den Augen.

»Ja.«

»Und?«

»Ich hatte was mit ihr. Aber nur ganz kurz, bevor ihr euch kennengelernt habt. Es war ein One-Night-Stand. Sie brauchte Trost wegen ihrem Ex und ich ergriff meine Chance ...«

Ich stürzte mich auf ihn, rasend vor Wut. Marek wich mir aus. Mein Angriff verlor sich in einem erbärmlichen Sturz. »Du hast mit Mia geschlafen?« Ich rappelte mich auf, blieb mit dem Rücken zu Marek stehen. Ich konnte ihn nicht ansehen. Und ich wusste, dass ich dieses Gespräch besser nicht führen sollte. Es war falsch. Ich sollte gehen und vergessen, was ich bisher gehört hatte.

»Es ist lange her.«

»Warum hast du es mir nicht gesagt?«

»Warum wohl? Weil du mir wichtig bist! Und Mia auch! Sie hatte sich in dich verknallt. Und ich war ja mit Doro zusammen, also hab ich es gut sein lassen. Außerdem hab ich gesehen, dass sie dir guttut, Mann. Du hast zu saufen aufgehört, hast einen Job gefunden. Du warst dank ihr wie ausgewechselt. Das war mir wichtiger als meine Gefühle für Mia.«

Nun drehte ich mich doch zu ihm um. »Aber warum sagst du es mir jetzt?«

Marek tigerte auf und ab, rieb sich immer wieder mit den Handflächen über die Stirn. »Weil du alles kaputtmachst!«

Galle schäumte in meinen Eingeweiden, stieg in meiner Kehle auf. »Kann dich doch freuen, wenn ich es versaue. Dann hast du wieder freie Bahn bei ihr.«

Plötzlich brüllte er mich an: »Glaubst du, das will ich? Glaubst du, dafür hab ich dieses Opfer gebracht? Verdammt, ich hab das für dich getan!«

»Was getan? Auf Mia verzichtet?«

In meinem Hinterkopf schrillte eine Alarmglocke. *Sieh nicht hin, Alexander. Alles wird gut!*

»Auf Mia, ja! Auf eine Familie! Auf das Leben, das du führst, du versoffener Wichser!«

Ich war wie vor den Kopf geschlagen. Die nackte Wahrheit vor meinen Augen ausgebreitet und doch war ich unfähig, sie zu sehen. »Was meinst du damit? Mein Leben, meine Familie?«

Marek atmete schwer. Die Hände hatte er zu Fäusten geballt, als erwartete er einen erneuten Angriff. Oder als wollte er mich angreifen. Ich straffte mich ebenfalls. Um mich herum drehte sich alles. Ich konzentrierte mich auf einen Punkt hinter Mareks Schulter. Auf die einzige Konstante, die mir geblieben war, nachdem alles andere in Scherben zerbrochen war.

Die Silberne. Sie sah mich an. Diesmal lächelte sie nicht, schmunzelte nicht einmal. Ich schüttelte den Kopf. Ich wollte nicht sehen. Durfte nicht sehen, was alles zerstören würde. Und trotzdem war es da. Das Sparbuch mit den monatlichen Zahlungseingängen, das Mia vor mir geheim gehalten hatte.

Mareks Geld.

Mias Worte, als sie mir zu erklären versuchte, warum sie ein drittes Kind gewollt hatte. So sehr, dass sie dafür bereit gewesen war, mich zu hintergehen.

Ich wollte so gerne ein Kind von dir, hatte sie gesagt.

Von dir ...

Die blauen Augen der Mädchen.

Mareks Augen. Mareks Mädchen.

»Hat Mia gewusst, dass sie von dir schwanger war, als sie mich kennenlernte?«, flüsterte ich.

Marek schüttelte den Kopf. »Das glaub ich nicht, Mann. Und später, als es zwischen euch ernst wurde ... sie hat einfach gehofft, dass die Babys von dir sein würden. Alles andere hätte dich zerstört. Wir wollten nur dein Bestes. Deshalb haben wir es vor dir verheimlicht. Mia hatte sich in dich verliebt. Und für dich war es eine echte Chance! Kapierst du es nicht?«

Mir wurde schlecht. Da stand er, mein Wohltäter, und erzählte mir, wie er sich für mich aufgeopfert hatte. »Die Zwillinge sind nicht zu früh gekommen, oder? Ihr wusstet es, ihr wusstet, dass ich noch in der Klinik sein würde, wenn sie sie holen. Bist du bei ihr gewesen? Hast du ihre Hand gehalten, als sie deine Babys aus ihr rausholten?«

Auf einmal ergab alles einen Sinn.

»Mann, Alex, das spielt doch keine Rolle mehr!«, jammerte er. »Hass mich, wenn du willst, aber gib Mia nicht die Schuld. Oder den Mädchen!«

»Sei still«, flüsterte ich.

»Oh Mann, warum hab ich meine Klappe nicht gehalten? Du hättest es nie erfahren müssen. Alles wäre gut gewesen. Du, Mia, die Mädchen und das neue Baby ... aber du ... du drehtest auf einmal total durch. Mia hatte Angst, du könntest etwas herausgefunden haben ...«

»Hör auf zu reden!«, brüllte ich ihn an, als etwas in mir explodierte. Etwas Altes, etwas Böses. »*HöraufHöraufHörauf!*«

Ich schlug ihm meine Faust ins Gesicht. Einmal, zweimal. Nur, damit er aufhörte zu reden. Marek wehrte sich nicht. Meine Knöchel brannten. Die Wucht des zweiten Schlags ließ ihn zurücktaumeln. Er stürzte. Mit einem satten *Klonk!* schlug er irgendwo auf. Das Geräusch fuhr mir durch Mark und Bein. Ich setzte ihm nach, schlug weiter auf ihn ein.

Blut, Blut, Blut und brechende Knochen.

Irgendwann wich ich zurück. Stille um mich herum, in mir, nur durchbrochen von meinem keuchenden Atem »Marek?«

Er bewegte sich nicht mehr. Fassungslos starrte ich ihn an. Ich konnte im Dunkeln nichts erkennen, aber ich fühlte die Wärme seines Blutes an meinen Händen. Und noch immer hatte ich dieses Geräusch im Ohr.

Keuchen, Schläge. Dumpf. Stille. Alles wird gut!

Ich hatte ihn getötet. Die Erkenntnis ließ mich kalt. So kalt, dass ich vor mir selbst erschrak. Ich versteckte seinen Körper unter einer Schicht Laub und wusch meine Hände im Fluss. Ich versuchte, Mareks Worte zu verstehen und gleichzeitig, sie zu vergessen. Aber wie könnte ich vergessen, dass mein Leben eine Lüge war? Wie könnte ich vergessen, dass ich nicht der Vater meiner Kinder war?

Ich konnte. Ich vergaß.

Aber hier und jetzt wache ich auf. Sehe in das zertrümmerte, im Tod aufgedunsene Gesicht meines Freundes. In seine anklagenden Augen, die ich so absolut und erschreckend perfekt zu Papier gebracht habe. Und verstehe.

Ein Beben erfasst meinen gesamten Körper. Es war alles gelogen. Mein Leben, Marek, Mia, die Zwillinge.

Lüge.

Die Erkenntnis ist so machtvoll, so überwältigend, so … groß.

Die Silberne ist da, wie sie immer da war. Sie hockt neben mir im Nebel, streichelt mein tränennasses Gesicht. Ihre Augen sind sanft und voller Verständnis. Wie damals, als ich noch klein gewesen bin. Sie hat mir die Kunst gezeigt. Sie hat mir die Wahrheit gezeigt. Sie ist alles, was ich noch habe.

»Wo würdest du am liebsten sein, Alexander?«

»Egal wo«, flüstere ich und es fühlt sich an, als würde sich um meinen Hals eine Schlinge zuziehen. »Hauptsache mit dir.«

Morgen

»Erinnern Sie sich an Alexander Sonnenberg? Nein? Dann helfe ich Ihnen auf die Sprünge! Vor sieben Jahren tötete der dreifache Familienvater seinen besten Freund Marek W. und verscharrte die Leiche. Nur wenige Tage später stellte er sich der Polizei, nachdem diese ihn bereits als Verdächtigen in Verbindung mit Marek W.'s Verschwinden verhört hatte.

Es kam zu einem spektakulären Prozess. Sonnenbergs Anwalt plädierte auf Unzurechnungsfähigkeit, da Sonnenberg als alkoholabhängig galt und in der Tatnacht schwer betrunken gewesen sei, was von mehreren Zeugen bestätigt wurde. Ein unabhängiges Gutachten untermauerte die bestehende Suchterkrankung. Aufgrund der Schwere der Tat – immerhin war Marek W.'s Schädel völlig zertrümmert worden und Sonnenberg hatte zudem versucht, die Tat zu vertuschen – kam es dennoch zu einer Verurteilung wegen Totschlags. Zehn Jahre Haft standen Sonnenberg bevor.

Doch jetzt kommt der Clou! Sonnenberg, der als aufgehender Stern am Kunsthimmel galt, hatte seinen Wahnsinn Tage zuvor zu Papier gebracht! In seiner Wohnung fand die Polizei unzählige Zeichnungen seines Opfers, seiner Familie sowie einer schönen Unbekannten, die er als seine Muse bezeichnete und von der er behauptete, dass sie lediglich für ihn sichtbar sei. Weltweit riss sich die Kunstszene um die morbiden Werke und auch im Gefängnis zeichnete Sonnenberg fleißig weiter. Und seine Bilder finden reißenden Absatz.

Na, klingelt's jetzt? Unter dem Namen AlexS hat Sonnenberg geschafft, was nur den wenigsten Künstlern überhaupt gelingt: Er gelangte zu Weltruhm – und das zu Lebzeiten.

Heute, sieben Jahre nach seiner Verurteilung, ist AlexS wieder auf freiem Fuß. Bei uns in der Sendung wird er über seine Kunst, seine Sucht und seine Muse sprechen. Bleiben Sie dran, gleich nach der Werbung geht es weiter.«

Applaus aus dem Publikum. *Cut!* Die Bühne wird dunkel.

Ich stehe im Schatten zwischen Scheinwerfern, Kameras und umherhastenden Regieassistentinnen. Der Moderator schlendert auf mich zu, während eine Visagistin in seinem Gesicht herum pudert. Meine Hände schwitzen.

»Etwas Wasser, Herr Sonnenberg?« Eine der Assistentinnen sieht mich aus großen Augen an. Sie hat Angst vor mir. Das haben sie alle. Deshalb sind sie auch so freundlich. Lächelnd schüttle ich den Kopf. Ich brauche nichts.

»Alles gut? Nervös?« Der Moderator lächelt ebenfalls. »Das ist völlig normal und geht gleich vorbei. Susi!« Er schnipst mit den Fingern. »Herr Sonnenberg braucht noch etwas Puder! Sie glänzen etwas auf der Stirn, nichts für ungut.«

»Schon klar.«

»Das wird schon!«, versichert er mir. »Wir haben die besten Einschaltquoten des Jahres. Nochmals danke, dass Sie zugesagt haben. Das ist bestimmt nicht leicht für Sie, sich der Öffentlichkeit zu stellen. Selbst nach all den Jahren.«

»Danken Sie mir lieber nicht zu früh«, versuche ich mich an einem Witz, aber da ist er auch schon wieder auf dem Rückweg zur Bühne.

»Noch eine Minute! Alles zurück auf die Plätze«, schallt es aus der Regie.

Ich atme tief durch und schließe die Augen. *Alles ist gut!*

Ihre Hand in meiner. »Sieh, was wir geschafft haben.«

Die Silberne hat ihr Versprechen gehalten. In all den

Jahren ist sie mir nicht von der Seite gewichen. In all den Jahren habe ich nichts gebraucht außer dem hier: meine Muse und meine Kunst. Nachdem alles herausgekommen war, habe ich keinen Tropfen mehr angerührt und keine Sekunde danach verlangt. Ich bereue nichts. Nichts berührt mich, nichts bewegt mich. Ich lebe mein Leben ohne diesen Ballast. Vergessen. Das ist die wahre Kunst.

Nachwort und Danksagung

Hinter jeder Geschichte steckt ein Autor, den es ohne Sie, liebe Leserinnen und Leser, nicht gäbe. Deshalb möchte ich Ihnen danken, dass Sie dieses Buch gekauft und nicht über ein illegales Downloadportal bezogen haben.

Indem Sie darüber sprechen, es rezensieren und weiterempfehlen, unterstützen Sie mich und meine Arbeit und sorgen dafür, dass Ihnen der Lesestoff nicht ausgeht!

»Der Kuss der Muse« hat eine weite Reise hinter sich und viele Menschen waren daran beteiligt. Bereits 2011 entstand die Idee zu Alex und seiner Silbernen. Ratlos stand ich nach einem Monat exzessiven Schreibens vor diesem sperrigen, düsteren Manuskript, das mir Bauchschmerzen bereitete. Ein Teil meiner Ratlosigkeit lag darin begründet, dass ich immer noch nicht wusste, woher die Silberne eigentlich kommt und welchen Zweck sie für Alex erfüllt. Etwas fühlte sich falsch an, aber es war nichts, was ich hätte greifen können. Da ich überdies parallel in die Überarbeitung des ersten Teils meiner Grenzen-Saga vertieft war, beschloss ich, den »Kuss der Muse« zunächst in der Schublade verschwinden zu lassen.

Dort blieb er ganze drei Jahre lang, dann erst wagte ich es, ihn wieder hervorzuholen. Immer noch ratlos, riskierte ich einen Schritt, der mich viel Überwindung kostete. Ich stellte den Roman online. In einem geschlossenen Autorenforum, wo er Kapitel für Kapitel auseinandergenommen, zerpflückt und kritisiert wurde. Ich setzte alles auf eine Karte. Es hätte schiefgehen können. Wäre die Geschichte dort durchgefallen, hätte ich sie aufgegeben und mich anderen Projekten gewidmet. Aber so war es nicht. »Der Kuss der Muse« fand viel Zuspruch, einiges an Kritik und jede Menge Verbesserungsvorschläge. Endlich bekam ich eine Ahnung davon, was zu tun war, und mein Glaube an das Projekt wuchs.

Doch gut Ding will Weile haben, viel Weile, in diesem speziellen Fall. Wieder grätschten andere Projekte dazwischen. Mittlerweile hatte ich mit »Von den Grenzen der Erde« den Schritt in die Öffentlichkeit gewagt und der zweite Teil der Saga stand in den Startlöchern.

Ich will nicht lügen, »Der Kuss der Muse« war mein Stiefkind. Er passte nicht ins Konzept, wusste ich doch, dass er nicht unbedingt die Leserschaft meiner epischen Abenteuerroman-Reihe bedienen würde. Dies ist keine Wohlfühlgeschichte, keine Genreliteratur und sie verspricht gewiss keinen kommerziellen Erfolg. Trotzdem hat sie mich nie losgelassen.

Nachdem ich im September 2017 endlich den dritten und letzten Teil der Grenzen-Saga auf den Markt gebracht hatte, gab es für mich keine Ausreden mehr. Ich knöpfte mir Alex erneut vor. Und mit einem Mal, ohne Vorwarnung, platzte der Knoten und ich wusste, was ich tun musste. Auf mein Unterbewusstsein ist Verlass, deshalb liebe ich das Schreiben. Da war sie, die Lösung!

Mit einem kleinen Dreh fügte sich auf einmal alles zusammen, die Silberne fand ihre Bestimmung in Alex' Leben.

Zugegeben, die Geschichte ist immer noch düster und sperrig (vielleicht sogar noch etwas mehr als vorher), aber sie ist – wie man so schön sagt – ein Herzensprojekt von mir geworden. Ich *wollte* in dieses unbekannte Gewässer eintauchen. Ob ich darin schwimme oder untergehe, entscheiden Sie.

Eines ist jedoch gewiss: Ohne meine vielen Test – und Betaleser, ohne mein geliebtes Forum und ohne meine Familie hätte ich den »Kuss der Muse« längst aufgegeben.

Und deshalb danke ich euch, meine Lieben:
- den teuflischen Autoren des Forums »Federfeuer« (www.federfeuer.de), meinem virtuellen Wohnzimmer, wo ich in all den Jahren Freunde gefunden habe, die ich nicht mehr missen möchte. So viele von euch haben mich im Entstehungsprozess unterstützt, so dass ich es nicht wage, sie alle namentlich aufzuzählen, aus Angst, jemanden zu vergessen. Ihr wisst eh, wen ich meine. ;-)
- meinem Mann Gregor, der es schafft, meinen Schreibwahnsinn nicht nur zu tolerieren, sondern ihn sogar zu unterstützen. Ich weiß, dass du dich schwer damit getan hast, als deine Frau auf einmal diese seltsamen Ambitionen entwickelte, umso dankbarer bin ich, dass du mich erträgst.
- meinen treuen BetaleserInnen Anita, Silke, Sarah und Fritz, die für mich jeden Stein noch einmal umdrehen und die Geschichte nach Logiklöchern abklopfen – in diesem Fall mehr als einmal.
- Sandra Florean, Regina Mengel und Daniel Dekkard (selbst drei tolle Autoren), weil ihr euch die Zeit genommen habt, für mich als finale Testleser einzuspringen, als ich und all meine Alpha- und Betaleser den Wald vor lauter Bäumen nicht mehr sahen.
- Silke Lemberger (www.book-cats.com), nicht nur für das tolle Korrektorat, sondern auch und vor allem für die unermüdliche Unterstützung und deine Freundschaft – ich bin so froh, dass wir uns kennengelernt haben! Es lebe das Internet!

- Miriam, für die psychoanalytische Auseinandersetzung mit Alex und seiner Silbernen, die Anregungen in Sachen Cover und dem Zerpflücken des Klappentextes.
- Wie immer natürlich Petra Rudolf (www.dracoliche.de) für das wahnsinnig schöne Cover.
- Jacqueline Spieweg (www.jspieweg.de) für Satz und Layout.
- Dem Autorenkorrektiv »Qindie« (www.qindie.de), die meine Bücher in ihren Kreis aufgenommen haben und mich immer und jeder Zeit mit Rat und Tat unterstützen. Es ist toll, ein Teil eurer Gemeinschaft zu sein!

Falls Ihnen, liebe Leserinnen und Leser, trotz aller Sorgfalt, die ich und meine Helfer haben walten lassen, noch Fehler im Text begegnen sollten, zögern Sie bitte nicht, mir diese mitzuteilen. Auch für Lob, Anregungen und Kritik bin ich immer offen und freue mich auf Ihr Feedback unter autorin@rebekkamand.de!

Rebekka Mand, im Februar 2018

Weitere Bücher von Rebekka Mand

Die Grenzen-Saga

Band I: Von den Grenzen der Erde (ISBN: 978-3-7392-0858-9)
Band II: Von den Hütern der Schlange (ISBN: 978-3-7392-0767-4)
Band III: Von den Herrschern der See (ISBN: 978-3-7448-3011-9)

 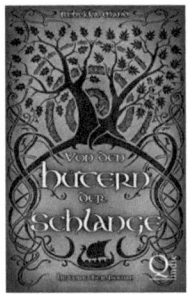 

Seht, ein Volk zieht vom Nordland heran.
Ein großes Volk bricht auf,
von den Grenzen der Erde.

Jeremia 6,22

So beginnt die Saga in drei Bänden um die irische Königstochter Lynn, die den Sterbenden auf den Pfad ins Jenseits – nach *valhöl* – folgen kann.

Als Lynn von Nordmännern verschleppt wird, ahnt sie nicht, dass ihr größtes Abenteuer gerade erst begonnen hat. Angetrieben von dem Wunsch, zurück nach Hause zu gelangen, um das Vermächtnis ihres Vaters anzutreten, schließt sie einen Pakt mit Ture, dem Sohn des Anführers, der die beiden auf ungeahnte und gefährliche Weise aneinander bindet.

Zur gleichen Zeit in Dänemark: Eirik Karrsson, jüngster Sohn seiner Sippe, weigert sich, dem Ruf der Pflicht zu folgen und wird von seiner Familie verstoßen. Fortan zieht er als Geächteter – als *vargr* – durch die Welt. Bis er eines Tages Ture begegnet. Endlich bekommt er die Chance, seinen Fluch zu besiegen. Aber Eirik verfolgt seine eigenen Pläne, und er ist nicht der Einzige, der es auf Lynns Vermächtnis abgesehen hat ...

Zwei Menschen. Zwei Geschichten. Ein Ziel. Die Suche nach einem geheimnisvollen Schatz. Und sich selbst.

www.rebekkamand.de